Comissão das Lágrimas

 António Lobo Antunes

Comissão das Lágrimas

ALFAGUARA

© António Lobo Antunes, 2011
Todos os direitos desta edição reservados à
Editora Objetiva Ltda.
Rua Cosme Velho, 103
Rio de Janeiro — RJ — Cep: 22241-090
Tel.: (21) 2199-7824 — Fax: (21) 2199-7825
www.objetiva.com.br

Capa
Dupla design

Imagens de capa
Ryan Klos/Istockphoto
Christian Martínez Kempin/Istockphoto

Revisão
Raquel Correa
Lilia Zanetti

Editoração eletrônica
Abreu's System Ltda.

CIP-BRASIL. CATALOGAÇÃO-NA-FONTE
SINDICATO NACIONAL DOS EDITORES DE LIVROS, RJ

A642c

    Antunes, António Lobo
        Comissão das Lágrimas / António Lobo Antunes. - Rio de Janeiro : Objetiva,
    2013.

        286p.   ISBN 978-85-7962-198-7

        1. Romance português. I. Título.

12-8851   CDD: 869.3
                                                    CDU: 821.134.3-3

Para a Cristina
este livro deixado do lado de fora da porta,
em Moledo, juntamente com o saco do pão.

Primeiro capítulo

Nada a não ser de tempos a tempos um arrepio nas árvores e cada folha uma boca numa linguagem sem relação com as outras, ao princípio faziam cerimónia, hesitavam, pediam desculpa, e a seguir palavras que se destinavam a ela e de que se negava a entender o sentido, há quantos anos me atormentam vocês, não tenho satisfações a dar-vos, larguem-me, isto em criança, em África, e depois em Lisboa, a mãe chegava-se ao armário da cozinha onde guardava os remédios
— São as vozes Cristina?
aqui na Clínica silêncio, com as injecções as coisas desinteressam-se de mim, uma frase, às vezes, mas sem ameaças nem zangas, o nome apenas
— Cristina
uma amabilidade pressurosa
— Como estás Cristina?
ou uma queixa
— Nunca mais nos ligaste
a cama, a mesa e as cadeiras quase objectos de novo, embora se perceba um ressentimento à espera, não se atrevia a tocar-lhes, deitava-se pesando o menos possível na esperança que a almofada ou os lençóis não a sentissem e pode ser que se distraíam e não sintam, não devem sentir porque nenhum
— Como estás Cristina?
desde há semanas, tirando as folhas num capricho do vento e as bocas de regresso um instante, o que me incomodam as bocas, o director da Clínica
— Ando a pensar dar-lhe uns dias de licença na condição de tomar os comprimidos
e no interior do
— Ando a pensar dar-lhe uns dias de licença na condição de tomar os comprimidos

não havia a sombra de uma sugestão, um conselho, a ordem
— Tens de matar o teu pai com a faca
graças a Deus ausente, quase paz se houvesse paz e não há, há pretos a correrem em Luanda, camionetas de soldados, tiros, gritos numa ambulância a arder na praia, sob pássaros que se escapavam, e ao terminar de arder nenhum grito, o pai foi padre, não era padre já e a mãe zangada
— Quem te contou isso miúda?
o pai escuro, a mãe clara que antes de o conhecer viera de barco para dançar num teatro e não era teatro que lhe chamavam, outro nome, por não se lembrar do outro nome ela teatro e que mal existe em ter sido padre ou dançar noutro nome, se as vozes nas coisas ou na sua cabeça perguntassem
— Como estás Cristina?
os gritos apagavam-se, a ambulância apagava-se, apenas ferros tortos na areia, o que se assemelhava a corpos, o que julgou cabeças, na ilha frente à praia restos de barcos, se as vozes,
— Como estás Cristina?
respondia
— Estou óptima
no apartamento de Lisboa vê-se o Tejo da marquise na condição de abrir o trinco porque os vidros opacos, quando o homem que os colocou se foi embora a mãe para o pai
— Depois deste tempo todo continuas com medo?
e o pai sem responder, pelo menos as árvores do cemitério judeu não conseguiam vê-la e portanto nem ameaças nem zangas, ficava a olhar o pai, jogando xadrez num canto, a sobressaltar-se assim que passos na escada
— O que tem o pai mãe?
e a mãe, que nunca dançou para ela derivado ao joelho
— Este joelho
a massajar dores com a bisnaga
— Manias
amparada ao corrimão do lava-loiças dado que no seu caso o soalho degraus ganhos a custo um a um e para a gente liso, o joelho desfazia-se e recompunha-se sob a saia
— Manias

não dito como pelas folhas das árvores, soprado, a mãe a quem faltavam dentes
— Porque lhe faltam dentes mãe?
com imensos incisivos a morderem o
— Manias
cujas pregas se tornava necessário desamarrotar para ouvi-lo, uma fotografia na cómoda de quando dançava na segunda de duas filas de bailarinas com plumas e lantejoulas, a unha quase sem verniz espalmada na moldura
— Sou eu
isto é plumas somente, não cara, atrás de plumas maiores, as plumas da mãe, ofendidas
— Escondiam-nos sempre
e por sorte calaram-se logo, não a mandaram pegar na faca nem partir fosse o que fosse, cada folha uma boca de maneira que avisá-las, a erguer e a baixar o dedo que nunca teve verniz, se tivesse verniz não era seu
— Esqueçam-me
pessoas a correrem em Luanda e a unha da mãe a abandonar o retrato
— Não era uma corista importante
com o sol do lado de fora dos vidros opacos, se riscasse com um prego, mas em que gaveta há pregos e a caixa das ferramentas guardada não sabia onde, via-o, igual às ambulâncias a arder, com os mesmos gritos e a mesma agitação no fundo, uma tarde agarrou nos fósforos da copa e tentou pegar fogo à cortina para calar os gritos que desarrumavam a sala mas o joelho da mãe galgou a coxear os degraus que se formavam para ela e roubou-os, em lugar de lhe bater apertou-lhe o nariz contra a barriga, que é por onde os adultos choram, a barriga a pular
— Porque pula a sua barriga mãe?
e muito longe do nariz, afogado na barriga, uma garganta que não fazia parte de nenhuma de nós, a qual criatura pertencia a garganta, a pular igualmente, ao largá-la os olhos do pai, que de repente não se conheciam um ao outro, quase a fizeram ajoelhar de aflição, respondeu com os olhos também
— Não vou inquietar-me consigo
e não somente os olhos, o clima em torno dos olhos, o director da Clínica

— Ando a pensar dar-lhe uns dias de licença na condição de tomar os comprimidos

o clima em torno dos olhos semelhante às casas antigas que ninguém habita, inclusive a memória dos mortos, e no entanto se prende à gente e persiste, caminhando pelos compartimentos numa desistência de ecos, um roupão numa poltrona de veludo

— Não pertenço a ninguém sou sozinho

a mãe

— Cristina

e Cristina uma ova, senhora, se quiser que responda chame-me como deve ser, com a boca das folhas, as vozes exprimiam-se em segredo atrás das injecções, inclinava-se para elas

— Perdão?

e uma nas suas costas, tão triste

— Não podemos conversar Cristina

se ao menos fosse capaz de riscar com um prego o vidro que a separava das vozes e separando-a das vozes a separava de tudo, das pessoas a correrem em Luanda, das camionetas de soldados, dos gritos, eu nem curiosa nem assustada, alheando-me, de vez em quando as pessoas caíam e arrastavam-se uns metros, como o joelho da mãe, antes de se tornarem chão, uma gaiata alcançou-lhe o sapato, assentou de leve a bochecha na biqueira, largou a biqueira, desistiu, a mãe limpou o sangue em casa com a esponja das panelas, não no apartamento de Lisboa, é claro, em Luanda, logo a seguir à Muxima, candeeiros apagados à pedrada, varandas que as metralhadoras cegaram, se o telefone principiava aos soluços o pai de mangas abertas a defender o aparelho

— Não respondam

sem se aproximar dele, interessou-se

— Há soldados no telefone pai?

e a cara da mãe, não os lábios

— Cala-te

os lábios imóveis, pessoas que batiam à porta, deixavam a porta e continuavam a correr, passados estes anos não cessaram de correr, às vezes pensava que silêncio e não silêncio, pessoas ainda, a ambulância ainda, camionetas ainda, quem lhes limparia o sangue dos sapatos com a esponja, cada móvel a respirar por sua conta, não juntos como de costume, ao respirarem juntos a

sala era sala, separados não percebia em que sítio se achava, fragmentos de cómodas, de sentimentos, de armários
— Onde vivemos nós?
o pai a escrever, de papel coberto com o cotovelo, a sair num jipe da polícia, a regressar de manhã com a gravata enrolada no bolso e manchas não se adivinhava de quê no fato torcido
— Não discutam comigo
os móveis não apenas separados, transparentes, notavam-se os talheres nas prateleiras, guardanapos, novelos de cordéis, toalhas de altar
— Roubou a igreja pai?
tiros não de espingarda, mais fortes, a fachada da escola um destroço de que saíam gatunos com ficheiros e mapas, até nas cópias davas erros, Cristina, que vergonha, diz-nos se continuas a dar erros hoje em dia, se tivesses estudado compreendias as folhas e a razão de os soldados dispararem contra as árvores, o jipe da polícia ficava no passeio a tomar conta do pai, à noite, e mesmo assim calhaus que se ignorava de onde vinham contra as persianas descidas, a mãe
— Em que andas tu metido?
e o pai a escrever, ao levantar-se dos papéis os olhos que não se conheciam um ao outro nela, permanecendo sem se conhecerem, jogam xadrez contra um livro, a marginal de Luanda vazia de pássaros, os restaurantes fechados, o pai
— Não saiam
tal como ele não saía em Lisboa, se uma ambulância na rua obrigava a mãe a abrir uma frinchinha da marquise
— Está a arder?
e sob os ferros tortos duas cabeças, muitos
— Estava a pensar dar-lhe uns dias de licença na condição de tomar os comprimidos
corpos ou antes o que se presumiam cabeças, o que se presumiam corpos e entre as cabeças e os corpos um pé verdadeiro, intacto, a abanar sempre
— Cristina
porque tudo lhe falava
— Tudo fala comigo
milhares de vozes a distraírem-na da cópia na escola e da sopa ao jantar

— Quem não come a sopa é comida pelos bichos no escuro

tirem as vozes daqui, por que motivo não pode existir apenas fome de fruta, as vozes despediam-se nas alturas de chuva mas então eram as goteiras e os pingos passando de fora para dentro de mim e nenhuma blusa lhes abafava o ruído, o meu pai foi padre antes de eu nascer, já não é padre, garanto, embora capaz de abençoar e perdoar os pecados, descalçava-se examinando os pés, indecisa

— Estão a abanar como o da ambulância mãe?

tudo tão grande nessa época incluindo desgostos e espantos, queremos ser do tamanho do que acontece na gente e não conseguimos, na altura em que o periquito morreu uma desilusão com espinhos, que iam do umbigo ao pescoço, de modo que se mantinha quieta na esperança de a não picarem

— Não me façam doer

e após o não me façam doer

— Será tristeza isto?

a mãe segurou o periquito por uma asa e o bicho desdobrou-se em concertina com garrazitas no meio, o pai aliviado por a ambulância não arder

— Não descobriram onde me escondi

dobre-o pelos vincos e meta-o na gaiola, senhora, há defuntos, qualquer dia, se houver ocasião, explico como aprendi isto, que acordam, espreitam em torno, decidem

— Vou voltar

e passam o tempo para cá e para lá no corredor, intrigados com as mudanças

— Tens a certeza que não te enganaste no endereço Matilde?

quando nenhuma Matilde, acabam por pedir desculpa sumindo-se em passinhos nervosos, não se imagina a multidão de defuntos a circular por aí em busca do prédio que habitaram, qual o nome da rua que não me lembro bem, tenho ideia do bazar dos chineses, tenho ideia do talho mas devia ter passado a Óptica e não topo a Óptica, sentam-se num banco

— Se me sentar acalmo

a mãe às voltas com o joelho, trago o saco de água quente, não trago o saco de água quente

 — Como se lhes importasse onde te escondes essa história acabou nas noites em que o pai não vinha os defuntos incomodavam-na no quarto tacteando o lençol
 — A sério que não és da minha família miúda?
 a mãe com um roupão velho de casa abandonada, se calhar entra nelas à socapa, a afastar-se
 — Não há ninguém que não sonhe continua a dormir e não me puxes o ombro
 depois destes anos o joelho da mãe e os meus sonhos prosseguiam de maneira diferente, o que nos sucedeu entretanto, em Luanda os soldados disparavam não apenas sobre as pessoas, sobre os cães, em Lisboa o cego numa cadeirita ao lado da retrosaria, a abrir as narinas para o catraio que lhe comprava os cigarros
 — Passou uma mulher não foi Carlos?
 e o catraio a tirar-lhe dinheiro dos bolsos
 — É a filha do padre a maluca que fala sozinha
 as suas saias apertadas, as da mãe
 — Experimenta essa
 demasiado largas, como era você com a minha idade, conte, o doutor que tratava o joelho, sem perceber
 — Esta menina ouve vozes como?
 junto a um cartaz imperativo, Lave as mãos antes de comer, e o desenho de palmas, no gesto de se esfregarem, sob uma torneira em que a água era um cone de tracinhos, o doutor tinha feito mal a barba no ângulo esquerdo do queixo e mastigava, sem lhes estender a caixinha, pastilhas que anulavam sílabas às palavras e transformavam em vogais todas as consoantes, a língua aparecia com a pastilha, já minúscula, na ponta, trincando-a num ruído de vidros que se quebram, a apontar
 — As amígdalas
 como se os doutores adoecessem, que aldrabice, na praia em Angola, além da ambulância, fulanos quase nus, amarrados com arames nos pulsos, acocorando-se à espera, o que recordava melhor das pessoas era a resignação, uma noite sem garantia de manhã em cada uma delas, não escutava vozes por enquanto, não existiam bocas nas folhas, a mãe, de cabelo pintado, não gorda, não idosa, a colocar, com um pincel, pálpebras azuis por cima das pálpebras cor de rosa

— O que fazia você antes de dançar mãe?

— Trabalhei numa fábrica

numas alturas fábrica, noutras modista, noutras escritório, noutras

— Não me maces com perguntas

a corrigir o pincel que se não tornava pálpebra, se sujava somente e ela a lavá-lo na torneira, Lave as mãos antes de comer, a mãe, dobrada sobre a consola, com um retrato em que usava uma coisa em cima e outra em baixo e se chamava Simone, apesar de chamar-se Alice, pelo menos o pai Alice e nas cartas de uma tia Alice numa letra que desanimaria a professora da escola

— Ai Cristina

a mãe a aperfeiçoar a pálpebra no espelho

— Por tua causa quase estragava isto

não com o pincel, uma escovinha e um lápis, de longe em longe uma colega das danças que trabalhara na fábrica, na modista, no escritório, com painéis das duas bandas da porta mostrando fotografias como as da mãe, só que, em lugar do nome, Girls, vinha pedir dinheiro embrulhada num casaco de peles sem pele, tufos ralos, tiveram um gato assim que enterrámos nas traseiras, mesmo tapado continuou a miar durante meses e em certas tardes lá volta ele a aborrecer-nos, a colega

— Problemas com a renda não dás um jeito Simone?

no caixote de palha do sofá, tão magra

— Simone

numa voz semelhante às árvores, que é das plumas, amiga, do tornozelo ao alto na segunda fila, com menos lantejoulas e o fato mais gasto, lembras-te da marreca que acabou no bengaleiro, com um prato no balcão para as gorjetas e a filha num berço na cozinha, ao acabarmos o gerente ficava com metade das moedas

— Dá graças a Deus por eu ter pena de ti

e um empregado mestiço palmava-lhe a outra metade avisando

— Caladinha

lembras-te do padre à tua espera na rua, abotoado, respeitador, de açucena em punho

— Madame

e a gente para ti

— Só te falta um véu branco

porque no seu entender não conhecias homens conforme ele não conhecia mulheres, o gato veio miar um instante cá cima e afundou-se de novo, quis chamar

— Gato

e o bicho recusou escutá-la, olha a terra nos olhos abertos, olha a cauda a mover-se, uma pata, uma segunda pata, o focinho que se ergue, treme um momento, tomba, afigurou-se-lhe que ele

— Cristina

e eu em silêncio

— Perdoa

a mãe para a colega, com um soslaio no sentido da recordação do véu branco

— Esta fala com as sombras

e não falava com as sombras, limitava-se a responder ao que sem descanso a perseguia, o sol nas mangueiras felizmente mudo mas o resto uma agitação de ecos, como estar com vocês continuando sozinha, a mãe Simone ou Alice e o pai nem Alice nem Simone, a ir e a vir com o jipe, a mãe esperou durante dias que ele de açucena em riste

— Madame

desajeitado de timidez e paixão, a colega

— Tão cómico

quando cómica era a sua miséria e as raízes escuras do cabelo loiro, tentava instalar-se, com os clientes da fábrica, da modista, do escritório, em mesas de risos grossos de homens

— Dão licença?

e palmas a enxotarem-na

— Que quer esta?

de modo que a renda do quarto, percebes, sobrou alguma costeleta do jantar de ontem que me possas enfiar num saquinho, prometo que não te apareço mais nem te incomodo, os olhos da colega não lado a lado, um apenas a navegar cara fora sob uma única pálpebra, porque não a enterrámos como o gato rezando para que não volte, a colega pronta a desarrumar-lhe a franja

— A tua filha tão linda

ao despedir-se um sorriso feito de trapos de sorrisos antigos que as pessoas conservam sem dar conta que os têm

— Devia arranjar um padre como tu Simone
a mãe um olho apenas por seu turno e qualquer coisa molhada a descer o nariz, o pai lá do fundo
— Quem era?
a coisa molhada que descia o nariz
— Ninguém
e é verdade, ninguém, notaste algum barulho, Cristina, salvo as vozes e o gato que não cessa de regressar a acusar-nos, quantas ocasiões pedi ao meu marido que me deixasse partir para Lisboa, a senhora da embaixada a fazer riscos com o lápis num bloco, dúzias de riscos afinal sempre o mesmo
— A situação complicou-se sabia?
ou seja o meu marido a escrever atrás do cotovelo, as correrias, os tiros, algumas das pessoas acocoradas na praia tentavam escapar-se para o mar mas como de canelas presas e isto também riscos no bloco, mais riscos, o mesmo risco sem fim
— A situação
as unhas cresciam-me contra as palmas primeiro e na carne depois e as entranhas vazias, fomos nós que morremos ou são todos os outros, o que te contam as árvores, Cristina, o que te contam as coisas, o que existe entre vocês que me escapa, como entre tu e o teu pai, eu desprezada, tiro as plumas do baú, coloco-as na cabeça e torno a guardá-las logo, eu desprezada, o meu tio a apertar-me o braço
— Chega aqui Alice
num valado de perdizes, se ao menos me dissessem como se consegue chorar, as asas iam e vinham de mistura com os guinchos das crias, faço o que lhe apetecer, não me rasgue, senhor, e os militares a matarem não só as pessoas, as ondas, quem julga que o mar não morre engana-se, fica de bruços na areia a deixar de fitar-nos, fico de bruços no valado e o meu tio
— Levanta-te
se eu pegar na caçadeira ele uma perdiz, coitado, as penas da camisa, as penas do colete, a cabeça pendurada de um gancho à cintura, a colega
— Simone
e não me chames Simone, emagrece mais, some-te, hão-de encontrar-te num musseque, enfeitada como para as danças,

a comer ciscos e terra, consertávamos as meias antes dos espectáculos, consertávamos os corpetes com linha de cor diferente que na segunda fila não se notava, notava o meu marido a ganhar coragem
— Madame
sem se atrever a seguir-me, fui eu que o procurei no meio dos caixotes e ele escondendo a açucena, embaraçado
— Não pretendia ofendê-la
quando depois das perdizes o que iria ofender-me, não ofende, cravo-te a cabeça num gancho à cintura, o dono da fábrica, da modista, do escritório, a bater palmas zangadas
— Mais alegria queriduchas
até que a fábrica, a modista, o escritório vazios, já nem orquestra sequer, um gramofone num banco, oculto em dobras de reposteiro, e nós não vinte, catorze, não catorze, sete e numa única fila de modo que se repara nos corpetes consertados com linha diferente, porque me proíbes de ir embora, não sou de cá, não sou preta, nada a não ser um arrepio nas árvores e cada folha a estremecer numa linguagem sem relação com as outras, palavras que se me destinam e de que ignoro o sentido, tenho medo do meu marido e da minha filha a julgarem-me, odiei-te quando te descobri na minha barriga, tardes e tardes com o valado das perdizes a crescer-me no umbigo e a detestar-vos, a surpresa ao nasceres
— Não é uma perdiz
porque depois do meu tio foi sangue de perdiz que achei, pingos de sangue, dejectos, insignificâncias de pássaro, o vento a curvar os galhos dos arbustos, os olhos do meu marido, que não se conhecem um ao outro, nem
— Simone
nem
— Alice
ocultos no cotovelo à medida que escreve, polícias de guarda ao quintal e uma luz secreta na mimosa em que enterrámos o gato, patas que sobem ao meu encontro numa esperança de alcofa, se lho entregasse a minha colega comia-o, remorsos de a não chamar, cava na mimosa e leva-o, ela, de plumas e lantejoulas, ajoelhada no canteiro, o dono da fábrica, da modista, do escritório

— Mais alegria queriduchas

e a minha colega a sorrir de tornozelo no ar, morávamos no Prenda aguentando, nas escadas, que a outra acabasse um serviço, e as perdizes de volta a bicarem nas moitas, o padre, debaixo da chuva, escorria aflição e cabelo

— Madame

pagou e não se despiu sequer, se calhar percebia as bocas das folhas que muitos anos depois conversariam com a minha filha

— Como estás Cristina?

e o padre de costas para mim, suponho que a rezar, da segunda vez procurei-lhe as intimidades em vão e ele

— Tem de ter paciência comigo madame

duas osgas junto à lâmpada, não, uma junto à lâmpada e outra na sombra, eu, com pena da sua angústia e das suas derrotas

— Desde que pague tanto se me dá

e tive um espantalho deitado à minha beira, a espinha de cana, as mangas em cruz, a maçaroca da cabeça com feições a giz, quer dizer, sobrancelhas, boca e meia dúzia de incisivos que me devoravam inteira, o doutor do joelho parado na minha ficha

— Vozes como?

e nisto a suspeita da secretária e da balança falarem, não uma conversa comprida, uma sílaba ou duas

— Ai Alice

procurei a Cristina e ela distraída, a senhora da embaixada inclinou-se num segredo entre nós

— O seu marido não pertence à Comissão das Lágrimas?

e logo todas as coisas discutindo em tropel, você assim, você assado, como estás Simone, uma mulher com um tiro em cada membro e o filho a soltar-se-lhe dos rins desenfaixando-se do pano em que o embrulhou, eu no interior de mil sons

— A Comissão das Lágrimas?

com a senhora a franzir-se aumentando a orelha

— Não entendo

consoante não a entendia a ela, que Comissão, que Lágrimas, as da maçaroca da cabeça do padre a anularem os dentes conforme a chuva na horta do meu avô, se tivesse um chapéu de palha emprestava-lho, o meu avô no alpendre a escutar a água e

logo a seguir defunto sobre a mesa de comer, de gravata e botas, enquanto o dono da fábrica, da modista, do escritório
— Mais alegria queriduchas
a bater-me nos calcanhares com uma varita
— Esses tornozelos cá em cima
a colega deve ter ardido numa ambulância ou ficado sob placas de zinco quando as camionetas dos soldados destruíram os musseques, pergunto se me chamo Simone ou Alice hoje em dia, neste andarzito de Lisboa a cavalo no rio, gaivotas, manchas de óleo, uma barcaça que manca, o meu marido seguro que hão--de bater à porta, amanhã ou depois, com nós de dedos enormes, olhará a minha filha, olhar-me-á a mim, rodará a fechadura aceitando e nós a distinguirmos no patamar vultos que a lâmpada agita no soalho, ir-se-á embora com eles e o lugar vazio ao almoço, ou seja, o mundo idêntico menos o lugar vazio ao almoço, comigo a pensar não existiu, enganei-me, substituo estes vidros por vidros normais e surgem, impacientes de serem, casas, o portão do cemitério judeu mais a sua estrela gravada, o largozito onde dava descanso ao joelho, com pombos de muleta a fumarem nos bancos e velhos em círculos sobre os telhados mudando de cor a cada volta, hei-de passar na travessa da fábrica, da modista, do escritório mas no passeio oposto e outro empregado de farda, outros clientes a entrarem, outras Simones, não, Alices em vias de se tornarem Simones, mais Alices que Simones nos primeiros tempos, a blusinha simples, o penteado de província, o tio
— Espera por mim no valado
e movimentos bruscos, perdizes, nunca mais vi perdizes, onde soluçam e por quem o fazem, contem-me, a Alice a compor os ganchos do cabelo e nunca mais vi a Alice tão pouco, querida Alice, o avô da querida Alice
— Que horas são rapariga?
porque um problema na vista lhe impedia os relógios e o giro do sol, que aliás não se desloca, dispersa-se, quantas ocasiões o encontrei a espiar-me dos salgueiros ou me assustava, de repente, no caminho da escola, o meu avô a enxotar o sol até me alcançar a cara
— Não te enxergo sabias?
mudando-me as feições com os polegares e eu
— Sou como você me fez senhor

não me enxerga mas afianço que me pareço com a memória que tem e se lhe apetece alterar-me com os dedos altere, comprou-me um colarzito na feira, escondeu-se atrás do chapéu para que eu não sonhasse que gostava de mim e no entanto os dedos mais cuidadosos, mais leves, trate-me como ao resto da família que não me parto, sossegue, a querida Alice resiste, fritava passarinhos para nós, a pingarem gordura no pão, queixava-se
— A trabalheira que me dás rapariga
e contente, no caso de eu
— A trabalheira que lhe dou senhor?
reforçava
— Para que serves tu?
mas se me afastasse perguntava às névoas que o cercavam, na esperança de parentes ali, um afilhado, um sobrinho, o tio das perdizes
— A minha neta?
e a sua neta, a querida Alice, a subir o tornozelo na fábrica, na modista, no escritório, a querida Alice em Luanda, com saudades dos passarinhos mesmo de tornozelo no ar, enganando-se no ritmo à medida que o avô se dirigia para o quarto atravessando as paredes, surgia do outro lado, sem que a gente o esperasse, a remar com a bengala, se lhe dissessem que atravessava as paredes não acreditava
— Eu?
baixei da camioneta da carreira no momento em que desciam o caixão, lembro-me dos homens e das cordas, das árvores também e cada folha uma boca sem relação com as outras, de início fazem cerimónia, hesitam, pedem desculpa, e depois palavras que se destinam a mim de que não consigo lobrigar o sentido
— E tu consegues Cristina?
deixem-me em paz, não me macem, há quantos anos
— O seu marido pertence à Comissão das Lágrimas?
me perseguem vocês, isto do avô na primavera ou no outono e digo na primavera ou no outono porque começo a confundir as estações, abril ou novembro é igual, os meses não se alteram e as ambulâncias ardem na praia, arderão para sempre tal como as correrias e os tiros, a sua neta impedida pelo joelho, imagine, a coxear, é evidente que nunca lhe chamou querida Ali-

ce, que exagero, o que a gente descobre se nos sentimos, como exprimir-me, não exprimo, o que a gente descobre nas manhãs difíceis, a colega para a minha mãe
— Problemas com a renda não és capaz de dar um jeito Simone?
sem plumas nem tornozelo ao alto, tão magra, uma manhã difícil é quando
— O que fazia você antes de dançar mãe?
é quando apenas o gato emerge do soalho a procurar--nos, não em Luanda, aqui, o mesmo gato, juro, o meu avô terra ou antes cordas que o desciam e eu junto à camioneta a fitá-lo, a minha mãe de súbito Alice de novo, não Simone, não vão matá--lo, pai, não tenha medo, todos esqueceram as pessoas de pulsos amarrados na praia menos nós, uns dias de licença na condição de tomar os comprimidos contra as manhãs difíceis, ruínas poeirentas, fragmentos miúdos, eu nos braços de uma mulher mas qual porque dúzias de vizinhas que os militares levaram, sobramos nós, em Lisboa, com o meu pai a jogar xadrez, eu, nos braços de uma mulher, apertando um brinquedo quebrado que ao poisarem-me no chão tornei a quebrar com um ferro a fim de não chorar por perdê-lo, deixando de existir não existiu nunca e eu serena, recordo-me de um sujeito sentado num tijolo entre destroços e cinzas, junto a pássaros de pescoço careca que esvaziavam os defuntos com as garras, mesmo durante a noite sentia a cartolina das asas não brancas, castanhas, e as patas vermelhas, essas patas para cima, queriduchas, um dois três, um dois três e a minha mãe a aproximar-se do caixão do avô, segurando a cintura da colega da esquerda e da colega da direita, ao compasso da música, um dois três, um dois três, vamos lá, vamos lá, quantas éramos nós, doze à frente e doze atrás, a seguir sete à frente e sete atrás, a seguir quatro somente, a seguir nada, o dono da fábrica, da modista, do escritório
— Já não nascem artistas
até desaparecer por seu turno sem entregar os salários, o cartaz Girls apoiado na ombreira, fotografia nenhuma e os buracos dos preguinhos emoldurando os rectângulos mais claros das nossas ausências, o meu avô não está morto, convida-me para a mesa a seguir ao espectáculo
— Senta-te aí rapariga

a mudar-me as feições com os polegares e eu feliz, o meu braço na sua nuca, a minha perna contra a dele, o meu avô a fazer-me cócegas
— Promete que vais ser má para mim
porque quero que sejas muito má para mim, ralha comigo, aleija-me e eu a pensar nas perdizes, a única coisa que me vinha à cabeça eram as perdizes no valado a fugirem da tropa gritando e o meu pai a amparar-se aos caixotes das traseiras
— Madame
resguardando a açucena da chuva, não se importava com ele, importava-se com a flor, a minha mãe para a colega que nos visitou
— Um padre?
a voltar aos caixotes
— És padre tu?
e o meu pai a retrair-se, mudo, muito má para mim, castiga-me com força, não páres que não mereço perdão, insiste que não mereço perdão, vinha a noite e o meu pai
— Não acendam as luzes
de modo que somente o reflexo dos candeeiros da rua nos vidros opacos, a minha mãe de regresso à camioneta, quatro horas da aldeia a Lisboa e pomares, chafarizes, um comboio numa ponte
— Como se chamará aquele rio?
pauzitos cruzados e sobre o lume os passarinhos no espeto, juntava-se banha, punha-se uma bucha a amparar onde a gordura pingava, às vezes uma pena enrolada na boca, às vezes um ossinho que a língua demorava a encontrar, o queixo do avô luzidio, os dedos limpos nas calças, o avô interrogando brumas
— A minha neta?
e estou aqui, senhor, nunca saí daqui, deixe-me guiá-lo até casa a fim de não tropeçar nesse regador, nesse balde, a querida Alice nunca foi para Angola, a querida Alice ajuda-o, um dois três este tornozelo, um dois três o outro, a querida Alice
— Para que serves tu?
que não serve para nada, sem saber o que fazer junto à palavra Girls, diante de uma porta que não abriria nunca, diante de uma porta final.

Segundo capítulo

O jipe com o pai em Luanda que nunca teve tantas ruas como nessas noites nem tanto silêncio nas árvores, igual ao silêncio do mundo ao esquecer-se de andar, tudo quieto por instantes, gestos, ódios, relógios, nós perplexos
— Onde estamos agora?
sobra a imagem da Virgem, surpreendida na moldura de talha
— Que coisa
e o mundo, palmo a palmo, de volta, os tiros cessavam e mais travessas, mais becos, mais musseques, tapumes derrubados onde soluçavam frangos, uma cabra flutuando ao acaso ou o badalo somente, suspenso de nenhuma papada, a caminhar por ali, pessoas ocultas numa dobra de prédio, não fazendo parte do escuro, fazendo parte das casas, cada vez menos pés, menos braços, menos carne, tijolos em que lábios, tornados paredes, respiravam ainda seguindo-o com olhos de caliça que apesar de cegos o viam
— O padre
ele que deixara de ser padre há anos, trabalhava num ministério e no entanto, por onde ias António, e no entanto nada, reparem nos olhos ocos de medo, no, nos cadáveres, de bruços, e marcas de catanas e balas, porquê quase todos os cadáveres de bruços, em que sítio andam as caras, no badalo que parecia voltar sumindo-se de novo, apesar das explosões o sonzinho perpétuo, ora à esquerda ora à direita, à medida que o jipe avançava trazendo ossos à luz, no seminário acordavam os alunos com um badalo assim
— Seis horas, seis horas
arrancando-o do colchão numa violência de grua, a pingar sonhos confusos no lençol, a mãe, de joelhos na cozinha do chefe de posto, aberta para os girassóis, e a esposa do chefe de posto

— Pede desculpa ladra

palmeiras ou coqueiros, não recordava ao certo, até ao mar de Moçâmedes e as orelhas dos búzios contando as ondas, dezassete, dezoito, dezanove, depois do dezanove números compridíssimos que não ensinavam na escola e só eles conheciam, vontade de pedir

— Repitam

a mãe a entregá-lo aos missionários italianos num pátio com uma fonte, um anjinho que soltava gotas pelo musgo dos lábios, o da cama ao lado espiando-lhe as vergonhas no pijama

— Mostra

em manhãs coaguladas de avencas que se moviam na janela escura, ele em busca dos sapatos, do missal, da batina, da esposa do chefe de posto troçando-o de longe

— Tão feio

e o pai da Cristina no meio dos girassóis, acocorado numa pedra

— Terei sido lagarto?

enquanto o vento do cacimbo rodopiava ciscos, encontrou os sapatos, o missal e a batina, não encontrou a mãe que devia continuar de joelhos no Cassanje ao mesmo tempo que a milésima centésima terceira onda se aproximava da praia para a levar consigo, o pai da Cristina

— Mãe

e a mãe com a faca de tirar os intestinos aos borregos na mão

— Tenho muita pena não posso

o jipe da polícia, a caminho da Cadeia de São Paulo, contornou uma mulher de avental que por acaso não era ela, quando choramos os olhos babam saliva, é na garganta que se juntam as folhas secas das lágrimas, se as pisamos, mesmo de leve, protestam logo, quem não lhes escuta a queixa, senhores, os pássaros de pescoço careca arredavam-se dos faróis não a voar, mancando, cheios de calos, nos passeios desfeitos, o da cama ao lado, já na fila para a capela

— Nunca me vais mostrar?

outro jipe da polícia, uma camioneta de soldados, alguns só com metade do uniforme e chinelos, além de Moçâmedes o deserto e as cobras de janeiro a chegarem à casa, a maior parte vindas das ondas, as restantes, aumentadas pela chuva, de imbondeiros e calhaus, a mandioca não floria, engelhava, repara nas caveiras brancas dela a secarem na esteira, em cada cruzamento a Cadeia de São Paulo crescia até alcançar a dimensão do seu pânico, disseram-lhe

— Vais fazer parte da Comissão das Lágrimas

ou seja olhos que babam saliva, é na garganta que as folhas secas se juntam e ei-las a protestar se as pisamos, ao dizerem-lhe

— Vais fazer parte da Comissão das Lágrimas

a mãe de joelhos na cozinha do chefe de posto na qual os girassóis entravam desarrumando as loiças, a mãe a alinhar terrinas

— Deixem a casa em paz

e o problema é que por mais que me esforce não consigo acalmar-me, senhora, na Cadeia de São Paulo pessoas e pessoas em corredores, em celas, com arames nos pulsos, que o fitavam à espera, o da cama ao lado, a meio da noite

— Não gostas de mim?

e uma ocasião ou duas, nunca confessei isto, fingi gostar, comungava no pavor da hóstia, mesmo cerrando a boca, me denunciar, furiosa, e os crucifixos inclinados na minha direcção

— Pecador pecador

os missionários chamar-me-iam ao gabinete

— Arruma a tua trouxa

eu que não tinha nada excepto a camisa e as calças que não serviam já, mandando-me de volta ao Cassanje engelhava e cabia na roupa, a certeza que o pai, apesar de não dar por isso, sabia, há partes nossas, o fígado, a bexiga, capazes de compreenderem o que a cabeça não entende, avisam, trambolhando pedras

— Sucedeu isto sucedeu aquilo

e nós, depois de reflectirmos, a concordar

— Pois é

quanto ao pai sepultaram-no não num caixão, como os brancos, numa tábua, como os pretos, e percebia-se-lhe a censura, debaixo das raízes, conforme se percebia o gato sempre a regressar, até em Lisboa, um esforço sob os armários ou uma saliência que se deslocava no tapete e era ele, notava-o na cara da

minha filha que se entendia com as árvores e as vozes do nada, ainda bem que o sepultaram, pai, oxalá as raízes o estrangulem e o da cama ao lado mudo também, com um pau na barriga em Cabinda, quem é Deus que não está, a Virgem
— Que coisa
desentendida com os caprichos do mundo porque as mulheres conservam intactas as ilusões e a esperança, os vidros opacos intrigavam a minha filha
— Acaba tudo ali?
e eu a enganar-me no xadrez
— Acaba tudo ali
quando não acabava tudo ali, a Cadeia de São Paulo, por exemplo, prosseguia, presos e presos nos corredores, nas celas, a senhora da embaixada para a mulher dele
— O seu marido não pertence à Comissão das Lágrimas?
de modo que é impossível que o não procurem no bairro, não jipes da polícia nem camionetas militares, gente, que ignorava quem eu fosse mas não ignorava quem ele era, no patamar chamando-o, o filho da rapariga que não parava de cantar enquanto lhe batiam, erguiam-na com um gancho, deixavam-na cair, escutavam-se-lhe as gengivas contra o cimento e ela a cantar com as gengivas, uma bala no ventre e cantava, uma bala no peito e cantava, inclusive sem nariz e sem língua, e o nariz e a língua substituídos por coágulos vermelhos, continuava a cantar, julgaram calá-la com um revólver no coração e os arbustos do pátio tremiam, pergunto-me se em lugar dos arbustos eram as minhas mãos que não achavam repouso, a minha mulher, de garfo do almoço suspenso
— Que tens tu?
e como fazê-la acreditar que é o canto que me não larga, a minha mulher com as colegas na azinhaga das traseiras da fábrica, da modista, do escritório, sem lantejoulas nem plumas, e ele de flor em riste, por acaso uma açucena
— Madame
quando era
— Menina
que pretendia dizer, não
— Madame
não velha para

— Madame

com tanta infância no rosto, talvez não uma açucena mas agradava-lhe pensar que era uma açucena, onde se encontram açucenas em África, dou um doce a quem achar uma só, um dia conto onde desencantei esta, não, conto já, se calhar encomendavam-nas na Europa porque Nossa Senhora, claro, açucenas, se a do altar fosse a que temos na sala arrepiava-se logo

— Que coisa

intrigada com os vidros opacos

— Acaba tudo ali?

e a pequenez da Terra

— O meu Filho tanto trabalho para quê?

a mulher Simone ou Alice e por não estar seguro nunca a tratou por nome algum, como não respondia, ao chamá-lo, dado que se mantinha em Luanda à sua espera, abotoando-se à chuva nas traseiras da fábrica, da modista, do escritório, entre mendigos que vasculhavam cacos de garrafa, legumes secos, misérias, ao passo que no claustro amendoeiras selvagens e as cruzes de pau dos missionários mortos, ao crepúsculo acendiam lanterninhas de papel para esconjurar a noite, se o meu pai pendurasse uma lanterninha de papel aqui

— Não se atrevem a matar-me de dia

salvava-se o director

— Uma lanterninha de papel na Clínica para quê?

e como fazê-lo perceber que eu não era doente, todas as folhas falam e cada boca ressentimentos, opiniões, avisos

— Não gostamos de ti

nenhuma amendoeira selvagem em Lisboa, as ambulâncias que se lamentavam na rua transportando-o na direcção de uma praia, se calhar no lado oposto do Tejo, perto de tufos de espinhos, numa balsa em que não se via o mar, com a mesma onda a despedir-se há séculos

— Passem bem

e cuidou que ia morrer junto de uma carcaça de gaivota ou albatroz, os albatrozes mais acima, junto de uma carcaça de gaivota, nunca tratou a mulher por nome algum, fosse Simone ou Alice, e porquê Simone, porquê Alice, porquê uma ideia de perdizes ele que não conhecia perdizes, galinhas do mato, sim, mas as perdizes como são, o que fazem, de que se alimentam,

em que zona da sua cabeça se formou esta cisma, logrou a custo, enfiado no tabuleiro de xadrez
— Madame
e no interior do
— Madame
que os anos e o joelho doente foram esfiando aos poucos
um
— Menina
intacto, curioso haver emoções que aguentam, quando te pego na mão, quando não te pego na mão, nenhum de nós pega na mão do outro, para quê, dedos moles que apetece sacudir e esfregar a palma e os nossos dedos, esses sim, com ossos, na perna, pergunto-me se a bala no coração da rapariga fui eu, parece-me que a pistola, não me parece não que a pistola, como exigem que me lembre trinta maios depois, não suportava ouvi-la cantar, fui eu, já o nariz e a língua substituídos por coágulos vermelhos não sei
— O seu marido não pertence à Comissão das Lágrimas?
a igreja deserta, só um fulano a persignar-se sem fim na monotonia dos pretos, tirei a açucena da jarra e logo o da cama ao lado
— Mostra
sem me mostrar o pau na barriga, não permitam que eu durma, acordem-me, não quero um jipe na esquina nem aquela porta aberta e militares a sacudirem-me
— Vem cá
a minha mulher
— Continuas com medo?
e não tenho vergonha de confessar, continuo com medo, a Cadeia de São Paulo diante dele agora, pessoas e pessoas não a fugirem, em corredores, em celas, tão difícil reconhecer os presos por causa dos inchaços, não mencionando os postigos estreitos, interrogo-me como a minha filha descobriu eu que me calei ou quando muito gritos mudos que ninguém escutou, será que as árvores e os objectos decidiram informá-la mas como se não saíram de Lisboa e por conseguinte nada sabem de África, em relação a África, de resto, há momentos em que duvido, palavra de honra, ter lá morado em tempos, desde há milénios este tabuleiro e estes vidros opacos e no entanto cada autocarro uma camioneta do

Exército, cada automóvel um jipe da polícia, passei semanas a fio de açucena em riste nem todas sob a chuva, é verdade, mas quase todas sob a chuva e indiferente a ela dado que a Simone, dado que a Alice, Simone li nas fotografias do cartaz, a Alice mais tarde, a querida Alice que veio de Lisboa num barco de mulheres, cheio de lantejoulas e plumas, para os fazendeiros do café, ao mencionar a querida Alice logo o avô cego e os passarinhos no pão, aí vai ela carregando o joelho no sentido do quarto, há-de ser complicado transportarmos uma coisa não nossa, a senhora da embaixada
— O seu marido não pertence à Comissão das Lágrimas?
e pesada, e incerta, se cuidava que a não via um pedido de ajuda não calculo a quem, à Virgem que não nos fita, inquieta com a estreiteza do universo
— Não há lá fora a sério?
e não há lá fora, Senhora, há a Cadeia de São Paulo e o meu pai sentado com os outros, a uma mesa comprida, com duas lâmpadas no tecto tombando, em charcos pardos, sobre outros charcos pardos, inquirindo, sibilando, zangando-se com os presos dos corredores e das celas, quem procuraste ontem, com quem falaste, onde foste, as folhas da sua boca não
— Ai Cristina
não
— Como estás Cristina?
a que inimigo escreveste contra a gente, porque pensavas matar-nos e mais charcos, olhos que babavam saliva, murmúrios de palmeira sufocada, a seguir aos murmúrios de palmeira um silêncio vazio em que um barco com uma lanterninha de papel, perdão, um barco sem uma lanterninha de papel largava corpos na baía onde o mar agitava sementes de avenca contra a janela, no seminário as avencas o tempo inteiro nos caixilhos, advertindo
— Não entristeças Deus
com o da cama ao lado, mais baixo que as avencas
— Dá-me
e demasiados braços, demasiadas unhas, demasiado suor na sua nuca, nas costas, ele a pensar, aterrado
— Um dia destes Deus vai saber de certeza
porque as avencas sabiam e não gostavam de mim, as avencas
— És preto

numa arrogância que não cessava, não cessava, a minha mãe de joelhos e ele incapaz de consolá-la, ele preto
— O seu marido não pertence à Comissão das Lágrimas?
ele mandioca torcida nas esteiras, ele de pedra como em Lisboa, quase oitenta anos de pedra, ele com a mãe, hoje a engordar o capim, na cozinha do chefe de posto voltada aos girassóis e a seguir aos girassóis as mangueiras, em redor do seminário eucaliptos a concordarem
— És preto
reunindo sombras onde os morcegos dormiam, de cabeça para baixo, apinhados em cacho
— És preto
o chefe de posto branco, a esposa do chefe de posto branca, a minha mãe preta, o meu pai preto que trabalhava num armazém a entregar os salários e não havia salários, não pagaste o imposto, gastaste o que sobrava na cantina e os palermas calados, nunca viu criaturas tão submissas, pedaços de calções, pedaços de camisas, um ou outro chapéu de palha sem palha, a que desgraçado o furtaste, gatuno, ele na Comissão das Lágrimas
— Queres os portugueses de volta em Angola?
a rapariga sem gengivas nem língua que só a pistola calou, não entendia a razão de continuar a ouvi-la em Lisboa, o que fizeste para que eu te oiça em Lisboa a não ser que o mar vos traga um a um, a missa no seminário às seis e um quarto da manhã e ele gelado, oxalá ninguém conte a Deus, oxalá não venha aqui e suspeite, Deus branco, como o chefe de posto e a esposa do chefe de posto, com a colher de girar a sopa no fogão ao alto, estende as mãozinhas, ladra, e um girassol a quebrar-se a cada golpe, inúmeras pestanas amarelas e a pupila de verniz descobrindo-me de súbito
— Mostraste?
eu que com a minha mulher
— Não se rala de casar com um preto?
não podia, a minha filha, e duvido que minha filha, branca igualmente, não me trates por
— Pai
não consigo afagá-la nem necessito de pedir
— Não me trates por pai

visto que não me trata por nada, entretinha-se com as vozes, respondia-lhes, se chego a dormir, eu que não chego a dormir, acorda-me da sala segredando mistérios, no caso de me entregarem uma pistola calava a rapariga em mim e o meu queixo no tabuleiro a derrubar as peças, um preso limpava os charcos com um balde onde as duas lâmpadas saltavam, ora juntas, ora uma ora outra e a minha mulher quando eu

— Não se rala de casar com um preto madame?

quase a sorrir, não de felicidade, uma razão misteriosa

— E julgas que sou branca?

apesar do cabelo claro e do cor de rosa da pele, nos caixotes das traseiras uma febre a que chamava perdizes e eu não chegaria a ver dado que em Portugal só conheço esta casa, olha o avô a fritar criaturas peladas num pedaço de cana, a minha mulher, indignada com a cana

— Um espeto de ferro

porque o espeto importante e freixos e penedos onde um fio de água a descer sem alcançar a terra, um cego escondendo a alegria na barba

— O meu avô

tudo sem cor salvo o trapo desmaiado do sorriso, paliçadas oblíquas, janelicos através dos quais nenhum girassol, nenhuma avenca, nenhum Deus por ali já que não cabiam ameaças num espaço tão estreito, de Portugal conheço este andar e não me obriguem a conhecer mais, musseques, gente a correr, aqueles que uma traineira vai largando na baía, agarram-se à noite pela cabeça, os joelhos e a sombra abre os braços e leva-os, o pai da Cristina, na Cadeia de São Paulo, erguendo uns papéis

— Está aqui tudo escrito

ou seja o que ele escreveu na véspera atrás do cotovelo, não o que os presos no lado oposto da mesa escreveram, querias entregar-nos aos colonialistas, aos sul-africanos, aos chineses, aos russos e não jures que não escreveste isto, não mintas, o pai da Cristina a recordar o cubículo para onde se atiravam granadas, contando os segundos antes da explosão, um dois três quatro cinco, que calava os gemidos e as rezas, calava o silêncio também, substituindo-o por nada se é que o nada substitui seja o que for, quando as vozes me abandonam peço-lhes

— Não me deixem sozinha

e som de loiça partida que não sei quem partiu, a minha mãe, sem que eu tivesse culpa, a telefonar aos bombeiros, não quebrei os bibelots, não abri o gás do fogão, não rasguei as cortinas, enquanto o meu pai permanecia imóvel diante do xadrez ou mudava um bispo e ficava a observá-lo indeciso, se o colchão da cama dele ardesse as vozes regressavam

— Como estás Cristina?

e eu tranquila, felizmente estou óptima, depois das granadas desaferrolhava-se o cubículo e nem sequer muito sangue, ossos ao léu rompendo a pele e a carne, que complicado o modo como somos feitos, de que maneira os médicos se entendem com a gente, chamam pâncreas e intestino a novelos e postas, como é que pensamos, o que sucede à comida, mais pessoas no cubículo empurradas à coronhada sobre os novelos e as postas, tentavam impedir-nos de as fechar com os joelhos enquanto o pai da Cristina puxava uma cavilha de granada e alguém à sua direita

— É preciso isto?

amparado à secretária a vomitar os olhos, repara como me saem da boca quando metem todos estes ossos, todos estes cabelos, todas estas vísceras, todos estes, não continues, resume, quando metem o cubículo inteiro em sacos, outros presos esfregavam as paredes e o tecto com creolina, quantos éramos na Comissão das Lágrimas, o da cama ao lado a espiar-me as vergonhas

— Mostra

e as minhas costas dobradas, éramos dez, quinze, oito, salvar Angola e os girassóis e a fome ou seja a minha mãe de joelhos na cozinha do chefe de posto

— É preciso isto?

e fiz isto por você, senhora, a esposa do chefe de posto com a colher

— Pede desculpa ladra

ao falecer a minha mãe não me agradeceu, perguntei-lhe

— Vai-se embora assim?

e foi-se embora assim, chão abaixo, a deslizar descalça da tábua, endireitei-lhe a blusa, por pouco não a beijei e se a beijasse quem beijava, compreendo que me tenha esquecido, nunca se lembrou de grande coisa aliás, na hipótese de lhe perguntar

— Quem foi o seu pai?

procurava um momento

— Não sei

trabalhava no algodão, acho eu, todo ferido dos espinhos, não necessitou de uma granada no cubículo, os aviões bombardearam o Cassanje um ano antes da guerra e acabou-se, mostrava os papéis que escrevi

— O teu mal foi anotares tudo

os presos espremendo-se a custo

— Não é verdade

ansiosos de me convencerem que a verdade um assunto sério e não é, que impostura a verdade, os aviões seguiam as pessoas trilhos adiante, nos intervalos da chuva, enquanto o meu marido a sofria de açucena em punho, que noivos tão cómicos, os pretos, que casacos, que gravatas, que modos, além de cheirarem a não sei quê que não se aguenta, fumam com a brasa do cigarro na língua, pegam no garfo ao contrário, nunca durmas com um preto, filha, que te tornas preta e o tal cheiro não passa, saíste branca por sorte e eu desatenta derivado às vozes, a atropelarem-se em mim, consoante os aviões se atropelavam no Cassanje, não era gente que recebíamos na Comissão das Lágrimas, eram avencas que nos queriam matar brandindo sementes e folhas, a rapariga que cantava uma avenca, os oficiais, a quem retirávamos os galões, avencas, aqueles que segredavam contra nós no Leste e em Benguela, ou fingiam ajudar-nos em Luanda, avencas, o chefe de posto para a minha mãe, a bater a chibatinha na perna

— Se não fosses tão velha

ou o da cama ao lado já com o seu pau na barriga

— Vais gostar de mim sempre?

e portanto o meu pai também cheio de vozes, qual de nós rasga as cortinas, queima o colchão, quebra os copos e os pratos, qual de nós na Comissão das Lágrimas

— Tira a roupa

e marcas de cigarros e cordas na pele, os presos a jurarem embosquei os portugueses, no tempo dos colonos arrancaram-me os queixais com uma tenaz, perdi o braço, veja, eu com a minha mãe e os girassóis do posto na memória, centenas de girassóis que a lente do passado tornava imensos, onde se viu tanta flor apontando em uníssono para mim

— Mostra

obrigando-me a aceitar o que não queria, queria, não sei se queria ou não queria, ainda bem que perdeste o braço e te arrancaram os queixais, é da maneira que temos menos para limpar a seguir, as granadas no cubículo porque os aviões não se vão embora, a minha mãe de joelhos
— Perdão
e os eucaliptos do seminário a insultarem-me
— Maricas
impedindo-me de ganhar ao xadrez, os eucaliptos
— Não és homem
os eucaliptos
— Não há perdão
e o dedo infinito de Deus
— Tu
o da direita, amparado à secretária, a comprimir soluços no lenço
— Tu que foste padre não acreditas em Deus?
enquanto as ambulâncias ardiam ao ritmo do gramofone que obrigava a minha mãe a dançar, ajudada pelo dono da fábrica, da modista, do escritório
— Esses tornozelos mais acima queriduchas
eu a culpar os presos dos papéis que escrevi para que a minha mãe, acredito em Deus e palavra que é terrível acreditar, o Seu dedo infinito
— Tu
para que a minha mãe se levantasse na cozinha do chefe de posto, para que ao menos galinhas em casa, um par de cabras atadas a um espigão e o meu pai não tivesse de apanhar escaravelhos numa lata, eu
— Assina aí que nos vendeste aos russos
e não me falem do seminário nem da igreja que não se incomoda connosco, quem se incomoda com pretos, menos que bichos, esses, tanto carro de português a apodrecer nos musseques, vendeste-nos aos russos, aos chineses, aos cubanos e o jipe com o meu pai, em Luanda, que nunca teve tantas ruas como nessas noites nem tanto silêncio nas árvores, igual ao silêncio do mundo ao esquecer-se de andar, tudo interrompido por instantes, gestos, ódios, relógios, nós perplexos
— Onde estamos?

e a imagem de Nossa Senhora na moldura de talha, mentira, não de talha, alumínio
— Que coisa
tanto vazio depois dos tiros, calavam-se e mais travessas, mais largos, mais becos, guizos suspensos de nenhum pescoço caminhando por aí, pessoas, escondidas numa dobra de prédio, fazendo parte das casas, de modo que cada vez menos pés, menos costelas, menos carne, tijolos em que bocas, tornadas paredes, respiravam ainda, seguindo-o com olhos de caliça que apesar de cegos o viam
— O padre
o padre cansado de cadáveres de bruços e sinais de catanas e balas, porquê quase todos os cadáveres de bruços, em que sítio param as caras, os guizos que pareciam voltar sumindo-se de novo, apesar das explosões o sonzinho perpétuo, acompanhando-o ora à direita ora
— O que tens contra o teu povo diz?
à esquerda, à medida que o jipe avançava trazendo ossos à luz, esteiras sem mandioca, detritos, eu um detrito, não um homem
— Não és homem que pena
no seminário acordavam-no com um badalo assim e os eucaliptos e os girassóis a entrarem-me no sono
— Seis horas seis horas
sandálias claustro fora na direcção da capela, mais passos do que missionários de forma que talvez os defuntos andassem connosco, apesar de sepultados junto à horta e com cruzes feitas das mesmas hastes que endireitavam os legumes, não me esqueço do brilho das alfaces ao crepúsculo, mesmo hoje tenho a impressão de encontrá-los junto aos vidros opacos da marquise, o professor de Latim para a mãe de joelhos
— Pede desculpa ladra
não, o professor de Latim de batina branca, um branco, quando me irá bater, esses tornozelos mais acima queriduchos e o joelho da minha mulher um incómodo na rótula
— O que se passa comigo?
o professor de Latim para ele
— O substantivo onde está?
o substantivo a mudar de posição, como os complementos e os verbos, o mindinho à cata no livro, sob o arbusto em

fogo do primeiro relâmpago, e eu com medo, tenho medo, mãe, e você, deslizando na tábua, pouco pode por mim, mesmo viva pouco podia por mim, você com a faca de extrair os bofes às ovelhas na mão, avisando-me sem boca

— Não posso

pulseiras feitas de tiras de pneu, um anelzito de lata, sacuda as moscas da testa, ao menos, velhas, com abanicos de sisal, a cantarem, conforme a rapariga cantava na Cadeia de São Paulo, sem língua e cantava, ao afundar-lhe a pistola no coração emudeceu e qualquer coisa solta no meu peito, não piedade, não remorso, uma coisa sem importância que desistiu, reparem nos meus olhos a babarem saliva porque é na garganta que se juntam as folhas secas das lágrimas, impedindo-nos de respirar, a que cheiramos nós que repugna tanto aos brancos apesar da cama ao lado

— Mostra

o mar de Moçâmedes sem ruído na praia, a oferecer-me pedrinhas, e eu sem pensar porque não penso salvo na minha filha e a minha filha, adiante, à noite luzitas imprecisas que pediam

— Vem

e, se conseguisse sair desta casa, garanto que ia sem que o joelho da minha mulher me conseguisse alcançar, espreitava da porta tal como eu espreitava nas traseiras da fábrica, da modista, do escritório onde às três horas da manhã a minha mulher e as colegas a tropeçarem de sono, Sandrine, Brigite, Françoise, Simone, ou seja Zulmira, Fátima, Lurdes, Alice, ao longe ricas e quase pretas de perto, quase pulseiras de borracha, quase anéis de lata, quase panos do Congo, a açucena, não a chuva, a anunciar

— Estou aqui

de pétalas a desfazerem-se, a pobre, se lhes mexesse caíam

— Mais acima queriduchas

moravam numa pensão da Mutamba sobre um restaurante de bilhares e cachorros a farejarem-nas abandonando-as logo

— Não estão vivas nem mortas

o avô da Simone

— Não te vejo rapariga

e ainda bem que não via porque se visse não lhe encontrava a infância no rosto, onde deixaste a infância, já não gostas de passarinhos, tu, encontrava fadiga
— Não me importa o que acontecer
e a malinha de verniz
(verniz!)
vazia, nenhum retrato, avô, nenhum dinheiro, pomada para o joelho que começava a lamentar-se e uma chave difícil de apanhar no bolso descosido
— Perco-a todos os dias
girando-a, um armariozito fechado por uma cortina, uma bacia lascada, o calendário do ano e do mês em que chegou a Luanda
— Há quanto tempo foi?
enodoando-se no seu prego, eu sem coragem para despir-me e o seminário de regresso
— Mostra
avencas, palmeiras, já não gostas de passarinhos, tu, não abuses de mim, não me aleijes e abusava de mim e aleijava-me
— Quieto
até que o badalo da cabra
— Seis horas
a levantar-me do colchão numa urgência de grua comigo a pingar sonhos confusos, a minha mãe na cozinha do chefe de posto, árvores até ao mar de Moçâmedes e as orelhas dos búzios que contavam as ondas, números compridíssimos, desde o início do mundo, que só eles conheciam, ganas de pedir
— Repitam
e em vez de repetir continuavam a contar, a mãe a entregá-lo aos missionários italianos, um deles ruivo como a Françoise, dizem que os ruivos cheiram como nós, não sei, um pátio com uma fonte, isto é anjinho sem metade do nariz
— Terá havido outra Comissão das Lágrimas antes?
a verter pingos demorados pelo musgo dos lábios, não sangue como na Cadeia de São Paulo, mais ou menos água e os pingos sumindo-se nas falhas do tanque, a minha mãe juntava a chuva num balde ou trazia-a do rio, recordo-me dela, a meio da encosta, a aliviar-se do peso e as canelas tão inchadas, senhora, o anjinho

— Queres os portugueses aqui outra vez?
que trancaram no cubículo das granadas, com outros entes celestes, empurrado por coronhas e botas, esperam-se cinco segundos e não se ouve a explosão, sente-se um estremecimento em volta e a minha filha a entender
— Ai Cristina
apesar das vozes a ocuparem inteira, o colega à minha direita na secretária
— É preciso isto?
vomitando os olhos, repara como me saem da boca, mesmo hoje, diante do tabuleiro de xadrez
— É preciso isto?
a rapariga sem língua continua a cantar, erguíamo-la do chão e continuava a cantar, atirávamo-la contra o cimento e continuava a cantar, não se cala, de tempos a tempos, aqui em Lisboa, uma ambulância na rua a caminho da areia a fim de arder na baía, eu sem a palavra
— Alice
sem a palavra
— Filha
e pela primeira vez
— Alice
pela primeira vez
— Filha
tentando levantar-me da cadeira para me juntar a ela na ilusão que me protege, impedindo que me digam
— Queres entregar-nos aos russos?
e poder continuar nas traseiras da fábrica, da modista, do escritório, abotoado, solene, tímido, aguardando as artistas de açucena na mão.

Terceiro capítulo

Se as vozes não voltam não se escreve este livro: que dizia ela, que digo eu que não seja ditado pelas folhas e as coisas ou então desconhecidos na minha cabeça a discorrerem sem fim, sementes de avenca falando de nós, eu a convocar ambulâncias e joelhos doentes, a repeli-los
— Enganei-me
enquanto a minha mãe coxeia a sua desgraça, feita de granito em labaredas, e o meu pai, atrás dos cavalos e dos bispos do xadrez, à espera que o matem quando sou eu que desejam matar, bem lhes sinto as ameaças desde Moçâmedes
— Ai Cristina
assim que o mar de um lado, e o deserto do outro, principiaram a empurrar-me para o interior do meu corpo em que fui tão grande em pequena e me limito agora a um cubículo onde explodem granadas que me desfazem osso a osso, não olho para ninguém, não respondo, permaneço quieta na Clínica e quieta na sala, no desejo que não dêem por mim nem pela minha mãe na província, diante do espantalho da horta
— Qual de nós dois é a Alice?
enquanto o avô tacteia o mundo com a cabeça ao alto dos cegos, convencido que as mãos, ao moldarem o ar, fabricam parentes
— Rapariga
um espantalho de boina e sobretudo, com restos de luvas nas canas dos braços, que os tordos não respeitam, tronco de palha com um seixo a imitar o coração a contrair-se lá dentro, foi o avô quem introduziu o coração na palha
— Deixem-no viver como a gente
e no caso de a mãe se aproximar a pedra viva latia, como tudo late também em África incluindo os defuntos, era necessário perguntar-lhes antes de os enterrar

— Tem a certeza que faleceu?
eles a pensarem na resposta, apesar de cheirarem a cinzas e capim ardido, e todas aquelas moscas passeando na pele
— Acho que sim mas não tenho a certeza
porque convém medirmo-nos com atenção a fim de saber como estamos, avaliar o pulso, colocar um espelho na boca e notar se embacia ou não embacia, sugerir
— Mete-se na sepultura a ver
e no caso de ser incómoda a terra na cara eles previnem
— Afinal enganei-me
porque em Angola é assim, tudo ao contrário do que se imagina, a chuva para cima em lugar de para baixo e os rios não no sentido do mar, direitinhos à gente, damos pelos finados à mesa, cruzamo-los nas ruas, empregam-se nas estradas a nivelar o alcatrão, o avô da minha mãe, desconfiado
— Não andas a mentir?
e a prova que não ando a mentir está em que você a disfarçar as ternuras
— Rapariga
depois de séculos à conversa com os choupos visto que o sinto nos ramos, de orelhas alerta aos passos da minha mãe nesta casa, um cicio de pantufa na perna saudável e na perna doente uma explosão de escafandrista a entortar os quadros, como erguer o tornozelo, queriducha, como dançar, o afilhado do farmacêutico, que nos intervalos do almofariz substituía o tio
— Vai ter comigo ao valado
e crias de perdizes a passearem-se nas coxas, encontrou-a na capoeira, com os bolsos do avental cheios de tangerinas, ela que até hoje nunca mais teve avental nem tangerinas
— Gostava dos bolsos do avental cheios de tangerinas não gostava mãe?
e palpar com o mindinho os ovos no interior das galinhas
— Gostava de trabalhar em Lisboa?
numa fábrica, numa modista, num escritório, sem sujar o vestido de caliça nem dormir com os pais num colchão que se enrola na manhã junto ao desgosto concêntrico das cebolas, tira-se uma tristeza e aparece outra menor, até à mágoa final de uma pevidezinha

— Quanto dava para ter outra vez os bolsos do avental cheios de tangerinas confesse?

de tempos a tempos os meus pais um valado de perdizes também, lutando um com o outro num rebolar de penas, oxalá uma caçadeira os matasse num único tiro, o dono da fábrica, da modista, do escritório

— Passeia um bocadinho à minha frente para te tirar as medidas pequena

e a minha mãe para cá e para lá num esconso com fotografias de criaturas despidas na parede, uma delas abraçada a um rinoceronte de feltro, a segunda num sofá a atirar beijinhos e a saudade inesperada de sentir ovos com o dedo, o espantalho agitava luvas na memória, o sabor das tangerinas começava antes de as comer e cresceu quando o dono da fábrica, da modista, do escritório esfregou a ponta do cigarro no chão com a sola feroz

— Talvez sirvas

o sofá do retrato que atirava beijinhos atrás dele, mais gasto do que parecia na película, com uma das patas manca e um rasgão no forro, tudo me censura porquê, tudo me olha, a convicção de que um pêndulo de relógio se agitava em qualquer sítio impedindo o mundo de adormecer, o dono da fábrica, da modista, do escritório mandou-a livrar-se das tristezas uma a uma até à pevide do centro enquanto mil perdizes borbulhavam ecos e o tio a quem faltava um pedaço do lábio, casado com a irmã do pai dela, lhe soprava no ouvido, a introduzir-se nos suspensórios

— Se contares ao teu avô mato-te

as velas de moinho das orelhas do burro, preso a uma forquilha, giravam à procura

— Alice

e estou aqui, amigo, a endireitar-me na roupa, perdi-te a ti, não perdi as tangerinas, trazia-as da mercearia num saco de papel e embora não fossem dela uma eternidade a mirá-las, avencas no seminário, o anjinho a arredondar gotas, antes de as poisar na fruteira, o meu pai em Benguela, anunciando Deus aos pretos, mas onde mora Ele que me escapa, se as vozes não voltam não se escreve este livro e o que é este livro senão pessoas tentando abrir a porta

— Agora é que te lembras de chorar?

e ao puxarem-na de si mesma adeus avô, nenhuma cabeça ao alto a investigar presenças

— Em que sítio te meteste rapariga?

as velas de moinho das orelhas de burro desistiram de buscá-la, devem ter aberto uma cova, no limite da horta, para lhe enterrarem as articulações peludas, talvez sacuda moscas lá em baixo com o galho quase despido da cauda enquanto o pai, a interrogar-se que moscas sacode Deus que o perdi, distribuía a hóstia não numa igreja, num telheiro com uma cruz de gesso que a chuva enegrecia, perguntando

— Qual a vantagem disto?

sem conseguir apagar o da cama ao lado a dilatar-se na lembrança

— Mostra

e a fúria das avencas

— Não nos mereces tu

Nossa Senhora

— Que coisa

não preocupada com ele nem com a Alice ao balcão da fábrica, da modista, do escritório, sem se reconhecer no espelho atrás de garrafas e copos, à procura de uma tangerina na carteira que a auxiliasse a atravessar a noite, respondendo

— Pois sim

aos clientes e a dançar num estrado inseguro

— Queriducha

abanando plumas, molde-me a cara tal como era com os polegares, avô, a parteira a deitar compressas num balde

— Devias ter chorado antes palerma

e dores e febre as paredes curvas, o que tirou do meu corpo, diga-me, como posso erguer o tornozelo dado que me esvaziaram da carne que tinha, não digo uma palavra que não seja ditada pelas folhas e as coisas, ou então pessoas na minha cabeça a mandarem em mim, quem ofereceu as tangerinas que não me deixam em paz, o dono da fábrica, da modista, do escritório

— Estamos em Angola para alegrar os fazendeiros queriduchas

ela que de Angola conhecia a pensão onde morava com as colegas, na qual uma velha saía ao patamar de vassoura em riste

— Galdérias

deixando o quarto povoado de mártires de barro a que faltavam pedaços, a velha que dançou noutra fábrica, noutra modista, noutro escritório, até que não um só joelho como a minha mãe, os dois joelhos rupestres, umas vezes Custódia, outras vezes Marlene, empoleirada num balcão imaginário, a sorrir-se num espelho mas sem boquilha nem plumas, a gota da camisola a descer, em vagares de torneira, do ombro, a minha mãe

— Dona Marlene

e a velha radiante, convencida de erguer o tornozelo num palcozito acanhado, desacertando-se da grafonola e demorando a encontrar a cadência, a espiar as parceiras que desacertavam igualmente, tanto trabalho para acabar com uma sopita de esmola, entre mártires e rolas de sacada, se tivesse um avental com tangerinas a minha mãe oferecia-lhe metade e logo o avô a empinar-se

— Quem está aí contigo?

são as rolas no telhado da pensão, avô, episcopais, solenes, com mãos nas costas de apreciadores de quadros, que os pretos comeriam conforme comiam escaravelhos, lagartas e o adobe das cabanas, comiam lama e tudo, o mar de Moçâmedes sem ruído algum, secreto, olha os coqueiros na praia em que os búzios não cessam de coleccionar ondas, olha a rapariga a cantar e eu a escutá-la na Clínica de mistura com tombos e insultos, olha o meu pai a sair de Benguela às

— Seis horas seis horas

na companhia de sujeitos fardados, enquanto os leprosos gatinhavam para eles, ainda incompletos na aurora de barrela

— Patrões

apenas formas, não gente, lembrava-se do caminho-de--ferro, lutando com o capim, onde nenhum comboio, de uma criança a mamar numa cabra e de Deus noutro sítio, sem reparar nele, atravessaram um rio intimidando sapos cujo pânico lento os impedia de fugir, espreguiçavam uma pata e não mexiam a seguinte, a minha mãe com os fazendeiros do café e Luanda diante dela a alterar-se com a vazante, que cidade é esta que incha e se contrai numa cadência de punho, as avenidas elásticas, os edifícios moles, a Muxima para diante e a arredar-se depois, exprimindo, só para ela, o que eu não entendia, à medida que

as vidraças opacas me apertam os gestos e eu entre a cozinha e a sala, oiço a minha mãe sem a ouvir
— Como estás Cristina?
oiço o director da Clínica
— Uns dias de licença se tomar os comprimidos
e nenhum comprimido cala os gritos que correm, emudecendo de súbito quando os tiros começam, ei-los de membros desarticulados à espera de caírem, as lágrimas das suas bocas, os dentes dos seus olhos, os troncos que se amontoam sobre si mesmos no chão e o meu pai a caminho da Cadeia de São Paulo, inclusive hoje, diante do tabuleiro de xadrez, a caminho da Cadeia de São Paulo, eu, acicatada pelas folhas
— Continua a torturar os pretos senhor?
e ele
— Cala-te
ele que não falava
— Cala-te
neste apartamento sobre o Tejo a cuja porta hão-de bater um dia e o nome do meu pai baixinho, a minha mãe nunca escreveu para Portugal
— Porque é que nunca escreveu para Portugal mãe?
por causa do valado, das perdizes, do seu avô
— Rapariga
a minha mãe para o director da Clínica
— O que fazemos com ela?
ensinaram o meu pai a usar uma espingarda e a colocar minas nos trilhos, se por hipótese um homem me tocasse não o sentia, se mãos no meu ombro não dava por elas e no entanto não me acho sozinha, tantas pessoas aqui, dizem que estou doente e mentira, sei o que é preciso fazer, oiço tudo, não escrevo para Portugal porque não me chamo Alice, sou uma velha num espelho entre garrafas e copos, as coisas cessaram de se ralar comigo agora que amanhece e as árvores da Clínica principiam a desenovelar-se da noite, com menos ramos, menos advertências, menos conselhos, os portugueses na picada e o meu pai
— Não consigo
embora tenha conseguido o pau na barriga do seminarista da cama ao lado
— Não tornas a obrigar-me a mostrar-te

isto no alpendre da capela depois de mandar que o amarrassem a uma cadeira, com as abelhas a torturarem-nos numa pressa confusa, o da cama ao lado

— Deixa-me rezar ao menos

e uma sineta no corredor a chamar, não faço o livro como pretendia porque as vozes não consentem, escapam, regressam, contradizem-se e eu a perguntar-me quais as que devo dar a vocês, não tenho tempo para decidir, escolham, o da cama ao lado de crucifixo ao pescoço e as mesmas mãos de dantes, não empurrei o pau, foi alguém em mim, há muito tempo, o que via a mãe de joelhos na cozinha do chefe de posto

— Bateste na minha mãe

de maneira que o pau não apenas no da cama ao lado, na esposa do chefe de posto, no chefe de posto, em mim, ficou a olhar-me e não invento, é autêntico, a testa branca, as bochechas brancas, o umbigo branco, o sacristão que não escutei

— Quer matar-me também?

e um saguim num canteiro de açucenas, não açucenas, outras flores, começou a ganir, soube que o da cama ao lado em Cabinda, a pregar aos cafezeiros, e semanas a pé, evitando quartéis da tropa portuguesa e as mulheres no rio com as cabaças, quando cessou de mexer-se disse-lhe

— Mostra tu

os dedos do colega emaranhados na batina, que o guia abriu com a catana à medida que uma oração em latim cada vez mais lenta, esquecido do seminário, das avencas, da sineta, ofereceu a sua reza às mangueiras, o guia levantou a catana para o saguim que recuava às caretas, a ideia de me terem esquecido fez-me rodar o pau no interior da batina e o da cama ao lado

— Porquê?

perdera o claustro, as missas, as auroras de barrela, dúzias de crianças em cortejo para o refeitório, com medo do prefeito que as reunia com um vime

— Onde vais tu Satanás?

e pode desmaiar-se de frio em África apesar do calor, os lábios do anjinho do lago um último

— Porquê?

numa última gota que me escorregou por dentro, que digo eu que não seja ditado pelas folhas e as coisas ou então

pessoas na minha cabeça a discorrerem sem pausas, a gota continuou no interior do meu pai muito depois de se ir embora, pareceu-lhe que uma patrulha de portugueses e apenas o cacimbo seco a falar de Deus a ninguém e vontade de chorar atrás dos olhos, dado que os pretos choram numa gruta secreta de que nem se dão conta
— Não sabia que tinha isto em mim
como ao entregarem-no aos missionários italianos o meu pai espantado
— Vontade de chorar porquê?
visto que a gente não compreende, compreendemos outras coisas, o guia deitou fogo à cubata em que o da cama ao lado morava e o sacristão a salvar caixotes e trapos, o saguim seguiu-os até ao rio de onde as mulheres voltavam e o meu pai sem remorso nem tristeza, a memória de caminhar para o refeitório nas folhas podres a que retiraram a voz e portanto não me dão ordens, ao mesmo tempo calçado e descalço, adormecido e desperto, de uniforme e nu, passando pela criança que mamava na cabra, um bosque de abelhas e uma plantação de mandioca que os exfoliantes secaram, acordava antes da manhã com o jipe dele a regressar da Cadeia de São Paulo, dando conta que a minha mãe desperta igualmente já que um estalo na cabeceira, os chinelos, apesar do estalo na cabeceira e dos chinelos silêncio, no silêncio a pergunta
— Onde estiveste tu?
a tornar-se de calcário, a criança que mamava da cabra não o fitou sequer, o meu pai com a minha mãe no quarto onde o retrato dela, com Simone por baixo, nos afogava em plumas, o estalo na cabeceira de novo e os movimentos de quem se ajeita no colchão, do mesmo modo que os animais nas alcofas, num caracol demorado, em toda a minha vida não dei por um bicho sorrir, excepto os gatos entre dois bocejos, até que as nuvens se acumulavam em mim e deixava de escutá-los, a pensar quem somos nós quando não estamos acordados, a fotografia da minha mãe ocupava a casa inteira na sua esquadria com arabescos de lata, açafates, pombinhos, nenhum retrato do meu pai, nenhum retrato meu, com que brinquedos me distraíam em miúda que não me vem nenhum à ideia nem os descubro nas gavetas, descubro roupa antiga, um anelzito e um fio num estojo de plástico,

dois dentes de leite, num floco de algodão, com os quais mastiguei a medalha do fio visto que amolgada, a pobre, se calhar agitaram-me bonecos diante dos olhos
— Faz um sorrizinho Cristina
sem mos entregarem de modo que espero não lhes ter sorrido, o sacristão fugiu com os trastes e a terra, num par de meses, devorou a cubata, como não mos entregaram não sorri de certeza, sobrou uma parede da capela à qual a chuva ia esfarelando os tijolos e o sino sem badalo que um camponês desenganchará um dia e ao desenganchá-lo não me incomodam mais, não pedem
— Mostra
ou me obrigam a curvar-me de modo que olho de frente os santos e os mártires, tão limpo de pecados quanto eles, embora não escolhido pelo Senhor que me abandonou neste apartamento em Lisboa, depois de tanta luta contra os Demónios do mal, à espera que me levem ao outro lado do Tejo, e um tiro na nuca ou a catana nos rins de que só a minha filha dará conta na Clínica interrompendo-se a meio do jantar
— O que te sucedeu Cristina?
e ela muda porque só as palavras das coisas lhe importam, não as nossas, não dava por mim, não me chamava, no caso de eu
— Filha
imobilizava-se à espera, a minha mulher inclinada para um berço a sacudir bonecos
— Faz um sorriso Cristina
e sorriso algum, séria, guardei-lhe os dentes de leite numa caixa que não sei onde pára e, ao guardá-los, guardei o que sentia por ti, sentia
— Não sou teu pai porque és branca
e no entanto, não tem importância, e no entanto, pronto, não vamos mencionar isso, que me comove sem que vislumbre o motivo, não me comoviam as mulheres, com garotas de colo, na Comissão das Lágrimas, que trancávamos no cubículo, comoviam-me que exagero, aborreciam-me apenas, aborrecer não é a palavra certa, em relação à minha mãe, para elucidar melhor, não me agradava que ela de joelhos na cozinha do chefe de posto
— Perdão

e uma colher, do mesmo pau que na barriga do seminarista, na nuca, no lombo, foi na esposa do chefe de posto que a cravei, não nele, quer dizer, talvez tenha sido nos dois, como transmitir sentimentos, pergunto-me se as pessoas me importam e ignoro a resposta, creio que os brancos não me importam e quanto aos pretos detesto-os, mas se for assim por que razão guardei os dentes de leite, não me obriguem a confessar que gosto seja de quem for, não gosto, os dentes na caixa por distracção somente, no funeral da minha mãe nem uma lágrima para amostra e rodeiem-me por favor de avencas zangadas para não me enxergarem a cara, há alturas em que as mãos principiam a tremer por sua conta ou uma espécie de humidade sem relação connosco pela bochecha fora e francamente o que tenho eu com isso, venham buscar-me aqui, arrastem-me para um lugar qualquer, tanto faz, já agora uma praia que me recorde Moçâmedes e degolem-me com a catana ou dêem-me um tiro depressa, talvez um pingo, enquanto caio, na minha boca de musgo, visto que não são apenas os anjos que os têm, o que se passa comigo hoje, esta desolação em que me não reconheço, este dó, felizmente a minha filha não
— Pai
nunca
— Pai
desequilibrando o cardo que sou ao retirar-lhe espinhos, não consigo libertar-me da capela de Cabinda nem do seminarista a rezar, qual de nós disse
— Mostra
ao outro, qual mudava de colchão, escondido pelo restolhar das palmeiras, para se crucificar nos lençóis de boca na almofada, mas não vamos entrar por aí, o que me permito como confidência é que quando ambos na mesma, no mesmo, na mesma, ponha-se, vá lá, cama, até quando ambos na mesma cama, não sou capaz, ele continuava a rezar e portanto quem ordenava
— Não te mexas
e de quem as intimidades do anjo no pátio cobertas por uma folha de gesso, o meu pijama que pertenceu a dúzias de desconhecidos, o pijama dele novo, os pais visitavam-no ao domingo e eu a segui-lo à distância, vai contar, não vai contar, invejoso dos chocolates, da fruta, da compota, o prefeito acariciava-lhe a cabeça a fim de receber uma nota que desaparecia na batina,

sentia-o a calcular o valor pelos dedos que a palpavam e pelos olhos vazios, sempre me intrigou o vazio dos olhos ao procurarem sem ver, a minha mulher, por exemplo, a enfiar o braço no saco do dinheiro, o que terá acontecido ao saguim, ao sacristão e à criança da cabra, o que será da minha filha a partir da altura em que cá não estivermos ou as folhas e as coisas se calarem para sempre, o director da Clínica corrigindo um clips até o pôr direito, embora o sítio das curvas se notasse no arame

— Ora aí está um problema bicudo

que resolveu deitando o clips no cesto dos papéis e examinando as unhas, primeiro com as falanges dobradas e a seguir estendendo-as à luz, pronto a jogá-las, por seu turno, no cesto, a frase

— Um problema bicudo

que também jogou no cesto ao despedir-se de nós

— Vamos ter muito tempo para pensar no assunto

no gabinete com uma agenda de argolas carregada de milhares de dias, passados e futuros, em que os directores moram, os seus anos muito mais complicados que os nossos, semanas intermináveis, meses sem fim, quantas dúzias de vidas cabem num só outono das deles, biliões de auroras de seminário e indignações de avencas, qual de nós disse

— Mostra

ao outro, acho que o da cama ao lado acreditava em Deus, acho que eu, acho que não sei, auxiliem-me, as vozes da minha filha jurando

— Foste tu

e o da cama ao lado

— Deixa-me rezar ao menos

convencido da Bondade e da Glória do Senhor quando não há Bondade nem Glória, há ambulâncias na praia e mãos que se espalmavam nos vidros conforme as minhas se espalmarão na camisa antes do tiro, a convicção que ao despedir-se da minha mulher e de mim o director da Clínica nos deitava ao cesto, onde já se encontrava a minha filha, como o clips e as unhas, consintam que me afaste de Deus tão ignorante quanto a gente, tão fraco, de quem não espero seja o que for como não espero seja o que for de Angola salvo violência e morte, o sujeito à minha direita na secretária

— É preciso isto?

a vomitar os olhos, não um preto, um mestiço, com a sua parte de branco a impedi-lo de entender África, não interrogava os presos, calava-se e no sofrimento dele o mar de Moçâmedes, ou seja um murmúrio de coqueiros que anulava a manhã, se eu mandasse fechava-o no cubículo e contava até cinco aguardando o tumulto das paredes e depois de fechar o mundo inteiro no cubículo fechava-me a mim para que amontoassem num balde os ossos que sobravam, tardes em que emboscámos os portugueses, noites geladas do Leste, cabritos esventrados que os pássaros comiam, não conheci senão episódios deste género e o vime do prefeito a designar o lençol

— Que mancha é essa aí Satanás?

horas de penitência na igreja, solitário diante do Altíssimo, em que as árvores louvavam o que não existia, como exigem que durma, como pedem que esqueça, os dentes de leite da minha filha numa caixa que não visito, ao notá-la no interior da minha mulher calei-me mais ainda sabendo-a estendida ao meu lado a revoltar-se comigo, como dançar agora, como ver-se no espelho do balcão, com os rostos, truncados, atrás de garrafas e copos, o dono da fábrica, da modista, do escritório

— Já não serves

porque os enjoos, as tonturas, os inchaços, os vómitos, as colegas, sem ela, no beco das traseiras, carregando até à pensão a sua bagagem de sono, um navio de mulheres para os fazendeiros do café e o avô cego a teimar

— Rapariga

sem dar conta que as perdizes acabaram no valado, mais os guinchos das crias, e ninguém frita passarinhos com o pão por baixo, destinado à gordura do molho, que tenho eu que o faz gostar de mim, senhor, ajudava-o a atravessar a horta, tirava-lhe uma folha de tangerina, o avental cheio de tangerinas, do bigode, depois da morte dos meus pais compro uma garrafa de petróleo e queimo este andar, o joelho da minha mãe na cozinha

— Cristina

sem que me aproxime dela, gritos a correrem e as camionetas da Polícia esmagando-os, o português, na Comissão das Lágrimas, repetindo sem descanso pelo que julgava a boca

— Sou vosso amigo oiçam-me

e qual boca, uma chaga a que faltavam músculos e pele, ganas de pedir

— Faz um sorriso Cristina

no berço que encontrei num prédio da Muxima, a minha mulher

— Para que é isso?

zangada comigo, ao menos o português experimentou um sorriso e menos músculos e menos pele ainda

— Vim para Angola colaborar

como se um branco colaborasse, o que há para colaborar que não aumente a fome, nenhuma mala de peixe seco nas cantinas, nenhuma carne salgada, nenhuma mandioca sob a chuva de julho, lembras-te das criaturas, de pulsos amarrados, que as folhas e as coisas me ditam, do director da Clínica a passear na agenda

— Há aqui meses de que não imaginava o nome

não doze, quatrocentos ou quinhentos e a que estação pertenciam, a seguir à janela plátanos que não se abrem comigo, se ao menos me agitassem um boneco diante dos olhos, uma vaquinha, um hipopótamo, a que faltava uma pata, por onde o recheio saía, a vizinha da minha mãe

— Reparem na alegria dela

eu que não olho seja para quem for, não respondo, apequeno-me no desejo de que desconheçam quem sou, o português na Comissão das Lágrimas, pelo que julgava a boca

— Não vão matar-me pois não?

e a gente sublinhando processos excepto o da minha direita a vomitar os olhos, um mestiço que estudou em Lisboa e Lisboa vidros opacos e eu a jogar xadrez à vossa espera, amigos, não me revolto, aceito, como o da cama ao lado aceitou, não

— Porquê?

não

— Nunca te fiz mal

as pálpebras descidas

— Deixa-me rezar ao menos

porque Deus verdade para ele, que sorte, Deus e os pais no claustro do seminário enquanto a minha mãe de joelhos na cozinha do chefe de posto, com o lenço na cabeça e chinelos de corda, os aviões não em Moçâmedes, onde os búzios contam as ondas, no algodão do Cassanje onde se rasgam nos espinhos as pernas e as mãos, bandos de mandris nas colinas à roda da fazenda, os focinhos pontudos, a crueldade dos olhos, aparecem e desaparecem desprezando a gente, devoram bichos pequenos como devoram raízes e eu a pensar no da cama ao lado, lembra-se de mim, não se lembra de mim, passou-me pela cabeça falar-lhe das avencas e calei-me, do cortejo para o refeitório e não disse uma palavra, das novenas intermináveis onde uma almazinha exausta só conseguia partilhar com Deus a sua indiferença e uma névoa infantil nos olhos a imitar lágrimas de modo que talvez fosse natural, não digo que era natural, digo que talvez fosse natural ordenar

— Mostra

na claridade de barrela da manhã, de modo que antes da sineta dormitório fora, antes do terço e do temor do Inferno

— Seis horas seis horas

dobrado a morder a almofada e o pau na minha barriga, não na sua, girando-me no bloco de remorso das tripas, eu

— Desculpa

sem o pedido e embora sem o pedido seguro que me ouvia, como ao mandar

— Corta

era de mim que falava, a suspeita que a minha filha

— Pai

a perdoar-me, deitei fogo à cubata consoante ela deitará fogo a este apartamento de maneira que ao procurarem-nos não encontrarão ninguém, umas plumas, umas lantejoulas, peças de xadrez no sobrado, restos do que sou numa cubata ardida, o saguim afastou-se junto ao rio e perdi-o, oxalá continue em busca de um troço de mandioca, como de um fragmento de mim, enquanto empurramos gente para o cubículo, lhes oferecemos granadas e as luzes de uma traineira na baía, prometendo sei lá o quê a quem, a minha mulher

— Apareceu-me um alto no joelho

o avô dela preocupado com o alto

— Não te apetecem passarinhos rapariga?

e não lhe apeteciam passarinhos, apetecia-lhe não se achar comigo em Luanda, Girls, Girls e uma açucena, à chuva,

nos caixotes das traseiras, com uma lâmpada que recomeçava e falhava a mostrar e a esconder um preto abotoado, felizmente sou composto, respeitador, humilde
    — O seu marido não pertence à Comissão das Lágrimas?
    de flor em riste, digno, um preto
    — Madame
    sem sonhar com a resposta
    — Madame
    somente numa monotonia de boneco de corda, com um pau invisível espetado na barriga e a pedir desculpa, à falta de melhor, a um saguim abandonado.

Quarto capítulo

Se perguntar como tudo começa nenhuma voz responde dado que não falam do passado ou no caso de falarem do passado usam uma linguagem que me escapa, confundindo a vida que me pertence com a vida dos outros, qual destas julgo ser eu no meio de centenas de pessoas que não cessam de incomodar-me exigindo que as oiça, aproximam-se-me do ouvido, pegam-me no braço, empurram-me, surge uma cara e logo outra se sobrepõe discursando por seu turno, às vezes não discursos, segredos, confidências, perguntas

— Vês o que trago na mão?

procuro entre dúzias de mãos e a mão vazia

— O que traz você na mão afinal?

coisas que me proíbo de olhar ou para as quais não aprendi a olhar, quase não me recordo dos portugueses em Angola, a minha mãe contava que nos últimos dias o meu avô puxava a manga dos filhos

— Achas que vão esquecer-me?

e óbvio que vão esquecê-lo, senhor, alguém dá importância a um cego, já me esqueceram a mim neste prédio

— A filha do padre continua no segundo?

ou a filha do padre preto, ou a filha do preto e da criatura coxa, que vieram de África e se escapavam da gente, quase não me recordo dos portugueses em Angola, recordo-me de partirem em barcos com um saco, uma mala, de casas vazias e reposteiros em pedaços a baloiçarem nos varões, da esposa do dono do restaurante a suplicar ao criado

— Descobres uma só altura em que te tratei mal?

e o criado, vestido com roupa do marido, a desembaraçar-se dela sacudindo o corpo, no jeito com que os filhos do avô da minha mãe se livravam dele

— Que maçada

como se tivesse importância ser esquecido e não tem, só os búzios se preocupam com as ondas e mesmo assim esquecem-se de certeza, nós não nos preocupamos com nada, o criado voltou à tarde com uma espingarda e um colega, isto não no restaurante, sob os jacarandás do quintal e o cheiro das flores comigo até hoje, ao disparar sobre a esposa do dono do restaurante nem um som excepto o sacudir das pétalas mas qual o som que as pétalas fazem ao sacudirem-se que não me acode à memória, o criado largou a espingarda, de mãos nos ouvidos, e suponho que as flores continuam a sacudir-se, o que em mim não se sacode, meu Deus, portugueses no cais, portugueses no aeroporto mas nenhuma criança a mamar de uma cabra, mamavam, acocorados no lixo, a sua pressa e o seu medo, levantei a espingarda do chão, não levantei a esposa de olhos em mim, a pensarem, com a cabeça numa almofada de terra, não perguntou

— Achas que vão esquecer-me?

e apesar da boca aberta, com os dentes arrumados por ordem, continuou a pensar, deve haver jacarandás em Lisboa, suponho eu, não dei por eles à chegada, não dei por eles na Clínica, qualquer dia procuro-os a ver se a esposa do dono do restaurante permanece a reflectir debaixo dos ramos mais o seu vestido azul e a agitação das avencas, numa vidraça distante, a impedir os búzios de somarem como me impede de escutar--vos, afino a orelha e são as sementes, Jesus Cristo lhes perdoe, que oiço, conforme oiço um sujeito com um leitão ao colo e mulheres a lutarem por uma máquina de costura, uma panela, um sofá, galinhas enervadas, nunca topei uma galinha calma, bicando o cimento, coelhos franzidos por lhe faltarem os óculos e a propósito de

— Achas que vão esquecer-me?

vão esquecê-lo, descanse, quais passarinhos fritos, qual cego, o que aconteceu à da pergunta

— Descobres uma só altura em que te tratei mal?

acalme-se que ninguém tratou mal ninguém, nem mesmo a mãe do meu pai de joelhos na cozinha do chefe de posto, não há um sentido para a vida, há tiros, já não há tiros, sobra a tremura das flores dos jacarandás que descobrirei de surpresa a uma esquina, o sujeito do leitão dividiu uma maçã com o bicho, as pestanas do animal transparentes quando os soldados o levaram

— O leitão pertence a Angola

e a quem pertenço eu, ao joelho da minha mãe, ao xadrez do meu pai, às centenas de criaturas no aeroporto e no cais que não desistem de incomodar-me, aproximam-se exigindo que as oiça, pegam-me no braço, empurram-me

— Vês o que trago na mão?

um bule de faiança, papéis para embarcar que a tropa rasgava ou carimbava segundo o que lhe davam, uma escritura de loja, esta pulseira de oiro legítimo, repare, a minha sobrinha de treze anos por meia hora, amigo, vocês gostam de brancas, ali atrás do balcão, automóveis nas ruas de Luanda de que os pretos, o padre preto do segundo escondido, desaparafusavam o motor e as jantes, se usar a minha sobrinha meia hora, uma hora, não me queixo, pelo contrário, é um favor que me faz, que seria de nós aqui, tenha pena de uma família que sempre vos respeitou

— Pede desculpa ladra

gente a dançar num musseque, com panos do Congo e sacos de feijão furtados nas cantinas, dúzias de rádios de pilhas com músicas diferentes, mais esposas de donos de restaurante a pensarem nas ruas de bochecha encostada ao lancil, um favor que me faz, nem a roupa íntima lhes deixaram, nuas, e não me lembro disto, invento, não invento, é verdade, ia jurar que não invento, não sei, quer dizer não estou certa da verdade, a vida, que me pertence, na vida dos outros, o director da Clínica a ascender dos seus milhões de dias

— Há-de voltar a ser você descanse

e depois o aeroporto e o cais vazios, a sobrinha de treze anos no Sambizanga porque o soldado

— Ela fica

a empurrar a gravidez entre folhas de zinco, não apenas esposas de donos de restaurante no lancil, camionetas que disparavam contra as fachadas, rapazes transportando tapetes, bidés, cabritos de pata quebrada arrastados por cordas, a pata quebrada a ficar para trás e um velho de muletas abraçado a ela, o director da Clínica

— Perdão?

revolvendo o cabrito na ideia, furgonetas de brancos no sentido da África do Sul com caixotes e fardos que tombavam nos rios e o mar de Moçâmedes alheado, sereno, ondas amarelas, lilases, doiradas, que estucha ser búzio, no caso de perguntar como tudo começou nenhuma voz responde dado que não falam do passado, quem sou eu no meio de centenas de pessoas que fogem, as aves da baía arrumavam-se em fila nas arcadas, tambores, risos e um sino de língua de fora, numa igreja invisível, a chamar, a chamar, as colegas da minha mãe, duas ou três que perderam os barcos, ainda na fábrica, na modista, no escritório, não para os fazendeiros, para cubanos de pistola no cinto que moravam em hotéis desocupados, cheios de trevas porque faltavam lâmpadas, a minha mãe

— Qual a razão de não me deixares ir embora como os outros tu?

e o meu pai silêncio, não conversava connosco, não dava pela gente, pergunto-me se terá conversado com alguém ou segurou desde o princípio uma açucena à chuva, no meio dos caixotes de um pátio de traseiras, enquanto a mãe dele se eternizava, de joelhos, na cozinha do chefe de posto, meu Deus, Moçâmedes, a paz não somente no mar, na cidade, nenhuma voz nas coisas, nenhuma voz nas folhas e eu em sossego igualmente, a cheirar os gladíolos debaixo do alpendre, diziam-lhe

— Camarada comissário

e recebia mapas e páginas, na hipótese de morarmos em Moçâmedes eu tranquila numa paisagem tranquila, olha lembrei-me do caminho-de-ferro, nenhuma sugestão, nenhuma ordem, embora, quantas vezes vi partir comboios, embora não me lembre de gladíolos nem de alpendres, hoje os comboios que emoções me provocam, creio que zero, o dono da fábrica, da modista, do escritório

— Não pode nada por nós senhor comissário?

pelo menos não queriducho, senhor comissário, pelo menos não

— Esse tornozelo mais alto

ele à nossa porta, de fato por engomar, receoso dos polícias que tomavam conta do meu pai

— Não pode nada por nós senhor comissário?

e por baixo do
— Senhor comissário
que bem lhe via na cara, vê-se tão bem na cara dos brancos
— Nunca julguei ter de pedir favores a um preto
a propor sociedade nas danças e a estender dinheiro que o meu pai nem espreitou, escutava a música da grafonola que o cacimbo amortecia, notava o reflexo das luzes e um animal qualquer a derrubar um caixote, o meu pai com o seu
— Madame
pronto e nenhuma pessoa a quem entregá-lo, pensando que a minha mãe o recusaria
— Para que quero eu o teu madame diz lá?
comboios de Moçâmedes, comboios de Benguela, julgava-os defuntos para sempre, garanto, deitados na memória como os mortos enquanto eu permanecia de pé, não esperava que me visitassem, não é o ruído das locomotivas que me aparece e oprime, é a cadência das carruagens nas calhas, o dono da fábrica, da modista, do escritório, com o dinheiro a murchar-lhe na mão, a minha mulher a espantar-se atrás de mim
— Senhor Figueiredo
e comboios nela também, espectáculos no Dondo, no Negage, no Lobito, o senhor Figueiredo, de lacinho, a certificar-se, com a ponta do indicador, que não perdera o bigode, avisando-nos na estação onde caminhávamos de banda derivado ao peso das malas
— Não admito faltas de alegria queriduchas
terras quase desertas, com um tractor diante de um café a aumentar a solidão e o negrume, uma vaca à solta no largo, desprovida de plumas, sem levantar nenhum tornozelo acima da cabeça, não é capim que moem com os dentes, é uma perplexidade antiga
— Respiro?
os clientes aparafusavam-nos o nariz, cheios de palavras, na orelha, e encharcavam-nos a cova do pescoço de poças de saliva enquanto o senhor Figueiredo ia recolhendo moedas
— As queriduchas merecem
e depois de uma sopa na despensa o comboio à noite de novo, cercado pelo assobio das ervas e galhos enormes que

crucificavam morcegos, abençoada seja a alma do meu avô por quem sou capaz de chorar, se estivesse na nossa terra comprava--lhe centenas de passarinhos a escorrerem molho no pão, não sou a queriducha do senhor Figueiredo, sou a querida Alice, juro, as névoas dos olhos dele à procura
— Onde estás tu marota?
e não se apoquente que estou diante de uma vaca, no Negage, a roer cardos que doem, foi a janela do apartamento que se molhou, as minhas pálpebras não, tudo sequinho em mim, tudo
— Não admito faltas de alegria queriduchas
alegre, tenho uma filha, tenho um marido, tenho o senhor Figueiredo a estender dinheiro
— De certeza que não pode nada por nós senhor comissário?
e não podemos nada por si, senhor Figueiredo, não leve a mal, é assim, que país ingrato, Angola, largue a fábrica, a modista, o escritório, esqueça o gramofone e suma-se num musseque juntamente com os pretos, ensine-os a erguerem o tornozelo em lugar de o retalharem com uma catana, recomece
— Desembarquei aqui sem um chavo queriduchas
e se desembarcou sem um chavo vai ver que não lhe custa, tinja os pêlos do bigode, endireite essas costas, encha os pretos de lantejoulas e fica rico em seis meses, que exagero seis meses, quatro, dois, se as pessoas de Luanda possuíssem uma vaca cortavam-lhe um bocado e cicatrizavam a ferida com emplastros de raízes para comerem mais amanhã, centenas de passarinhos fritos, avô, a piarem por si, oiça a fervura de bicos de gás das perdizes no valado e as folhas que se contradizem umas às outras com quem a minha filha
— Ai Cristina
conversa, Dondo, Negage, Lobito e o vento de fevereiro a devorá-los, furgonetas no sentido da África do Sul ou de banda nos rios com um pedaço de caçarola ou um resto de toalha a dissolverem-se na lama, vestígios de gente desaparecida permanecendo aqui, os búzios que contam as ondas vão emudecer, não tarda, porque o mar acabou, o director da Clínica a lutar com um clips
— Não esperem melhoras

e melhoras de quê se não estou doente, expulsem as pessoas da minha cabeça e não vos maço mais, o senhor Figueiredo para os polícias que protegiam o meu marido
— Sou um pobre
com os peixes assustados dos olhos a procurarem abrigo nas pestanas, sem escutar o meu avô
— Rapariga
e no que respeita ao senhor Figueiredo não uma catana, uma pistola, silenciosa aqui mas sacudindo o Negage, não dei por comboios em Lisboa de modo que se calhar não têm, dou pelos pombos lá fora e calhauzitos com molas a que chamam pardais, olha as vozes
— Como estás Cristina?
eu que não sou feliz nem infeliz, escuto apenas, oiço o jipe do meu pai que chega e a esposa do chefe de posto a amontoar galinhas numa grade de cervejas, ordenando ao marido
— Depressa
com a minha avó de joelhos na cozinha vazia, esperando a colher de pau sem entender e começando a entender quando o carro de caixa aberta avançou trinta metros no milheiral até que as espingardas dos cipaios os obrigaram a fazer parte de um tronco, o chefe de posto e a esposa debruçados de si mesmos num espanto arregalado, a minha mãe, perdida no retrato da Simone
— Fui eu?
ou nos corredores da embaixada, onde os espelhos lhe multiplicavam o desconforto, mendigando partidas para escapar de nós, a Cristina filha de um preto, não minha, que durante meses, trancada em mim, me alargou o corpo e escureceu o sangue, nem Simone nem Alice, qual o seu nome, mãe, se porventura o avô consigo não a chamava por mais que as perdizes fervessem no valado, ficava a calcular o tabaco da mortalha na balança dos dedos, você com saudades de legumes em vez de morteiros e gritos e agora o joelho, a insónia, o que eu gostava de falar na insónia, em que a sua madrinha lhe aparece de camisa comprida e castiçal na mão
— Gaiata
a seguir à marquise o cemitério judeu com os seus finados barbudos, a madrinha da minha mãe viúva, o marido saltou do campanário da igreja depois de afirmar

— Sou um anjo

e afinal não era, apesar de lhe aparecer às vezes, um pouco manco é certo, mas com um esboço de asas, a garantir entre muletas a sua condição celeste, olhava-se o campanário e tinha-se a impressão de vê-lo, de garrafa de aguardente no bolso, a escalar nuvens com as botas, isto é como tudo, há os predilectos de Deus a quem o vinho anima, a esperança, afiançava o director da Clínica aos meus pais, sobre os seus meses sem fim, é a última coisa a morrer mas o problema é que morre, comboios de Moçâmedes e Benguela, não vistos, escutados pelas bocas das folhas e as intimações dos objectos, o director da Clínica mirando, desalentado, a pilha imensa de dias futuros no lado direito das argolas

— O que tenho de viver que horror

enquanto os comboios se apagavam no fundo do passado, os cipaios ficaram com as galinhas do chefe de posto que pedalavam no vazio, não me recordo de chorar em criança a não ser nas alturas em que me pegavam ao colo, o senhor Figueiredo para a minha mãe, um domingo à tarde antes do ensaio, no esconso onde fazia contas às bebidas com um lápis meditado, que trazia a marca dos incisivos dele na madeira

— Senta-te aqui pertinho

não como o tio nem como o filho do farmacêutico, atencioso, amigo

— Queriducha

e a minha mãe sem pedalar no vazio, quieta sob as plumas, com a açucena do meu pai, no meio dos caixotes à chuva, na memória, se calhar lá estava ele abotoado, solene, incapaz de

— Madame

derivado à timidez e ao respeito e nisto as perdizes abandonando o valado porque a direcção da brisa se alterou, o meu tio

— Lá vão elas

o anel da esposa do chefe de posto custava a sair do dedo que em lugar de quebrar se ia alongando, alongando, o chefe de posto anel nenhum, um relógio e cada um deles inclinado para a sua janela numa divergência de amuo, o senhor Figueiredo

— Levanta os dois tornozelos agora

no meio dos retratos das minhas colegas e o meu marido à espera, o anel da esposa do chefe de posto saiu com um golpe, pela minha parte trazia a aliança no círculo das chaves, decorado com um ursinho, para não assustar os clientes, morávamos à beira de um musseque, entre pretos com armas escondidas, no qual o meu marido com o seu

— Madame

sem coragem de fazer perguntas, mandar em mim, proibir-me, comboios de Benguela com fardos e gado, comboios, comboios, o golpe no dedo foi ele, quem jogou gasolina no carro de caixa aberta e aproximou um fósforo foi ele, o senhor Figueiredo a afastar-se de mim

— Podes baixar os tornozelos acabei

e como o mundo é diferente se estamos de pé, os móveis, que ao contrário nos pareciam mudados, afinal idênticos, o mesmo esconso a que faltava pintura com os mesmos retratos, Bety, Marilin, Karina, a Marilin uma doença da pele que disfarçava com creme, chegava-se a nós

— Percebem-se as borbulhas a sério?

uma no queixo, de pontinha amarela

— Não espremas

que a bisnaga não conseguia ocultar, a Bety dois gémeos mulatos aferrolhados na copa, com um cartucho de bolachas

— Quietinhos

e soltos no fim do trabalho entre migalhas e lamúrias, um mais alto do que o outro, mais gordo, com dificuldade na fala, uma garrafita no esconso ajudava o senhor Figueiredo a consolar-se das saudades de Penafiel

— Conheces Penafiel tu?

os olhos subitamente indefesos

— Não pode nada por nós?

mas se puxasse um pato com rodas no chão os olhos contentes

— Tive um patinho igual aos verdadeiros sabias?

e eu por instantes com vontade de abraçar o senhor Figueiredo que afastou o patinho ao afastar-se de mim

— Há alturas em que fico parvo de todo

na angústia que Penafiel evaporado, a rua onde os pais habitavam

— Ainda me lembro do sabor dos figos
que afastou por seu turno, o senhor Figueiredo a tornar-se adulto de novo
— Desaparece-me da vista
recomeçando as contas com o lápis mordido, as asas das perdizes tranquilas, nem um sopro nas moitas, o meu avô à minha procura na fábrica, na modista, no escritório, não
— Alice
nem
— Rapariga
só o queixo a palpar, zangado comigo
— Já não és minha neta
de maneira que não foi só você, senhor Figueiredo, que perdeu tudo, ouviu, quem não leva consigo Penafiéis defuntos, se eu um dia em Portugal outra vez hei-de procurar o patinho e a figueira, a alma não acaba sem mais nem menos, resiste, atente na minha madrinha, de camisa comprida e castiçal na mão
— Gaiata
e a chama do castiçal acumulando fantasmas, o sapateiro que tocava trombone na banda, o presidente da Junta à saída da escola
— Que lindas
o anjo de muletas com o seu esboço de asas saliente no casaco, largando penas que roçavam no chão e o inverno destruía, ficava uma açucena na almofada quando o meu marido se ia embora com os outros pretos por uma semana ou duas, chegavam sempre menos do que aqueles que partiam, andávamos de musseque em musseque, com cobertores e frigideiras, mas a açucena mantinha-se, deve continuar em Luanda a resistir à chuva, o senhor Figueiredo
— Cheiras a trapos de preto tu
o meu avô indignando-se no caixão
— Trapos de preto ela?
a farejá-la de tão longe, a minha madrinha
— Gaiata
apagando logo o pavio para que não dessem por mim, só ao chegar à pensão a Bety se lembrava dos gémeos
— Tenho de ir buscá-los à copa
e esquecia-os de novo, não exactamente pessoas, mulatos e o que vale um mulato, o senhor Figueiredo

— O que se passará em Penafiel?

comboios de Benguela ou do Dondo, o Dondo uma curva de rio, casitas no meio e a gente a dançar para colonos sem dinheiro, há teimosias que se pegam às pessoas, estribilhos de cantigas, anúncios de rádio, uma criança a mamar de uma cabra, a mim é Penafiel que não me deixa, não a cidade, o nome, quando as picadas no joelho me acordam à noite é

— Penafiel

que gritam, cada gotinha de ácido Penafiel, cada osso em combustão Penafiel, cada nervo que vibra Penafiel, os polícias que tomavam conta do meu pai cercaram o senhor Figueiredo na cancela da casa e o patinho com rodas, que se puxava por um fio, deixou de atormentá-lo, perguntei ao meu marido

— Porquê

e, num nicho dele, um domingo à tarde antes do ensaio, no esconso onde se faziam contas às bebidas com um lápis meditado

— Senta-te aqui queriducha

deixaram o senhor Figueiredo na fábrica, na modista, no escritório com as perdizes a abandonarem o valado porque a direcção da brisa se alterou, o senhor Figueiredo de tornozelos erguidos e um único olho a murmurar

— Queriducha

visto que no lugar da garganta cartilagens quebradas e as vergonhas dele sobre o peito num montinho torcido, onde esteve Penafiel no atlas um espaço vazio, onde esteve a figueira restolho queimado e todavia o meu joelho

— Penafiel

nessa noite não uma açucena na almofada, um lápis com marcas de incisivos e um eco

— Simone

a aumentar a fronha, o meu marido para mim, ele que não falava

— Não admito faltas de alegria queriducha

e era a janela que ficou molhada, as minhas pálpebras não, tudo seco, tudo alegre, jurei sem necessitar de palavras

— Não te preocupes que sou feliz

e sou feliz de facto, gosto de gente que corre e da Cadeia de São Paulo onde as pessoas gritam, das galinhas da esposa do

chefe de posto a cozerem num bidão sobre um fogo de tábuas, a senhora da embaixada a negar-me o passaporte dando nós com as falanges a medir o discurso
— O seu marido não pertence à Comissão das Lágrimas?
enquanto um patinho igual aos verdadeiros rolava no chão e o senhor Figueiredo, com quatro ou cinco anos, batia com ele nas pernas das cadeiras, como seria Penafiel em janeiro, como seria Penafiel apenas, eis as tais teimosias que se pegam à gente e de que não conseguimos livrar-nos, como a doença da pele da Marilin que nenhuma pomada resolvia, a Karina ainda parente do senhor Figueiredo
— Compadre de um tio meu
mas não de Penafiel, Penafiel, Penafiel, de Trancoso e que estranhos estes nomes em África, que esquisito o lugar de onde vim, pedras, viúvas e manhãs a acordar com a asma dos pinheiros, oxalá o meu joelho se cale de vez, a minha filha uma frase sem nexo embora me pergunte se não tem razão visto que nexo existe no mundo, à força de bater nas cadeiras o pato sem verniz e uma das rodas oblíqua, as galinhas da esposa do chefe de posto cozidas com penas e entranhas, bichos que desistiram de ser, satisfeitos que os comessem, a senhora da embaixada
— Tem a certeza que o seu marido não a mandou cá?
falando alto, a espaçar as sílabas, para um candeeiro de laçarote amarelo, no pé do candeeiro uma carrapeta com buraquinhos, eu não vestida como as brancas, de blusa e saia, vestida como as pretas, panos do Congo e lenço e o cheiro da minha pele não de perfume, de mandioca e cabras ou dos cachorros que não nos largam
— Não te preocupes que sou feliz
à espera que morramos, nos quais os polícias do meu marido experimentavam o alvo e um gemido a mancar, uma pressa afastando-se e depois abutres que se elevavam e caíam das árvores, na carrapeta do candeeiro um assobio eléctrico, uma tosse, uma pergunta, a que faltavam letras
— A mulher do comissário continua aí Assunção?
e a mulher do comissário continuava ali, sentada como as pretas num montinho de terra, a olhar os quadros, o retrato do Presidente, a bandeira, a ir-se embora por fim, chinelando

nos tapetes, com a impressão de me espreitarem nos intervalos das portas, a senhora da embaixada atrás a guizalhar pulseiras e os abutres de pescoço inclinado sem deslocarem as asas, se por acaso descobrissem o patinho com rodas chamavam-lhe um figo e olha o senhor Figueiredo a soluçar de desgosto, não aconselho ninguém a tomar amor aos animais que duram menos que a gente, gatos atropelados nas estradas, gaivotas de barriga para cima no óleo da baía, papagaios suspensos do poleiro e as janelas molhadas, as nossas pálpebras não, choram os objectos por nós, não necessitamos de lágrimas e se por um bambúrrio precisássemos delas

— Não admito faltas de alegria queriduchas

de modo que os tornozelos erguidos sobre a cabeça num palco imaginário, nunca pensei ser artista, só queria não ter fome, aproveita para comeres o teu joelho agora que está doente e não dobra nem aguenta contigo, um dia hei-de visitá-lo no cemitério, avô, a menos que as pessoas não se mantenham lá muito tempo

— Como se sente?

e ele a procurar-me sem dar com a querida Alice, que conforto ser a querida Alice de alguém, faltava-lhe o mindinho da mão esquerda, usava colete, havia na gaveta um retrato seu fardado

— Em Chaves rapariga

não em Penafiel, em Chaves, o retrato submerso por atacadores, metades de botões de punho, ferraduras, preferia que tivesse sido em Penafiel, senhor, que não me larga a cabeça, se perguntar como tudo começou nenhuma voz responde porque não falam do passado ou, no caso de falarem do passado, misturam a vida que me pertence com a vida dos outros, qual destas sou eu no meio de dúzias de pessoas exigindo que as oiça, aproximam-se-me do ouvido, pegam-me no braço, puxam-me

— Olha que estou aqui não te esqueças

a exigirem um lugarzinho, porque o esquecimento custa, nem que seja agachadas num musseque com receio da tropa, uma cara demora-se um momento

— Não pode nada por nós senhor comissário?

e logo outra a sobrepor-se gritando por seu turno, às vezes não gritos, confidências, perguntas

— O seu marido não pertence à Comissão das Lágrimas? quando são as janelas que se molham, não nós, o director da Clínica, submerso no seu exagero de dias
— A esperança é a última etc
e o que espera ele, uma enfermeira ao telefone
— A sua esposa
e a impaciência do director sob a compostura dos gestos
— Diga-lhe que saí
observando todos os meses da agenda que ela ocuparia ao seu lado da mesma forma que as avencas não largam o meu pai, aí estão elas a culpá-lo e um
— Mostra
a tinir-lhe nos ossos parecido com os comboios de Moçâmedes e de Benguela, não o som das locomotivas, a cadência das carruagens nas calhas, sempre as mesmas palavras, sempre o mesmo discurso, antes de virmos para Portugal comboio algum, as estações, desertas, não já estações de resto, plataformas que uma bazuca desfez, travessas que a terra comeu conforme come tudo, em África, a começar pelos vivos, pareço branca e sou preta, desprezem-me, há bocados em mim que resistem, fragmentos que continuam sozinhos numa convicção que não me diz respeito, quantos anos tenho, quantas sou ao certo, como se escreve a vida, ensinem-me a contar dos portugueses no aeroporto e no cais, das velhotas a despedirem-se de siameses beijando-os no focinho, daqueles que desejavam transportar os seus finados com eles, cavando no cemitério até a pá explodir no oco do caixão e o jipe com o meu pai parado no quintal de uma única mangueira, de morcegos a amadurecerem nos ramos, a minha mãe
— Estou farta de pretos
sem que o meu pai lhe ralhasse, ele que para si mesmo continuava a tratá-la por
— Madame
e a esperar nas traseiras, com os aviões do Cassanje eternamente em cima e a minha avó dobrada num socalco a defender-se das bombas, os brancos aguardaram pelo fim da missa, depois das luzes apagadas e dos santos às escuras, incapazes de verem e se queixarem a Deus
— O que tem Deus a ver contigo não te queremos aqui

e a primeira bofetada, o primeiro pontapé, a batina em pedaços, um dos cotovelos pendurado de si mesmo e dor alguma, um estalo de culatra que embainha uma bala

— Vai-te embora

o meu pai a ir-se embora de gatas e os brancos

— Não te levantes

a apressarem-lhe as nádegas com as solas nos remoinhos de agosto, tantos prefeitos do seminário a perseguirem-no, o meu pai que imaginava um apenas e o cotovelo mole arrastando-se, mesmo hoje o membro esquerdo mais curto e os dedos difíceis, a aldeia dos leprosos junto ao rio, Penafiel que sina, lá volta ele a aborrecer-me mais o senhor Figueiredo e o patinho com rodas que principio a achar não engraçado, estúpido, na aldeia dos leprosos a sineta com que o enfermeiro os chamava e não

— Seis horas seis horas

gente de gatas também, com sobras de peixe no que restava das mãos e os pássaros, de penas na nuca arrepiadas, numa indiferença atenta, o meu pai continuou por um trilho da tropa, passou uma lavra, duas lavras, antes de se atrever a erguer-se, na semana seguinte, e o director da Clínica a designar a agenda

— Se lhe apetece uma semana tire daí tanto faz

emboscou uma coluna com uma automática que não sabia como fun

— Uma qualquer que lhe agrade

funcionava e ao experimentar o gatilho pulou para longe de si, os brancos nos Mercedes, os pretos de gatas e a sineta a chamar os leprosos para o remédio, duas semanas depois, e o director da Clínica

— Não faça cerimónia rasgue à vontade as páginas

duas semanas depois desmantelou uma ponte, cinco semanas depois, e o director da Clínica

— Por mim desembarace-me disto que espiga não morrer

estava em Zenza do Itombe, num resto de armazém

— Que alívio não ter dias

a escutar outros pretos com quem Deus não tinha nada a ver como não tinha a ver com ele

— Pertenço aos brancos meu filho

a combinar ataques a quartéis e emboscadas a colunas, a minha mãe
— Como estás Cristina?
desconfiada de mim, vai queimar o lençol, vai rasgar os tapetes, sem dar fé que não pensava no lençol nem nos tapetes, ia espiando o meu pai na zona de Malanje, contornando uma fazenda de tabaco cheia de crânios de hipopótamos, os jacarés do Cambo olhos quietos na lama e metade do focinho a espiar-nos, por que razão não haverá um Deus para nós, a beber sangue de galo, a comer funje e a fumar mutopa enquanto a tarde, em Lisboa, engrossava as janelas opacas impedindo-me de ver que são elas que se molham, as pálpebras não, sentimos os insultos das avencas e a nossa própria voz
— Mostra
num dormitório vazio porque
— Seis horas seis horas
e os gestos, enganados pela primeira luz, dos padres na missa, a minha avó de joelhos
— Perdão
e um carro de caixa aberta que os cipaios impediram de fugir, o senhor Figueiredo a erguer os braços para o estrado
— Não admito ninguém triste queriduchas
e ninguém triste, senhor Figueiredo, ninguém triste, apenas o joelho da minha mãe a lutar com o soalho, o meu pai, diante do tabuleiro de xadrez e eu na outra ponta da casa prestes a dizer
— Pai
e a conter-me, embora não estivesse segura que o meu pai fosse meu pai, para que a tropa portuguesa não supusesse que ele no capim, a endireitar uma espingarda que não sabia como funcionava.

Quinto capítulo

Não moravam em casa, moravam num barraco, a que faltava uma das paredes, duas casas atrás da casa, no medo que os pretos e os estrangeiros amigos dos pretos, que não gostavam do seu pai, se entendessem com os polícias que tomavam conta dele, porque toda a gente se entendia e desentendia com toda a gente em Angola, destruíssem a casa e o levassem, e ao menos nos primeiros tempos em que trabalhei para o senhor Figueiredo havia paz, quer-se dizer tiros mas nos musseques, não na fábrica, na modista, no escritório, nem na pensão da Mutamba, e por consequência havia paz de facto, somente a chuva e nos intervalos da chuva o cheiro, da terra e das pessoas, de que não gostei nunca, Luanda uma gaveta de facas sempre aberta, o riso dos clientes, depois do espectáculo, facas, as palavras com que me chamavam facas, os dedos com que me apertavam facas, os olhos dos gémeos da Bety, ao abrirmos-lhes a porta, facas, o mundo uma pilha instável de loiça que se quebrava chávena a chávena e me aleijava, se por acaso me esquecesse do aleijão aí estava o joelho a lembrar-mo, um transtorno no osso ao princípio, um transtorno em mim inteira hoje, cada passo uma rampa em que os pulmões desistem, sem um patamar para amostra onde o corpo descanse, recordo-me do meu avô ao guiá-lo na horta até ao banco do pomar no qual esperava sem júbilo a chegada dos pássaros
— Se soubesses quanto pesa uma tarde
comecei a sabê-lo em África e agora sei de facto, pesa demais, é verdade, quantos anos faço em setembro, sessenta e um, sessenta e dois, o que interessa, aos domingos o meu pai com os compinchas no degrau da igreja, de nádegas sobre o lenço para não sujarem as calças, tiravam-no a fim de se assoarem e desdobravam-no de novo, a minha mãe e a minha avó com um alguidar de ervilhas de que ainda não perdi a cor, azul, e

o meu tio nas perdizes, julgo que ambas a par do meu tio e de mim, não estou segura, acerca da família fecha-se a boca, Alice, a Alice não está segura mas a Simone, que aprendeu à própria custa, está, achatei-a na moldura impedindo-a de falar, antes de Portugal não morávamos em casa, morávamos num barraco, a que faltava uma das paredes, duas casas atrás, e duvido que a minha filha, com cinco ou seis anos na altura, se lembre disto, coitada, o senhor Figueiredo a avaliar-me a barriga apontando--lhe o lápis

— Se for mulher metes-lhe Cristina

quando lha mostrei sacudiu-se de desgosto

— É feia

e não me ajudou com um tostão, a filha da Simone feia, a da Alice eu quase gostava, não gostava, como se gosta seja de quem for, não importa, a da Alice não gostava também, aí anda ela, a propósito, a conversar com os objectos e a ralhar à cortina, não se mencionava Angola e esqueceu tudo, aposto, não há quem não esqueça tudo excepto o meu marido à espera e eu, que devia habitar entre ervilhas e tordos, a dançar no Negage, os pássaros de África maiores do que os tordos, se nos poisassem no ombro não se aguentava com eles, caíamos de borco e rasgavam--nos logo, o senhor Figueiredo a alinhar garrafas na prateleira do balcão, diante do espelho que as multiplicava para o triplo, o quádruplo, resolvam-me esse mistério

— Sempre lhe chamaste Cristina?

o senhor Figueiredo completo de costas e de frente apenas parte da cara, o resto tapado por gargalos e copos, não foi o senhor Figueiredo de costas, foi a parte oculta da cara que disse, numa voz sem origem, tão diversa da sua e no entanto sua, mais um mistério, amigos, resolvam-mo igualmente

— Não ma tragas aqui

a mudar a ordem das bebidas com dedos mancos, não adivinhava que os dedos coxeassem e informo que coxeiam, não a trouxe ali nem a tranquei com os gémeos mulatos, se a trancasse como não gostava dela não a ia buscar, referi há pouco as ervilhas e palavra que não imaginava sentir a falta delas um dia, não da minha mãe nem da minha avó, das ervilhas apenas, o pouco que contam as pessoas, só depois de passar por isso é que a gente dá fé, sessenta e dois anos, parece-me, tão velha, no meu marido não se nota porque os pretos não mudam como nós, mesmo de carapinha branca a pele deles esticada, se tivesse espaço para invejar invejava-o, olha as árvores de Angola na minha cabeça, a agitarem-se no interior de si mesmas, não cá fora, e chamando por mim eu que não quero ouvi-las, o que me disseram no Dondo e não tenho coragem de repetir, na pausa dos espectáculos gastei o tempo a escutá-las, o senhor Figueiredo

— Queriducha

e eu surda, se o escutasse respondia

— Estou com as árvores deixe-me

abismada com os seus corações enormes, os nervos gigantescos, as veias sem fim, os seus mil anos de pedra, quando tenho de descer as escadas para a mercearia não há quem não me desabe em cima num atropelo de coisas que tombam, rolam, se perdem, pulmões, dentes, lembranças, devo ter perdido quatro ou cinco rins, pelo menos, talvez sobre meia dúzia ou se calhar tenho mais árvores do que rins, no caso do meu marido as avencas

— Não aguento as avencas

no meu árvores e gritos que sufoco antes de começarem, embora quando o jipe voltava à noite da Cadeia de São Paulo não lograsse calá-los, inclusive apertando as mãos nas orelhas, morávamos num barraco a que faltava uma das paredes, duas casas atrás da nossa, já no interior do musseque, entre miúdos que nos jogavam tijolos e balidos de ovelha que entravam a porta e fugiam de roldão com a vassoura a enxotá-las, ovelhas, frangos, um bezerro até, não mencionando as crianças paradas no limiar, só ranho e pés gigantescos, quantas décadas antes delas nasceram os pés, o senhor Figueiredo

— É nisto que tu moras?

a casa da frente mobília e tapetes, o barraco vazio excepto uma cama para todos e uma metralhadora disfarçada com trapos, Cristina porquê, senhor Figueiredo, como diabo esse nome lhe atravessou a memória, o meu avô, dado que não interrompemos a conversa embora ele morto e eu tão distante

— Cristina dizes tu rapariga?

e Cristina, senhor, um cavalheiro, se assim me posso exprimir, que me protegia, pediu-mo em memória da mãe, julgo eu, e além disso qual a diferença, diga lá, para que serve um nome, eu Alice, eu Simone, e o que ganhei com o quiosque, acha-me feliz

— Não admito faltas de alegria queriduchas

e o tornozelo ao alto quase a tocar no sorriso, o alguidar das ervilhas não me larga nem a minha mãe e a minha avó a despejarem as vagens, como não me largam as laranjeiras em fogo, labaredas ácidas, redondas como o desalento, a avermelharem-me a pele, quando um desses pavios se desprendia do galho ficava séculos a arder sozinho no chão, assomava-se à janela a meio da noite e as ervas acesas em torno de um halo, em Luanda, em lugar de laranjeiras, insectos gordos, que tornavam os besouros de Portugal minúsculos, crepitando na lâmpada em chamas que uivavam e agora quero declarar, no receio de não ter tempo depois, que as açucenas do meu marido, e deve haver mulheres que gostam, não me amoleciam a alma nem o facto de estar ali horas sob a chuva me comovia, como a cegueira do meu avô não me comovia um pito, mais um cego e pronto, já me cruzei com tantos, para que comover-me por muito que ele

— Rapariga

preocupado comigo, se há coisas que não necessito é da preocupação de ninguém, deixem-me em paz e basta, não me empanturrem de passarinhos, não se inquietem comigo, a minha mãe

— Que tens tu?

e eu óptima, senhora, para quê gastar cuspo, não me interessa o que acham, o que sentem, que se aflijam por mim, não protesto, pois não, desço ao valado das perdizes, não desço, ainda aqui estou, não é, ainda aqui hei-de estar passados muitos anos, arrastando o joelho, enquanto a minha filha discute com a arca, se houvesse aproveitado um avião ou um barco, quando os portugueses fugiram, em lugar de lhes assistir à partida, mas o senhor Figueiredo, mas as minhas colegas, não o meu marido nem a minha filha que não me pertencem e se não me pertencem a quem pertencem então, o meu marido aos pretos que mandavam nele, a minha filha às vozes que a desinquietavam

— Cristina

o meu tio a separar-me o corpo

— Nem pio

que demorava a juntar, reunia-me aos poucos colando peças nos sítios que acreditava adequados e não eram, alterava--lhes o lugar, tentava mais acima até conseguir uma Alice que a minha família sim senhor e interrogo-me como se comportariam a minha avó e a minha mãe diante da miséria do joelho, um barraco no interior do musseque, sob uma copa de que ignorava o nome e lá volta a história dos nomes, que frete, isto durante a Comissão das Lágrimas, antes da Comissão das Lágrimas uma moradia em Alvalade com pretos importantes nas moradias próximas, nunca gostei de ervilhas, preferia batatas ou favas mas a minha avó convencera-se, ou alguém a convenceu

— O verde puxa o encarnado

que faziam bem ao sangue, Penafiel, olha, o que pretende esse agora como se o meu corpo suportasse a viagem, na mercearia apontava com o dedo, pagava e, ao ir-me embora, olhos na minha nuca, à espera que eu desaparecesse para coscuvilharem a meu respeito, diz-se que dançava numa fábrica, numa modista, num escritório, diz-se que o patrão pai da filha, diz-se que o marido padre, ao menos os pretos, por muito selvagens que sejam, calavam-se, pretos e cabíris podem matar-nos ou morder--nos e não se leva a mal, é o instinto deles, porém não falam da gente, a minha filha acompanhou-me, uma ou duas tardes, mas por alturas do cemitério judeu, sem cruzes nem ciprestes e nós a concluirmos que não respeitam a morte nem acreditam nas almas, se acreditassem serafins de calcário, ficava a discutir com a estrela do portão, em pequena, em Angola, não se dirigia a ninguém, limitava-se a estudar o trajecto das sombras, dobrando e desdobrando um angulozinho da blusa, as moradias de Alvalade canteiros mal cuidados, com as cercazinhas quebradas, se calculam que isto é dito sem sofrimento enganam-se, não afirmo que seja dito com sofrimento, afirmo que difícil, as esposas dos pretos importantes acenavam-me, volta e meia o marido de uma delas desaparecia e em menos de uma semana um marido novo, igualmente importante, ocupava-lhe o lugar, pelo menos afigurava-se-me um marido novo mas porventura erro meu, todos se assemelham, quem distingue entre eles, esposas bem vestidas engordando no jardim entre risos iguais a placas de metal a pularem num saco, não havia artistas pretas na fábrica, na modista, no escritório, aos clientes, para pretas, bastavam as da fazenda,

carne branca, queriduchas, que lhes evoca a terrinha, o coreto, o barbeiro, uma parente inválida, na época deles garotos, a soluçar na cama, tranças com vida própria na almofada e eles sem saberem o que fazer, distraídos do brinquedo que tinham na mão, à beira de um soluço também e portanto, queriduchas, o que desejam é soluçar outra vez, devolvam-lhes o coreto, o barbeiro e o brinquedo, que é tudo o que pedem, choramingam
— Mãe
visto tratar-se de um problema que mexe connosco, não a mãe autêntica, a noção de mãe, sem as pessoas a gente gosta mais delas ao passo que a presença dissolve as emoções, no caso do senhor Figueiredo nem reparava nele enquanto a sua falta me obriga a recuperá-lo, o lápis, o bigode
— Se for mulher metes-lhe Cristina
e meti, um nome a que não me habituo, Alice está bem, Simone vá lá porém Cristina que gaita, mal a Comissão das Lágrimas começou a trabalhar um sujeito trouxe-nos para o barraco e distribuiu polícias nos barracos vizinhos, tudo um rodopio nessa altura, as fugas, os assaltos, perguntei ao meu marido
— Quem manda em Luanda?
e ele um gesto em espiral, ao comprido do braço, até se evaporar nos dedos, à medida que pessoas de pulsos unidos com arames se multiplicavam num aterro
— Sei lá quem manda
por mais que procure não encontro tranças a pularem na almofada no tempo de eu miúda, aparece uma prima com febres a agarrar o meu pai
— Tira a doença de mim
e o meu pai a fugir, tombando uma cadeira na explosão mais intensa que alguma vez escutei, qual bazuca, qual mina, uma cadeira que não pesava um grama, e juro que aquilo que digo é autêntico, uma cadeira no soalho que nos ensurdeceu a todos, o meu pai derrubou uma segunda cadeira, esmagou as costelas na moldura da porta e desceu para as couves aos tropeços, derrubou um vaso de sardinheiras também mas o estrondo menor, o
— Tira a doença de mim
a acompanhá-lo até ao poço em cujo fundo uma escama de luz provocava, ao desvanecer-se, um clima de orfandade, não

conheci o avô do lado do meu pai, antes de eu nascer apanhou o comboio da França e até hoje, lembro-me da mulher a trotar no burro, com ambas as pernas para o mesmo lado, e que as orelhas do burro giravam ao mínimo som, umas ocasiões uma apenas, outras ocasiões as duas, experimentei mexer as minhas ao espelho e nem para a direita nem para a esquerda, não pode montar em mim, avó, não me recordo como desapareceu, tenho a impressão de um sino mas o que não faltava nas redondezas eram sinos, o da igreja e os das igrejas próximas, o do quartel dos bombeiros e o da Misericórdia, que hospedava velhos, o meu pai abandonou o poço sem encontrar a maneira de como o sol se ia enfiando lá dentro, os ramitos e as folhas calculava, o lixo também, agora o sol que truque utiliza, o que sucedeu às esposas a engordarem no jardim, quem jura que as não substituíam conforme substituíam os presos que o meu marido interrogava ou os defuntos na rua, sessenta e um ou sessenta e dois anos, esquece isso, de qualquer maneira não muito tempo já, os cães latiam de fome atrás das carroças dos mortos, acompanhados por criaturas descalças que lhes puxavam a roupa, conseguiam um pedaço de tecido, uma sandália, um boné, em momentos de sorte uma camisa inteira até que um soldado os espantava à coronhada, observavam à distância e iam voltando aos poucos, depois os cães começaram a rarear dado que as criaturas descalças os comiam, acabados os cães aproximavam-se de Alvalade a mendigarem sopa com latas ferrugentas, não pediam, esperavam a menear as latas, quase todos os chinelos em Luanda foram sapatos de mortos, espiava os do meu marido

— Foram de um morto também?

e pela falta de graxa e os atacadores deslaçados foram de um morto também, a prima das febres tinha uns novos, no armário, de fivela de metal amarelo, destinados a caminharem no interior da urna, que apesar do tamanho sabemos que não termina, imensa, sapatos caros, embrulhados em papel de seda, no interior de uma caixa, de tempos a tempos obrigava--nos a mostrar-lhos, a fivela, a sola, a borracha do calcanhar e a vista dos sapatos, compreende-se, animava-a, quem não fica satisfeito de se apresentar com decência ao Altíssimo, a prima, orgulhosa

— E a blusa?

gola de renda, botões de madrepérola, um coração no bolsinho, sugeria

— Uma passagem a ferro não lhe fazia mal

e a minha avó a garantir que o ferro preparado, bastava tirar uns carvões da braseira e aquecia num instante, se a prima quisesse molhava o médio em saliva e logo bolhinhas a ferverem vais ver, logo o teu cuspo aos estalos, a cadeira que o meu pai derrubara permanecia no chão, de membros esticados, igual às mulas à beira da cova antes de as enterrarmos, só lhe faltavam a crina, as narinas e o vidro sujo das órbitas em que passeiam formigas, não nos atrevíamos a levantá-la no receio que a explosão de volta, o meu pai, de cócoras sob a nespereira, a mirar o abajur da doente, sentíamo-lo, depois da ceia, afiando um galho com o canivete, misturado com os sapos, quantas palhinhas lhes enfiei na boca e os arredondei aos sopros, entrava em casa de madrugada, a evitar as cómodas, um passo aqui e outro ali não fosse o chão abrir-se que as tábuas atraiçoam, cuida-se que pregadas e um abismo de súbito, o meu pai, receoso de abismos, a avaliar o chão com a biqueira, se aguentares continuo, a mesma manobra com a cama, quem me jura que os lençóis não ocultam um buraco, a forma da minha mãe alterava-se no colchão

— O que se passa contigo?

não uma pessoa, uma alga que o sono ondulava, um tentáculo repentino crescia da barriga ou da coxa e estrangulava-o num nó pegajoso, esforçava-se por recuar mas o tentáculo impedia-o, a alga

— Ficas aí especado?

com os sapos, que conheciam a maldade dos bichos marinhos, a acautelarem-no, entre o pomar e a vinha

— Põe-te a pau Ismael

e o Ismael, indeciso à cabeceira da cama, procurando distinguir o crucifixo de latão para lhe solicitar auxílio e crucifixo nenhum, um nó de trevas onde um monstro se expandia a imitar a minha mãe

— É para hoje ao menos?

e talvez fosse para hoje ou talvez fosse para amanhã, não abria o casaco nem desapertava o cinto, a caçarola da respiração da prima, onde coziam os grelos dos brônquios, alarmava-o, ela

tão esmorecida e os brônquios num silvo feroz, o meu pai a perguntar sem ruído
— O que se passa senhores?
nunca dei pela esposa de um preto importante na carroça dos mortos, com as pulseiras, os anéis e o saco de pedaços de metal do seu riso, dei por mulheres que apesar de finadas conversavam e meninos de polegar na boca, sem mencionar membros dispersos e mãos ao acaso, da Marilin, da Bety, minhas, não dei pelo meu pai entre elas afogado num tentáculo, Penafiel, Penafiel, tem paciência, não me abandones agora, eu para o meu marido, referindo-me às carroças
— O que é aquilo?
e o gesto em espiral, ao comprido do braço, que se evaporava nos dedos, os sapatos da prima levaram sumiço na véspera de falecer e não foi um cachorro a escapar-se a galope, na primeira travessa, com eles na goela, nem foi a minha avó, nem o meu tio no valado das perdizes, fui eu, meti-os numa falha da capoeira para o caso de necessitar deles um dia, quando as minhas febres vierem, e foi o joelho que veio, será que o comboio da França engoliu o meu avô em lugar de vomitá-lo numa estação qualquer e olha as árvores de Angola a ondularem sem descanso no interior de si mesmas, chamando por mim que não me apetece ouvi-las, abismada com os seus corações imensos, os nervos disformes, as veias sem fim, os seus mil anos de pedra, olha a prima a passear para cá e para lá, descalça, repreendendo-me no interior do caixão
— Ao que tu me obrigas Alice
os sapatos de que acabei por me esquecer na capoeira e as galinhas felizmente não viram, o sujeito, à direita do meu marido na Comissão das Lágrimas, a vomitar os olhos
— É preciso isto?
não um preto, um mestiço que passadas semanas o meu pai interrogou por seu turno, lendo-lhe os papéis que ele, não o mestiço, escrevera
— Quando mandaste esta carta?
dado que toda a gente se entendia e desentendia com toda a gente e mais carroças, mais tiros, o barraco duas casas atrás da casa, a que faltava uma das paredes, substituído por um barraco mais pequeno, primeiro, e por uma cabana de musseque

depois, velhas acocoradas sob múltiplas saias, a tropa a correr pelos becos, os becos a correrem para a baía, a baía a correr para a ilha e no entanto, no meio disso tudo, a rapariga a cantar, o senhor Figueiredo desviando a vista
— Não ma tragas aqui
não, o senhor Figueiredo a atrapalhar-se com o dinheiro
— De certeza que não pode nada por nós?
e por segundos a minha mãe de novo, empoleirada no bar com lantejoulas e plumas, a aperceber-se de um pedaço de si mesma, entre as garrafas e os copos, e comparando-o com o valado de perdizes no qual um retalho de céu, no meio dos arbustos, dava corda a uma esperança ignorava em quê, talvez na escama de luz no interior do poço, num par de tranças que pulavam ou numa aldeia sem coreto nem barbeiro onde arbustos sem nome tomam o lugar das pessoas, o director da Clínica a erguer-se do suplício da agenda
— Que senhor Figueiredo é esse?
a minha mãe a esmagá-lo de imediato com o martelo de um encolher de ombros
— Ninguém
e eu incapaz de responder por indiferença ou por dó, tanto monta, tinha razão, você, ninguém, como o mestiço à direita do meu pai, na Comissão das Lágrimas, ninguém, como a rapariga que cantava, ninguém, como a gente ninguém, trancados em Lisboa, ao pé do rio, à espera daqueles que não virão, e de que sítio poderiam vir dado que Angola acabou, umas avencas quando muito, um gramofone e sobramos nós, lembrando o côncavo, deixado no granito, da pata de um animal improvável, a minha mãe com o seu joelho, o meu pai com o seu xadrez e eu com as vozes que me ditam isto em discursos precipitados que a mão não acompanha e me impedem de escutar o que se passa à volta, os cargueiros do Tejo e as rodas dentadas dos pombos no telhado, sem mencionar os passos dos vizinhos que começam sem que eu espere e se prolongam pela janela fora, se o meu pai me consentisse abri-la provavelmente via-os sobre as copas, designando-me com o queixo, porquê tanta atenção se não fiz parte da Comissão das Lágrimas ou disparei sobre quem fugia em Luanda, preocupem-se com o meu pai e a minha mãe, com os dois ao mesmo tempo, tanto faz, mas não me liguem, o director da Clínica

— As vozes voltaram

como se alguma vez se tivessem ido embora, calam-se por minutos e é tudo, o mestiço, à direita do meu pai

— Mentira

não uma discordância, uma desculpa, não uma desculpa, uma aceitação e olha as árvores de Angola, vai à merda Penafiel, a moverem-se sem descanso no interior de si mesmas, chamando por mim que não me apetece ouvi-las, o senhor Figueiredo, apesar de defunto

— Queriducha

e eu surda, se o escutasse respondia

— Estou com as árvores deixe-me

abismada com os seus corações enormes, os nervos sem fim, os seus mil anos de pedra, tudo o que a Cristina ignora e eu não sei tão pouco, nasci na província, tenho saudades de ervilhas, oiço as perdizes no valado e, atrás das perdizes, o meu avô

— Rapariga

estendendo, para o lado oposto ao meu, os passarinhos fritos, a perguntar

— Mais molho?

não moravam em casa, moravam num barraco a que faltava uma das paredes, ou seja três paredes, duas delas incompletas, e metade do telhado de zinco com calhaus em cima na ilusão de impedirem o vento mas quem impede o vento, tudo em África, mesmo a chuva, começa com o vento, o céu negro às quatro horas, trovões no Catete, galhos de néon a ramificarem-se e a sumirem-se, o desespero dos prédios que se torcem e enrolam e mal se aquietam a chuva, voltando ao princípio, que me distraí com a chuva, moravam num barraco, olha as árvores, duas casas atrás da casa, no medo que os pretos, e os estrangeiros amigos dos pretos, que não gostavam do seu pai, se entendessem com os polícias que tomavam conta dele, se é que pode designar-se por polícias meia dúzia de criaturas vestidas de uniformes diversos ou camisolas e calções furtados aos mortos, a maior parte descalços, outros só com uma bota dos portugueses, outros de sapatilhas já não verdes, cinzentas, que não andavam, se amolgavam no chão, moravam num barraco no medo que os pretos, e os estrangeiros amigos dos pretos, russos, cubanos, belgas, que não gostavam do seu pai, se entendessem com os polícias que tomavam conta dele porque toda a gente se entendia e desentendia com toda a gente em Angola, entrassem em casa e o levassem como entrarão em Lisboa, daqui a pouco, amanhã, para o ano, visto que não temos pressa, nunca tivemos pressa, o que mais há em Luanda é miséria e tempo, não uma pilha de dias como o director da Clínica, um único dia infinito, sem início nem termo, uma gaveta de facas sempre aberta, não me dêem o remédio ao almoço, os risos dos clientes, depois do espectáculo, facas, os sinais com que me chamavam facas, os dedos que me apertavam, ordenem o que lhes apetecer mas não me apertem, peço-lhes, os dedos que me apertavam facas, os gémeos mestiços, um maior do que o outro, mais gordo e com dificuldade na fala, ao abrirmos-lhes a porta facas apesar da inércia deles, andavam, tropeçando em nós, para a pensão, resignados como animais doentes

— O pai deles Bety?

e a Bety, amuada, um animal doente, como vais erguer o tornozelo na próxima dança, ao fitar-me ganas de pegar-lhe na mão, que não sou insensível, as pessoas imaginam que sou

— A Simone não se rala com a gente

gostava de ser mas não consigo, os sapos bem podiam avisar-me, conforme avisavam o meu pai, eles que conhecem, por experiência, a maldade do mundo

— Põe-te a pau Ismael

e não me dão atenção, não avisam, tirando o meu avô quem, nesta vida, mas não entremos por aí que não se sai depois, é um beco a acabar num muro e a gente, frente ao muro

— E agora?

quando não há agora, não haverá agora, espera que o gramofone trabalhe e recomeça a sorrir apesar de existirem dúzias de degraus no linóleo da cozinha, o tornozelo mais alto, queriducha, contente de estares aqui, parte do teu reflexo no espelho do bar entre gargalos e copos

— Não se admitem tristezas

e juro que não estou triste, que razão para estar triste, nem sequer ceguei como o meu avô após óculos cada vez mais fortes, comprados na barraca da feira que vendia dentes e olhos, o meu avô a informar ao balcão

— O mundo tão longe amigo
substituído por manchas com voz e manchas sem voz, as manchas com voz aborreciam-no de perguntas
— Acha-se melhor paizinho?
as manchas sem voz repletas de arestas que embatiam nele e o aleijavam
— Raios partam a consola
móveis que se atravessavam à frente a embirrarem com ele, quantas consolas, meu Deus, onde outrora uma só, quantas mesas, quantas braseiras, quanto gato inesperado, primeiro de sumaúma e depois só garras a escapar-se num guincho, a minha filha, se for mulher metes-lhe Cristina, um nome esquisito e meti-lhe Cristina, se tivesse metido Conceição ou Manuela a vida diferente, a minha filha em diálogo com as coisas, ou seja não se escutam as coisas, escutam-se as respostas dela, tinha razão, avô, o mundo tão longe, silhuetas, ausências, intervalos, o doutor do joelho a armazenar as radiografias no envelope
— Um problema bicudo dona Alice
não dona Simone, dona Alice, a dona Simone artista e eu não, se neste momento me dessem plumas e lantejoulas nem o mindinho levantava, talvez as rugas da testa a implorarem não sei quê não sei a quem ou, por outra, sei, a implorarem a Deus que a deixasse em paz e se esquecesse dela, o doutor do joelho espalmado no envelope
— Bicudo
a inchar porque os problemas dilatam a gente, engordamos para emagrecer logo a seguir num suspiro, dentro do suspiro um gosto de vitória
— Ela está doente e eu estou bem
que disfarçamos com uma mãozinha no ombro sem acreditar que nós, ou acreditando que nós mas daqui a muitos lustros e portanto nunca, estamos no mesmo barco, é o destino, hoje você, amanhã eu e o fim já se sabe, lá vamos um a um com o padre atrás ao passo que a Simone continuará na moldura a enviar-nos um beijo esférico na palma da mão que o vidro impede de chegar à gente, quando lhe afirmo
— Pareces um palhaço
ela a concordar por baixo da maquilhagem, não

— Ai Simone
antes
— Ai Alice
pelas bocas das folhas que não se calarão nunca e o
— Ai Alice
mais certo, um barraco duas casas atrás da casa, eu a pensar em Penafiel sem conceber como Penafiel seria e entre nós como é Penafiel realmente, parecido com isto, não parecido com isto e a que isto me refiro, à minha aldeia, a Lisboa, eu a lembrar os comboios de Benguela e do Negage, tranças que pulavam numa almofada, o coreto, o barbeiro, estava capaz de descascar ervilhas, debruçada para um alguidar, se a minha mãe e a minha avó comigo em lugar de eu sozinha, porque derivado ao meu marido e à minha filha a querida Alice, ao contrário da Simone, a agarrar a cintura das colegas no estrado que mal se aguentava, a querida Alice sozinha, regressando da mercearia com o saquito, pesado apesar de leve, das compras, batatas, um pacote de leite e uma única cebola, de sucessivas pálpebras, no meio das quais um olho do meu avô, enevoado, cego, com o mundo a afastar-se dele, feito de manchas confusas, as que falam e as que aleijam e ambas perseguindo-o, empurre-as, avô
— Larguem-me
e não o largam, que gaita, atormentam-no com arranhões na tíbia, na anca, neste lado da cintura, o que dói mais, o mais frágil, onde uma hérnia ou assim do dia inteiro com o sacho, no fundo da dor uma camponesa a dançar, amarrem-me os pulsos nas costas, amarrem-me os pés, deixem-me cair no cimento e continuarei a dançar, com as duas ou três colegas que sobram, para meia dúzia de portugueses num cafezito de Narriquinha enquanto as árvores de Angola se movem, no interior de si mesmas, a chamarem por mim, eu que não quero ouvi-las, quero um preto com uma açucena nas traseiras da fábrica, da modista, do escritório, a segredar
— Madame
sob a monotonia da chuva.

Sexto capítulo

Quibala. Primeiro a estrada, depois um trilho marcado de rodas, um segundo trilho em que pés descalços e cascos de animal perdido, achou que um burro do mato e não burro do mato, uma pacaça e não pacaça, que diferença fazia se burro do mato ou pacaça, uma pontezinha a atravessar um rio quase seco, com uma lata de ração de combate onde nasciam borboletas, uma das quais se esmagou contra o motor do jipe, um morro que subiram a tremer e mais borboletas, ouviu ladrar ao longe, intrigado, porque os cães de África não ladram, seguem-nos à espera que lhes demos de comer ou morramos para eles comerem sem termos que lhes dar e até os ossos mastigam, esqueceu-se dos cascos do animal, cães magros, que não obedecem nem recusam, aguardam, meu Deus a paciência dos bichos, agacham-se durante meses, em torno de um cabrito defunto, antes de o cheirarem babando-se, de nariz a hesitar, os olhos amarelos, as orelhas alerta, a cauda horizontal que vibra, no topo do morro Quibala, lavras de mandioca, cubatas dispersas, ninguém, Quibala uma aldeia, com arbustos de liamba dos dois lados das portas, que se prolongava até desaparecer na mata, isto em outubro de mil novecentos e setenta e sete, tinha eu cinco anos, e o meu pai no jipe de mala nos joelhos, um garoto, com um pescoço de lebre na mão, surgiu a fitá-los e perderam-no, as pessoas nascem já inteiras aqui, mulheres homens crianças que não mudam mais salvo os velhos, dobrando-se para o chão até desaparecerem nele, vai-se a ver e nem uma prega na terra, nunca foram, não há ontens como os ontens dos brancos, é-se ou não se é e pronto, impossível de sentir a falta do que não houve e agora um trilho largo, sem capim, a afastar-se das cubatas, um terreiro com uma cerca de arame, duas ou três camionetas, meia dúzia de militares e muita gente ao sol, uma galinha minúscula esvoaçou-lhes à frente, escorregou numa balsa e ficou a juntar penas sacudida de medo,

mal se aquietou parecia maior, em pequena a mãe fechava uma galinha numa caixa e ia-se almoçando aos poucos, a esposa do chefe de posto, que não entendia de refeições
— Almoçam esse bicho podre vocês?
até a crista, até o bico, até as plumas da cauda, no fim jogavam-se as costelas ao chão, juntamente com pedrinhas, e pela leitura das pedrinhas e das costelas adivinhava-se a vida, na qual os defuntos continuavam a fumar e as mulheres a lavarem panos num ângulo de água onde uma órbita de crocodilo à deriva, à tarde tornam-se ramos grossos com um ou dois dentes engastados na casca, Quibala uma metralhadora apontada ao terreiro e uma vivenda de colunas com um par de degraus gastos, no interior um javali embalsamado que um escovilhão de espingarda segurava, a esposa do chefe de posto
— Também cozinham isso?
e não cozinhamos isso, senhora, quando as cantinas não vendem cozinhamos o mel das árvores e as crias das hienas, um cafuzo míope, com uma lente só, a conversar com o meu pai, tentando juntar as duas pupilas no único vidro, estudando o mundo de viés e de cabeça baixa, gente ao sol vinda do Leste, do Centro, do Norte, de Moçâmedes talvez, em que os búzios não param de contar as ondas e quantos milhões ao certo desde que Deus, num simples gesto de mão, vem nos livros, separou a Terra dos Oceanos, alguns mestiços, alguns brancos e centenas de pretos a passearem ao acaso, não incluindo aqueles que abriam as fossas, no limite da cerca, vigiados pelos militares que de tempos a tempos tiros e um corpo a cair, como um lenço, desdobrando pernas e braços, um trapo que se agitava antes de ser coisa ou voltava a sacudir-se mas já mole, distraído, e o meu pai, sem ouvir as explicações do cafuzo que se entortava para ele na metade boa dos óculos, a pensar no ministro fugindo às arrecuas, em Luanda, de saleta em saleta
— Há um engano aqui
e não havia engano, que engano, traziam a ordem com a assinatura do Presidente e os carimbos todos e apesar de a ter lido o ministro subia as escadas, cruzava compartimentos, trancava-se no quarto da filha e atrás da porta a voz a desmaiar, a recompor-se, a desmaiar de novo, a conseguir um fiozinho
— Há um engano aqui

uma boneca, pisada por descuido, balia
— Mamã
do tapete numa angústia monótona, nunca variam essas, não desmaiam nem se recompõem, continuam, uma coronha destruiu a fechadura e o ministro de boneca ao colo, cuidando proteger-se com ela, qual dos dois
— Há um engano aqui
e qual dos dois
— Mamã
no mesmo tom agudo e na mesma aflição, qual dos dois de baquelite e qual dos dois de carne, qual dos dois um brilho de água nas pestanas de nylon e ambos um brilho de água nas pestanas de nylon, a mulher do ministro na ombreira
— Não façam mal à boneca
um baloiço pendurado na acácia do jardim e quem anda no baloiço, a mulher do ministro, o ministro, a boneca, a filha invisível
— A sua filha senhor ministro?
e se calhar nenhuma filha com eles, inventaram-na, há quem invente filhas e passeie uma ausência ao colo até que um choro que mais ninguém escuta se cale e possam deitá-la, adormecida, no berço, afastando-se sem ruído de um nada que os alegra, o meu pai a perceber que a boneca
— Mamã
não para a filha que não havia, para o ministro e a mulher do ministro, dado que o ministro e a mulher do ministro a
— Mamã
que conhecia, trouxeram-na da loja, mudaram-lhe o vestido, compraram um serviço pequenino para ela fazer de conta que se alimentava, perguntavam a medirem-se um ao outro
— De qual de nós gostas mais?
o ministro levantou a mão para os soldados e a boneca morreu primeiro, em pedacinhos de plástico que se dispersaram de repente, as bochechas carnudas, a miniatura da boca, as pestanas de nylon, a lágrima não sei, à medida que o baloiço vazio para trás e para diante transportando um risinho feliz, não, o risinho imóvel, o baloiço alcançava-o ao descer e prosseguia sem riso, quando uma das cordas se partir o que acontece à felicidade, permanece ali, some-se, procura outro baloiço, o meu pai, preocupado

— Terão outro baloiço?

e no caso de terem o riso achá-lo-ia, o ministro a aumentar um passo

— Há um engano aqui

não desmaiando e recompondo-se ao longo da frase, uma espécie de grito, para quê escrever uma espécie de grito, um grito

— Há um engano aqui

sobre ciscos de boneca e uma gota que o tapete engoliu, comem as lágrimas e os desgostos da gente, alimentam-se de tristezas caídas, xícaras que se derramam e atrito de passos, nos lábios da boneca um dentinho pintado e pálpebras que subiam e baixavam graças a um peso de chumbo, tudo construído, afinal, tudo falso, um sujeito fabricou aquilo com elásticos e arame, o meu pai desenganchou a pistola do coldre, esperou que o baloiço apanhasse o riso e o largasse e no silêncio sem alegria o ministro de joelhos, a teimar no engano, o fato caro, os sapatos caros, a gravata de pintas, um anel espalmado no peito onde uma mancha escura, outra mancha junto ao cinto, outra mancha no ombro, o ministro de bruços

— Há um

e há um quê, senhor ministro, Vossa Excelência enganou-se, não há seja o que for excepto esta ordem com o escudo da República, a assinatura do Presidente e os carimbos todos, quer que a tire da algibeira e lha mostre de novo mais as vírgulas a tinta e uma frase na margem, os dedos do ministro alongaram-se e encolheram-se até que uma bala o acalmou, os militares ficaram-lhe com os sapatos, o fato, a gravata e o meu pai com o anel, demasiado largo no mindinho mas bom no indicador, que a minha mãe empenhou em Lisboa e não valia um centavo, quer dizer valia uma careta de desdém

— O que não falta por aí são bodegas de pretos

e meia dúzia de moedas, colocadas uma a uma no balcão, a sublinharem a pacotilha, que nem para uma ida à mercearia davam, o meu pai em Quibala, no meio dos presos e das borboletas, a recordar a mulher do ministro de gatas no quarto a serenar a boneca

— A mamã não te deixa

enquanto os soldados lhe roubavam quadros, espelhos, uma mesita baixa que se a minha mãe a entregasse
— Não se lhe acabou o lixo?
com o baloiço a imobilizar-se por fim e o riso a cessar, nenhum empregado na casa, uma das águias de barro do portão sem cabeça, um triciclo, não se adivinhava de quem, de lado na vereda, isto num bairro de moradias de portugueses de onde se via o mar, os pássaros da baía, diferentes das gaivotas, poisavam nas arcadas da marginal ou bicavam sobejos de gasóleo e as luzes das traineiras, ao crepúsculo, numa geometria de reflexos sem fim, com os troncos das palmeiras e as insígnias de flúor dos restaurantes da ilha lidos ao contrário, em russo, quando uma onda chegava, o meu pai de regresso a Quibala, com o cafuzo dos óculos a multiplicar argumentos e o colega de seminário para o meu, basta de desculpá-lo, o meu pai para o colega de seminário sob a zanga das avencas
— Mostra
a aproximar-se dos presos, sacudindo as borboletas que o impediam de ver
— Tantos traidores ainda?
a comerem embalagens de feijão ou estendidos em tábuas continuando a conspirar, mesmo magros, mesmo febris, mesmo sem falarem entre si e ninguém falava com ninguém, pareciam à espera, da maneira que os objectos esperam, alheados de nós e no entanto alerta, e sei o que digo porque lhes conheço as manhas embora caia nelas, continuando a conspirar contra o governo, contra Angola, contra nós, o meu pai decidindo ao acaso, no medo que o visitassem com militares também, lhe exibissem o escudo da República, a assinatura do Presidente, os carimbos todos, e diante da minha mãe e de mim, no barraco duas casas atrás da casa, uma automática ou uma pistola e ele, sentado no chão, a segurar a barriga buscando uma palavra, pode ser que
— Mamã
pode ser que
— Há um engano aqui
ou nada disso
— Mostra
na horrível luz parda que antecede a manhã, uma palavra que não vinha, perdia-a e ao perdê-la perdia-se a si, o meu pai pedacinhos de plástico evaporando-se no ar juntamente com os

arames, o chumbo dos pesos das pálpebras e a tal lágrima que o tapete engoliu, o cafuzo
— As pessoas estão prontas
e não estavam, a mulher do ministro, a buscar a boneca de gatas
— A mamã não te deixa
mas deixou e no caso dela não uma automática, uma catana, o golpe no pescoço que o meu pai preferiu não ver, para quê, mais um golpe depois de tantos golpes nesta terra, ao descer as escadas reparou num pingo de sangue na manga ou antes dois pingos, o primeiro na manga e o segundo no joelho e não escuros como os do ministro, encarnados, dois pingos encarnados em que não se atreveu a tocar, a suspeita que se lhes tocasse morria, quando em pequeno degolavam um galo à sua frente era ele que se meneava, em quatro passos tortos, sob a aprovação de Deus, embora passando os dedos no cabelo não encontrasse a crista e acariciando o peito não descobrisse penas, Quibala, não a vila, e a propósito de vila nem uma igreja nas redondezas, o terreiro, as espingardas e a secretária onde verificou centenas de nomes sem reconhecer um só, fazia-lhe falta um baloiço e um riso de boneca, para cá e para lá, sob um galho, mais acácias no jardim do ministro, cactos em vasos, o triciclo ao qual, reparava agora, distraído do cafuzo, faltava um dos pedais, o superior dos missionários italianos uma bicicleta velha a que faltava um dos pedais igualmente, recordava-se da campainha e da crepitação no graveto, dentes que mastigavam quebrando-se e acabavam por se mastigar entre si quebrando-se mais até que só o atrito esponjoso das gengivas, a barba do superior cheirava à sopa da véspera de modo que, ao confessar-se, o aroma dos nabos lhe tornava difícil a majestade do Céu, povoado de vegetais que o cozinheiro mexia numa panela imensa, como será o Paraíso e como seremos nós lá em cima, se calhar uma gruta com um fogão de lenha, repleta de caçarolas e miúdos de frango, onde as almas se comprazem em delícias gordurosas, o cafuzo espreitava os nomes sobre o ombro, a respirar-lhe na nuca, igual ao padre Paulo que não cheirava a sopa, cheirava a autoridade, paralisando-o a meio de uma conta de multiplicar, nas pausas das contas tocava órgão na capela, confundindo sopros e estalos, com o acaso de uma nota no meio de lamentos que nos arranhavam o estômago, o cafuzo numa vozinha embaraçada

— Há pessoas com poder aí

e há pessoas com poder em toda a parte, meu filho, uma vida não tem preço aos olhos do Senhor mas não se deve transigir com o pecado, jogámos os egípcios no Mar Vermelho, tirámos a boa vida a Job e demos-lhe um caco de telha para coçar as crostas, não lembrando Sodoma e Gomorra, tornadas cinzas em menos de um fósforo, a Vingança é minha, está na Bíblia, e por conseguinte, de acordo com as Escrituras, não te rales com o poder dos pecadores, mesmo que seja o teu pai, o teu irmão, o teu primo, e acaba-me essas fossas até ao anoitecer, não trago a Paz mas a Guerra, declara o Evangelho conforme declara que aqueles que matam pela espada morrerão pela espada, e se Deus fala assim, ainda que cheirando a sopa, quem somos tu ou eu para o contradizermos, pobres caniços que o vento quebra ou grãozinhos de mostarda que não caíram na terra, não andei no seminário por ver andar os outros e pelo menos os Inimigos do Homem, Mundo, Demónio e Carne ainda cá cantam, já agora refiro que se não fosse o padre Paulo multiplicava de olhos fechados e derivado ao padre Paulo nove vezes sete, por exemplo, esqueceu-me, até hoje, por sorte, não tive necessidade de saber quantos eram, aliás é coisa que a praticamente ninguém diminui o orgulho, Jesus Cristo multiplicou peixes e pães sem necessidade de se atormentar com tabuadas, fez um gesto, aumentou-os um bocado, assim a olho, e pronto, tal como o meu pai assim a olho, achava necessárias cinco fossas e outra mais pequena, para o caso de um engano, em lugar de quatro, Quibala, que miséria, casas que a tropa esventrou, cubatas sem palha, as lavras por tratar e a primeira nuvem de chuva a leste, embora um ventinho sem origem desarrumasse o capim e pássaros alarmados começassem a escolher as árvores, que cidade permanece intacta em Angola, que caminho-de-ferro, que estrada, os militares do cafuzo cavando mais depressa e o meu pai a pensar no seminário e na capela às seis e meia da manhã, com uma corrente polar entre quê e quê apagando os círios, chamas horizontais que o apontavam

— Menino

e a mãe dele, no Cassanje, a reunir as cabras, não necessitava de chamá-las, erguia uma varinha, a esposa do chefe de posto

— De quem são essas cabras?

que não furtara a ninguém, herdou do pai dela, uma jibóia comeu-lhe uma, outra os cães despedaçaram, que me recorde, quer dizer que a minha mãe se recorde, sobravam sete ou oito, não, recordou-se mal, cinco, encontraram a jibóia morta, com metade da cabra de fora, cortaram a jibóia e a metade engolida intacta, dúzias de bichos intactos no interior das cobras, mochos coelhos ovelhas respirando de imediato e começando a andar, não deu com o trilho pelo qual viera, não deu com a estrada, frio em Quibala depois de mandar o cafuzo colocar-me numa das fossas com os presos, o meu pai pedacinhos de plástico que se dispersavam de repente, as bochechas carnudas, a boca minúscula, as pestanas de nylon, não há engano nisto, eu mereço, pensou mandar construir um baloiço a fim de que, por cima dele, um riso feliz e o ministro e a mulher encantados, o comandante do meu pai

— Enganaste-te camelo não era esse ministro

como se fosse importante que ministro era, quem na Cadeia de São Paulo não foi ministro ou general um dia e no dia seguinte a escapar de musseque em musseque ou a esgueirar-se, entre fardos, na carga de uma camioneta a que faltavam os pneus e por conseguinte não chegava a partir, carros nas bermas de Luanda a decomporem-se ao sol, não era aquele ministro mas seria aquele ministro na semana que vem, adiantei-lhe a tarefa, senhor, devia agradecer, um dia destes há-de pedir-me

— Tem paciência amigo

que o mate a si exibindo-lhe a ordem com o escudo da República, a assinatura do Presidente e os carimbos todos, sem que nenhuma boneca implore

— Mamã

ou antes não implorar porque as bonecas não imploram, um mecanismo sem alma, levanta-se o brinquedo e funciona, deita-se o brinquedo e emudece, que palavra

— Mamã

em balidos de óxido, agita-se e parafusos soltos numa caixa que consegue, sei lá como, produzir a sua lágrima, o que não chora neste mundo, amigos, o que não se alegra também e já agora qual a diferença entre a alegria e o choro e como se distinguem os mortos do que foram em vida se continuam a capinar nas lavras e a trabalhar na barragem, tudo vivo e finado num país que desistiu de ser nosso, olha um falcão a vigiar os pintos na aldeia, trocando de brisa e todavia quieto, não em Quibala, em Quibala poeira, no Cazombo, no Luena, na fronteira do Congo, o ministro tinha razão

— Há um engano aqui

mas não há engano amanhã, uma noite, ao chegar à Cadeia de São Paulo, amarram-me os pulsos e os tornozelos

— É a tua vez

e eu no outro lado da mesa a responder

— Sou patriota amigos

cartas numa letra que não é a minha, sócios que não me apresentaram, ataques que não fiz, disse

— Mostra

mas quem sabe que disse

— Mostra

excepto eu e a minha filha que se entende com as árvores e em cuja cabeça não desistem de falar, uma ocasião perguntei à minha mulher

— Porque lhe meteste Cristina?

e a minha mulher a fitar-me do lava-loiças com um tacho e um pano na mão, amontoando mais palavras na boca do que conseguia dizer, ainda sobrancelhas substituídas por um risco de lápis, ainda capaz de dançar, a lembrar-se do avô, aposto, e de perdizes que cirandavam num declive de arbustos, eu admirado por ter pena dela, vendo-lhe o caroço da garganta sem descanso e uma veia a inchar, vendo-a com dó, por seu turno, de uma açucena à chuva e incapaz de ajudá-la, o senhor Figueiredo quase

— Queriducha

e no momento em que o senhor Figueiredo ia pronunciar

— Queriducha

e eu, finalmente, a compreender a minha filha, o cafuzo, agrupado atrás da lente, com as pupilas juntinhas

— Temos as fossas prontas

cinco fossas grandes e uma pequena onde o meu pai caberia sozinho, julgo que a ideia dele era caber sozinho, com um gramofone a tocar sem descanso, o meu pai com o senhor Figueiredo na memória e sem se atrever a recordá-lo, desfazendo cubatas, jogando fogo às camionetas e apagando os trilhos

— Onde fica Quibala?
deixando meia dúzia de troncos onde pendurar baloiços em que um
— Mamã
incansável enquanto os militares do cafuzo juntavam os presos, aproximando-os das fossas sob a morrinha breve que antecede os relâmpagos, durante a qual a terra sobe ao encontro do céu e os insectos nos cirandam à volta multiplicando asas, a esposa do chefe de posto para a minha mãe, a apontar o único animal que não mancava
— Aquela cabra é minha
e eu capaz de jurar que o cafuzo ouvia dado que procurou em torno e pessoa alguma, só nós dois a vermos os militares enxotarem as pessoas, incluindo os mestiços e os brancos, a esposa do chefe de posto e os clientes da fábrica, da modista, do escritório para o qual a minha mulher trabalhava e me espiavam de viés
— Conheces esse preto?
as fossas com a terra ao lado, de pás cravadas nela até dois terços da lâmina e nem uma revolta, nem um pedido, nem
— Há um engano aqui
aceitavam, depois de umas semanas de fome em geral as pessoas aceitam conforme a minha mulher me aceitou, tolerava-me no quarto desde que eu em silêncio e eu em silêncio sempre, mesmo na infância, mesmo depois de padre, quantas palavras disse para além de
— Mostra
acho que
— Madame
mas não tenho a certeza de o haver conseguido embora na minha intenção
— Madame
e de que outra forma tratar uma artista, pronunciei uma frase aqui e ali e acabou-se, discutiam os outros por mim, não me lembro de falar em garoto e terei falado em garoto, não me lembro de falar no seminário mesmo durante a confissão, perguntavam-me
— Desonraste a Divindade?

e não era que não quisesse contar, era que não achava o que devia ser contado, pensava
— Ensinem-me o que deve ser contado
ou
— Ensinem-me o que querem que eu conte
sem ser capaz de o transmitir em voz alta, as palavras intrigam-me e o som da minha voz assusta-me, não a imaginava desse modo e custa-me acreditar que me pertença, não é na minha boca que nascem estes ruídos, que estranho o corpo e os caprichos do corpo, tanta tralha nele, glândulas, bílis, ódio, enquanto nós simples, meia dúzia de desejos, meia dúzia de lembranças e eu nem lembranças quase, Moçâmedes, claro, onde os búzios contam as ondas mas diluída, ténue, acontecimentos de cacaracá que se pegam à gente, um soba, descalço de tão pobre, a costurar para os brancos e o dono da fazenda a mandar o feitor esmagar-lhe a máquina com um martelo
— Cumprimentas-me quando passo por ti
no interior da máquina não glândulas, nem bílis, nem ódio, volantes, rodas, fitas de borracha e o soba
— Patrão
acocorado junto aos restos da máquina
— Boa tarde patrão
enquanto o eixo da terra, a girar mais depressa, nos ensurdecia a todos, ignoro quem matou o feitor junto à casa e deitou fogo ao armazém do algodão cujas paredes se desmoronavam uma a uma, não imaginava que um golpe de catana tão fundo e as chamas tão altas, quem quebrou as patas às vacas e enguiçou o motor da luz, recordo-me de um primo da minha mãe com uma garrafa de petróleo, da caçadeira do feitor voltada contra o feitor e ele
— O que é isto?
a recuar à medida que o eixo da terra girava e girava, retirando o norte aos milhafres, mudando o faro dos bichos e nós todos com ele, a casa do dono da fazenda a arder igualmente, uma mulher a chamar na janela de cima, o roseiral não precisava que lhe chegassem um fósforo porque as rosas ardem sozinhas logo desde botões, pontinhos vermelhos a consumirem-se crescendo mas isso os búzios não contam, o dono da fazenda passou a correr junto aos sobejos da máquina e apesar de noite o soba a levantar-se

— Boa tarde patrão

a minha mulher tolerava-me desde que eu mudo e eu mudo na cama sem lhe tocar, tolerava-me na fábrica, na modista, no escritório desde que eu nas traseiras e eu nas traseiras à chuva, na semana seguinte, mal o eixo da terra mais lento, vieram dúzias de brancos com chicotes e pistolas e cipaios e cães, o primo da minha mãe a coxear primeiro e a cair depois e milhares de rosas a arderem no meio das cubatas, nunca imaginei tantas rosas, as pessoas da aldeia rosas também, pétalas vermelhas que se tornavam cinzentas e o que as rosas gritam, meu Deus, cheias de braços e dentes, eu no capim a vê-las enquanto os búzios, cada vez mais atentos ao mar, iam somando ondas que não ardem, se transformam em pedrinhas e areia, brancos pisaram a mandioca e os pés de liamba, à beira das cubatas, que não chegaram a rosas, subiram para as furgonetas, desapareceram e quando digo desaparecer é desaparecer mesmo, e desapareceram aos tiros, ficaram as rodas e os volantes da máquina de costura e a esposa do chefe de posto para a minha mãe

— Salvaste-te de ser roseira tu

ou seja salvaste-te de ser arbusto de lume, pede desculpa de joelhos, agradece e não é que não me apeteça escrever isto melhor, é que tenho demasiadas coisas na cabeça a ferverem, ao escrever, por exemplo, que a minha mãe na cozinha

— Perdão

será isso que vocês lêem, nem uma galinha nos sobrou, nem um balde, nem uma esteira onde nos deitarmos à noite, só ruínas e cinza e as larvas dos mortos, olha os presos em Quibala à beira das fossas, olha os cunhetes das armas, olha eu um sinal ao cafuzo e o cafuzo, na sua única lente, não apenas os olhos, o uniforme inteiro incluindo as botas do Exército português, demasiado grandes para ele, que pisavam mais fundo que a terra, alcançando tíbias velhas e raízes de pedra, o cafuzo para os militares

— Depressa

e nada a arder em Quibala, apenas pretos, rodando sobre si mesmos, para o interior das fossas, de mistura com meia dúzia de mestiços e brancos que rodavam também de modo que me apetecia estar em Luanda, na Comissão das Lágrimas, ou

voltar para casa onde a minha mulher e a minha filha dormiam, o senhor Figueiredo antes de
— Não pode nada por nós?
a abraçar a Simone nas traseiras da fábrica, da modista, do escritório
— Quem é aquele ali de flor murcha no peito?
e não foi o abraço que me indignou, foi mencionar que a flor murcha, não me mandem a Moçâmedes nem a Quibala de novo, permitam que acabe em paz, sem roseiras nem búzios, quando a porta se abrir e a minha filha a conversar com a mobília, não há-de ver-me descer as escadas, não se despede de mim, assisti aos cadáveres, a um joelho que se esqueceram de cobrir, a um sujeito a rezar mas a quem, as árvores para cá e para lá sem destino e o segundo trilho outra vez, o primeiro trilho, a estrada, um burro do mato ainda vivo, só com dois quintos do corpo, que calcou uma mina, aposto que o cafuzo continua, numa vila deserta, a comer grilos e a beber água do rio juntamente com os bichos, esperando ordens que ninguém envia, quantas fossas abertas em Angola, vigiadas por militares que impedem os defuntos de surgirem à luz, quantos baloiços, quantos ministros, quantas bonecas em pedaços, quantas máquinas de costura a coserem em vão, a minha mulher Simone e o avô
— Alice
o avô
— Rapariga
orientando-se, pelo florir das cerejeiras, a caminho do quintal, nunca vi cerejeiras, vejo vidraças opacas e em certas tardes de junho oiço o Tejo crescer, oxalá afogue o cais, os contentores, as praças e o cemitério judeu sem lápides nem cruzes no seu crepúsculo perpétuo, conheci um judeu em Malanje que negociava diamantes perto da escola, esperava-se que as cortinas abertas para poder entrar e ele num gabinete disfarçado na cave
— Ninguém te viu ao menos?
com um tubo atarrrachado na órbita, separando ciscos com a pinça, entre reagentes e balanças, sobre um veludo castanho, isto antes da independência, na época dos portugueses e da minha mãe de joelhos
— Pede desculpa ladra

o judeu sempre com dois homens no topo dos degraus até que nenhum homem nem o judeu sequer, os canteiros calcados, o portão aberto, sofás que rasgaram à faca, tábuas de armários até à rua e as moradias vizinhas intactas, crianças de trotinete e um velhote a ler numa rede, julguei que a gravata de um dos protectores do judeu num arbusto mas se calhar enganei-me, um trapo que o vento ergue e abandona, não tentes iludir-te, a gravata de facto de modo que o judeu de Malanje talvez no cemitério em Lisboa, a examinar o caixão com o tubo atarrachado à órbita

— Mereço melhor amigo

há ocasiões em que me interrogo sobre quem permanece vivo em Angola e se os comboios continuarão a passar no Negage e em Benguela, lutando com a resistência das calhas e o estorvo do capim, a propósito de capim como os cabelos crescem em África, transportando a minha mulher e as colegas, muito mais do que aqui, entre murmúrios que presumo serem rios a crescerem também, cabelos, rios e é provável que a gente não cesse de aumentar, nós enormes e a nossa cara altíssima, comboios transportando a minha mulher e as colegas para um espectáculo de dança e sete ou oito artistas, com lantejoulas e plumas, numa estação decrépita, pretos tímidos, abotoados, compostos, experimentando um

— Madame

de açucena na mão, no seminário as auréolas dos santos de metal barato e o que julgava Deus da mesquinhez dos padres, provavelmente nem reparava nos altares, à espera, como eu, que uns estranhos batessem à porta, tenho a certeza que alguém procura Deus para O levar ao outro lado do Tejo e o abandonar numa duna, o judeu senhor Jacob, veio-me o nome, que engraçado, que faço senão atirá-lo de novo para o fundo da memória onde espero que se mantenha de vez, não desejo conservar seja o que for, tirem-me tudo e deixem-me rodeado de esquecimentos e imagens truncadas, a minha mulher, aflita com o joelho, para o director da Clínica, amargurado pelo seu excesso de dias

— A nossa filha saiu de Angola aos cinco anos doutor que pode ela saber?

sabe o que as vozes e as bocas das folhas lhe impingem, de maneira que o senhor Jacob possivelmente outro nome mas

qual, um cochicho que me surpreende insiste que Jacob e era capaz de descrevê-lo durante páginas e páginas, dava a impressão de morar sozinho porque um prato com restos de comida na toalha, ou então nada disto, tudo em ordem, uma esposa invisível e severa
— Jacob
de uma sala vizinha, a minha filha a corrigir o que digo segundo as instruções das vozes, criou-nos, à mãe e a mim, e quem somos nós ao certo, como é Quibala e Luanda e Moçâmedes, os búzios contarão as ondas ou areia somente, chego a duvidar que o cafuzo autêntico e as fossas a sério e no entanto escutei os tiros e vi os presos caírem, um deles insultou-me porém a distância atenuou as palavras
— Que disse ele ao certo?
e o cafuzo a mentir
— Não ouvi
embora na cara dele
— Ouvi
na cara dele
— Morreu não morreu senhor comissário deixe isso
como se eu pudesse deixar isso conforme não posso deixar as avencas cujas sementes batem nos caixilhos culpando-me, que noite esta, embrulhem-me como um fardo até não assistir seja ao que for sobretudo a uma boneca que não me larga
— Mamã
embora eu um homem e a prova que sou homem está em que mando
— Mostra
a um branco, há polícias que me respeitam
— Senhor comissário
o nosso Presidente, por desgraça falecido na Rússia
— Muito bem muito bem
quase amigo e o meu cabelo e as minhas unhas tão grandes, a minha mulher
— Fazes tenções de continuar a crescer?
e eu enchendo a casa inteira, o vestíbulo, o quarto, a mesa de comer onde os outros, por minha culpa, não cabem, faço tenções de continuar a crescer, sim, madame, maior que as labaredas no armazém da fazenda e as rosas em fogo, maior que a esposa do chefe de posto

— Pede desculpa ladra

para a minha mãe minúscula, um dos, como chamar--lhes, suspeitos não, traidores não, um dos que interroguei na Comissão das Lágrimas

— Porque mentes tu?

e não minto, não te atrevas a insinuar que minto, leio o que escrevi ontem por ti ou seja as cartas que não mandaste aos americanos e aos chineses agrupados no Congo para nos destruírem as colheitas e roubarem o petróleo, ou unindo-se no leste aos sul-africanos a fim de massacrarem a gente, ao imitar a tua letra tornei-te sincero, afirmo no teu lugar o que pensas e portanto não minto, quando te amarrar canta, quando te bater canta, quando disparar canta, até depois de morto continua a cantar, qual o número de fossas que cavámos em Angola, se dependesse de mim, sobre as fossas, em lugar das cruzes que não havia, baloiços e um riso feliz à medida que a cadeirinha para diante e para trás presa a duas correntes, duas cordas, dois fios de sisal ou duas linhas de coser da máquina de costura do soba, principalmente não garantas

— Há um engano aqui

a escapares para o quarto e a mulher do ministro a buscar-te de gatas

— A mamã não te deixa

e verdade, a mamã não te deixa mesmo que tu pedacinhos de plástico e uma gota nas pestanas, como diabo uma boneca afeiçoa uma gota que o tapete engoliu, a Cadeia de São Paulo cresce mais do que os cabelos e as unhas, mais do que eu, mais do que o joelho magro que a terra não esconde como não esconderá o joelho gordo da minha mulher para quem o linóleo do chão eram degraus impossíveis, o doutor

— Um problema bicudo

juntando as radiografias no envelope, de que forma erguer o tornozelo quando o senhor Figueiredo pedir

— Alegria queriduchas

a somar as bebidas com o lápis e a calcular percentagens

— Ficas com tanto

ou seja ficas com uma ou duas notas e agradece e cala--te, o senhor Figueiredo pai da, que estupidez a minha, o senhor Figueiredo sem filhos, o senhor Figueiredo

— Não pode nada por nós senhor comissário?
e não posso nada por vocês, senhor Figueiredo, o senhor Figueiredo defunto, o senhor Figueiredo não pai, que noite esta em Lisboa, passos na escada que se não detêm, sobem e a vida, por um instante suspensa, a continuar afinal, move um peão, um bispo, uma torre, protege-te com todas as peças do xadrez, não desistas, se te perguntarem
— Porque mentes?
não respondas, se te perguntarem, e quem vai perguntar a não ser tu
— E agora?
não respondas também, estás no jipe, às seis da manhã, quando o badalo do seminário tocava e o prefeito percorria as camas, estás no jipe, a voltar para casa, de gravata na algibeira e o casaco no braço, não exausto, não com sono, satisfeito contigo, os pássaros da baía ganham forma nas empenas, cacarejam soluços, principiam a voar, não sobre a água, à tua volta como se tu uma mancha de óleo ou caniços ou lixo, como se tu um paninho que disputavam aos gritos convencidos que peixe, estás no jipe, ao lado do condutor, e seguras um caule de açucena a pensar nas traseiras de uma fábrica, uma modista, um escritório, a pensar num preto entre caixotes, abotoado, tímido, a segredar
— Madame
não para a Simone a quem o avô chamava Alice, para uma puta de bar.

Sétimo capítulo

E no entanto o que melhor lembrava de África, apesar das vozes, do gramofone do senhor Figueiredo e dos gritos na Cadeia de São Paulo, era o silêncio, o silêncio da mãe, o silêncio do pai, o seu próprio silêncio, todos os meus órgãos silêncio, todos os meus gestos silêncio, o meu futuro um silêncio perplexo
— O que será da nossa filha doutor?
que a não preocupava porque não começou ainda, começaram objectos que falam e que interessam os objectos, por mais que se enervem e me ameacem e insistam não lhes seguia os conselhos, chamo-me Cristina, tenho quarenta e tal anos, qualquer dia morro, isto é, continuo a andar por aí ou talvez me consintam voltar a Angola, não sei, passeando em ruas que conheço e não conheço, prédios de que reconstruíram as fachadas, os musseques maiores, a miséria que aumenta e no interior da miséria, aí está o que digo, o silêncio, dispararam sobre o bispo, através da porta, quando perguntou
— Quem é?
e as marcas das balas rasgando a madeira, não buraquinhos, fissuras, um amigo do meu pai para o meu pai
— O que se passa?
e tanta interrogação nesta página, ao unirem-lhe os cotovelos atrás das costas e cravarem-lhe pregos nos olhos, o meu pai na Comissão das Lágrimas e silêncio, uma outra voz antiga
— Não pode nada por nós senhor comissário?
e não podia nada por ninguém, perseguido pelas avencas numa janela distante, quarenta e tal anos, que estranho, e à medida que a idade avança, ao contrário do que eu imaginava, aumenta a nitidez da memória, não vislumbro o motivo de me recordar do silêncio tendo em conta que em mim milhares de ruídos ansiosos que lhes dê atenção e talvez o faça um dia, quan-

do finalmente eu sozinha, antes de deitar fogo ao apartamento não por prazer nem por vingança, porque África se prolonga em Lisboa, este rio o Tejo ou o Dondo, este bairro vai-se a ver e o Sambizanga, há de certeza uma Cadeia de São Paulo e uma ambulância na praia, o amigo do meu pai
— Não entendo
de pregos nos olhos, a quem quebraram as pernas com ferros, em silêncio que não se escutam os ossos, apenas
— Não entendo
a mão do bispo foi descendo ao comprido da porta e cada dedo um risco encarnado, não apenas os dedos ao comprido da porta, o peito, a bochecha, o
— Quem é?
segredado às fissuras das balas e quem era de facto, não militares, não polícias, três homens sem uniforme, julgo que estrangeiros, com essas metralhadoras pequenas que os casacos escondem, encaixam-se num coldre e não se dá pelo relevo sequer, um major para o meu pai, referindo-se ao dos pregos, esquartejado no chão
— Não era teu amigo esse?
e o meu pai calado, nunca adivinhei o que pensava e o que pensava, senhor, o bispo não apenas o peito e a bochecha na madeira da porta, os lábios igualmente, tentando uma frase em latim e do latim não me lembro, lembro o silêncio, eu, em silêncio
— Apetece-me um copo de água uma maçã um beijo
que aliás não aceitaria receber, descanse, e mesmo que aceitasse antes de pegar no copo ou na maçã o copo ou a maçã
— Afaste-se
não mencionando o beijo visto que não beijo ninguém, a minha mãe tentou beijar-me uma tarde e escapei, na direcção das cortinas, num trotezinho de carneiro, eu que não entendo os rebanhos nem o motivo de se apressarem, sem causa, numa lentidão mole, de papada a baloiçar sobre as pernas estreitinhas, mas juro que se a minha mãe me tocasse lhas quebrava com a vassoura, o meu pai a levantar para o major
— Não era teu amigo esse?
a cara onde nenhuma feição, uma oval nua com dentes e agora que não os tem não recuperou as feições, uma pálpebra

talvez ou uma orelha mas fora do sítio da orelha e da pálpebra, ao acaso na pele, se avançarmos a mão mudam de lugar e escapam-se, a minha mãe

— Onde pára o teu nariz?

e pode ser que esteja em Luanda, na cara do bispo, a escorregar na madeira, ou a cheirar uma açucena há dúzias de anos perdida, reconhecia que era o meu pai pela cicatriz no pescoço e as galinhas em torno num quintal do Cassanje, onde um tanque de lavar que um tijolo equilibra, longas tardes de insectos a reunirem os cachozinhos dos ovos, com o arame das patas, numa prega de terra, se calhar nos ovos crianças, não borboletas, o major apagou a pergunta com a palma

— Não desejava ofender-te

e isto que conto afogado em silêncio apesar do gramofone do senhor Figueiredo e dos gritos na Cadeia de São Paulo, não somente na Cadeia de São Paulo, na Casa de Reclusão, na Fortaleza de São Miguel, nos baldios a seguir aos musseques, à beira das estradas, chamemos-lhes estradas, de areia, dado que o alcatrão a chuva arrastou, conduzindo ao interior de Angola ou seja conduzindo a cruzes de vidas extintas, que é dos bandos de mandris, que é dos crepúsculos no Cambo, quarenta anos e picos e o director da Clínica

— Em geral nestas idades principia a demência e os problemas acalmam

enquanto eu me indignava com o plátano da cerca a revelar baixinho

— Não permitem que converse contigo

de modo que inclusive no plátano silêncio, o bispo não deitado, de joelhos contra a porta, com a casa inteira atrás dele, subitamente inútil, não mencionando o recheio que de um momento para o outro não pertencia a ninguém, o espelho desocupado, o armário dos fatos

— Já não presto pois não?

o bispo um sapato calçado e um sapato descalço e os dois num ângulo impossível, não se calcula do que os defuntos são capazes, meu Deus as ideias que fazemos dos mortos, se as bailarinas do senhor Figueiredo finadas dançariam melhor, roçando o tecto com o tornozelo numa energia sem fim, porquê a minha mãe, pai, o que o interessou nela e o meu pai pasmado

diante das fotografias nos cartazes da entrada com o nome das artistas por baixo, o meu pai
— Mostrem
e a recuar mal o porteiro
— Não queremos pretos aqui
desaparecido com os restantes portugueses nos aviões e nos navios de Luanda, depois de impingir aos polícias o relógio, as chaves da casa, os talheres, lembro-me de um jarrão embrulhado em jornais e de fotografias em molduras de loiça, lembro-me do pânico, da pressa e dos assaltos às lojas, do petróleo a arder sobre corpos mestiços, lembro-me do meu pai a chegar do Cacuaco, da minha mãe substituindo botões e da ilusão de eternidade que a caixa da costura me dava, todos aqueles compartimentos, todas aquelas agulhas, olhava-a quase em paz, esquecida dos musseques e das garrafas de petróleo, a certeza que durávamos para sempre e nenhum mal acontecia, voltamos a Moçâmedes, diante do sossego das ondas e das contas dos búzios, se os encostasse à orelha o silêncio, o que recordo melhor de África é o silêncio e a minha mãe a coser, que harmonia nos gestos, que vagar a consolar-me, cortar a linha, certificar-se da perfeição do trabalho, continuar, a sombra da acácia amarela, a minha vida amarela, o meu contentamento amarelo, eu, aposto que amarela, a interrogar as vozes
— Sou amarela não sou?
ondas amarelas, areia amarela, coqueiros amarelos, mal o porteiro da fábrica, da modista, do escritório
— Não queremos pretos aqui
o meu pai contornou o quarteirão no sentido das traseiras e aninhou-se entre caixotes conforme costumava aninhar-se numa moita, com granadas no cinto, para emboscar os portugueses, escutando à distância a mina que uma palanca, desviada da manada, pisou e o planeta inteiro um sacão, o director da Clínica
— Como vamos nós?
a manejar o agrafador e a picar-se num salto, contemplando a pontinha de arame enterrada no dedo, a extrair a pontinha e a chupar a falange, horrorizado com uma mancha lilás, o director da Clínica reduzido ao dedo que a enfermeira desinfectava

— Vai doer um niquito
com uma bola de algodão e um líquido turvo, o director da Clínica
— E se não faz efeito?
soprando-lhe em cima enquanto a enfermeira o segurava numa repreensão branda
— O senhor director há-de ser sempre um menino
e os meus pais, depois do agrafador, sem confiança nele, o dedo com o penso não curvo como os outros, direito, a enfermeira a rolhar o desinfectante
— Veja lá se repete a gracinha
e não repetiu a gracinha, botou o agrafador na gaveta da secretária que calculei vazia a adivinhar pelo som, um desses ruídos de queda como num poço sem água, a gaveta a continuar para o piso de baixo onde a lavandaria e a cozinha, isto é fumo morno e superfícies metálicas em que se agitavam criaturas de touca, o major para o meu pai
— Não era teu amigo esse?
ou mais abaixo ainda, um espaço sem janelas, à altura dos mortos, onde ecos de passos na amplidão do cimento e fardos e trevas, talvez o saguim permanecesse na ponta da corrente e o que pensaria ele, a solidão dos animais intrigava-me, por uma unha negra não declarei comovia-me mas lembrei-me a tempo que, de acordo com o que manda em nós, nada conheço de emoções, o desamparo, a tristeza, os bichos doentes a pedirem ignoro o quê, sem força para erguerem o queixo das patas, cheios de pena da gente, seguros que necessitamos da sua presença e necessitamos de facto, pobres vidas, as nossas, que a vizinhança da morte apavora, este alto no pescoço que se carregar dói, esta impressão nos rins, telefono ao médico, não telefono ao médico, se não telefonar continuo vivo, se telefonar biópsias, análises, punções, alguém a transportar-me, de martírio em martírio, numa cadeira de rodas, e eu sem força de separar o queixo das patas, abanar a cauda, lamber a tijela, eu na alcofa de uma cama apertando o lençol na tremura das mãos porque tudo treme em mim, sou qualquer coisa a soltar--se que se vai perder e ao perder-se tenta decifrar expressões, o que significa esta torção da boca, este inclinar da cabeça, este dedo que aponta

— É teu amigo esse?

esta pausa a meio de um soslaio, apertam-me os cotovelos nas costas, cravam-me pregos nos olhos, aquilo que melhor lembrava de África era o silêncio e agora no hospital os meus órgãos silêncio, o futuro um silêncio de bicho que implora sem que o oiçam, em geral nestas idades principia a demência e os problemas acalmam, se perguntar

— O que se passa?

não me respondem, pai, como não respondiam na Comissão das Lágrimas, fitavam-no, nunca conspirei contra ninguém, não escrevi isto, não estava em Angola sequer, estava em Cuba, qual o motivo de me baterem, quantas vezes o Presidente garantiu

— Conto contigo

no caso de regressar a Moçâmedes nenhuma onda na praia, mataram-nas e os búzios ausentes, se desencantasse um que fosse jurava

— Já não sabemos somar

e não sabem, nenhum zumbido neles, nenhum vento, a enfermeira

— Vai arder um niquito

e não ardia um niquito, queimava, porque me destroem vocês, os militares entravam nos musseques esparvoando galinhas e crianças só choro, uma velha em busca do cachimbo com o acaso da palma, homens que vacilavam continuando de pé e o agrafador a descer até ao centro do mundo, se tivesse de chamar a minha mãe em lugar de dizer Simone ou Alice batia numa lata com uma pedra mas chamá-la para quê, de que me vale que responda ou se interesse por mim com o seu joelho enorme incapaz de caminhar, o avô

— Rapariga

a estender-lhe passarinhos e ela com dezasseis, dezassete anos, não quarenta como eu e sem lograr deslocar-se dado que o linóleo da cozinha degraus impossíveis, o doutor do joelho, todo veludo e cuidados

— Temos de começar a pensar numa bengala ou isso

a alegria que o senhor Figueiredo exigia

— Vamos lá vamos lá

comeu o osso da rótula mais os tendões à volta, aumentou-lhe a gordura e tirou-lhe cabelo, conseguia um carrapito com

um elástico e sobravam uns fios, o meu pai nas traseiras da fábrica, da modista, do escritório, a aguardar um carrapito acompanhado de outros carrapitos que os fazendeiros
— Queriduchas
no espelho do bar, felizmente as garrafas e os copos escondiam-nas de si mesmas e apesar disso olha esta ruga aqui, olha o baton que não pega, os gémeos da Bety escaparam da copa mas por onde se não havia postigos, qual buraquinho, qual fresta, e evaporaram-se no mundo, ao lembrar-me de África silêncio
— O que será da nossa filha doutor?
e silêncio quando a resposta é simples, não viajou com vocês para Lisboa, está em Angola, senhores, num musseque deserto, o avô da minha mãe
— Rapariga
nervoso de lhe não sentir a presença, nenhum arrepio nos canteiros e as folhas da vinha serenas, o amigo do meu pai para o meu pai, no outro lado da secretária da Comissão das Lágrimas
— O que se passa?
enquanto lhe uniam os cotovelos atrás das costas a lâmpada pestanejava hesitações de vespa, o meu pai, distraído do amigo
— Vai fundir-se?
impedindo-o de escutar
— O que se passa?
ou de assistir ao brigadeiro no Moxico, sem se encostar à parede, recusando que lhe tapassem a cara
— Quero ver quem me mata
com um sorriso que não era sorriso e como explicar de forma mais exacta, escrevi verdadeira e não fiquei contente como não fico contente com exacta, que complicado transmitir o que não tem a ver com factos, dá ideia de ser simples e não é, a língua atraiçoa-nos, tanto desconforto no Moxico durante o cacimbo, tanta picada que o capim devorou, de súbito, no meio do mato, uma missão quase intacta e um ninho de mabecos a um canto, no Moxico encostas de eucaliptos prateados, o meu pai tocou no ombro do cabo
— Manda-os disparar tu

sentindo o desprezo do brigadeiro a segui-lo, ao fim da pista um avião português de rodas para cima e um milheiral seco, quem uivava de medo era o milho, não ele, e o milho uiva, palavra, aí está ele aos gritos que o oiço em Lisboa, capaz de traduzir o que não consigo e o meu ofício é traduzir vozes, escutou os tiros ao subir para a camioneta, não sonoros como as avencas, baixinho, uma espécie de confidência
— É um cobarde aquele
ao passo que a queda do brigadeiro, essa sim, a atordoar-me, fico a escutá-la diante do xadrez, uma fêmea de mabeco com duas ou três crias de focinho achatado, vermes gordos a enrolarem-se às cegas, a minha filha, ao nascer, um verme gordo que se enrolava às cegas, punha-se-lhe o indicador na mão e apertava-o, fiquei assim durante horas e não tornou a agarrar-me, se me cruzo com ela desvia-se, se me aproximo fecha a porta do quarto, se calhar com o senhor Figueiredo
— Entre senhor Figueiredo
a prender-lhe o dedo mesmo hoje que é grande, o amigo do meu pai ao cravarem-lhe os pregos nos olhos, sob os desmaios da lâmpada
— Não entendo
eu que nunca prenderia o dedo do senhor Figueiredo, desviava-me também, não prendo o dedo seja de quem for nem acredito que agarrei o seu, o que me interessa um dedo com uma pessoa na ponta, começa-se pela unha, sobe-se falange a falange e mal damos por isso, para além de mais dedos, trinta ou quarenta, temos uma mulher ou um homem, a quantidade de apêndices que se esticam e dobram, sem que a gente os contraia, na extremidade das pessoas, para além dos dedos o que mais me perturba são os orifícios do nariz e o cuidado que é preciso para não cair neles, o director da Clínica a elucidar os meus pais
— Têm o pensar às avessas
e o que se enxerga quando nos metem pregos nos olhos, por mim, se desço as pálpebras, discos coloridos que se desfazem, refazem e desfazem de novo, notem como divago para não regressar à Cadeia de São Paulo, não levaram o anel do bispo nem mexeram nas loiças, não entraram sequer, desceram do patamar apenas, no rés do chão um aleijado a interessar-se

— Eu conheço-os? o fim da calça, sem perna, dobrado para cima com um gancho a segurá-lo e tanto sol na rua a tornar mais úteis as coisas, olhamo-las a pensar

— Talvez dêem

e não dão ou fomos nós que perdemos o sentido dos objectos deixando de acreditar neles, o agrafador, atirado para a gaveta, continua a cair porque nenhum estalo a sobressaltar os meus pais, a minha mãe, que se não habitua ao meu nome, a pronunciar

— Cristina

na demora de quem experimenta uma racha no incisivo a estranhar, Alice compreende-se, Simone a gente acaba por aceitar com o tempo mas Cristina sem relação comigo, se o avô, e felizmente que ninguém faz perguntas de um cemitério de aldeia, para mais enfiado entre penhascos e vacas

— Como se chama a tua filha rapariga?

mudava a conversa para o granizo de outubro, o tio da minha mãe

— Conheci uma Cristina em Abrantes que casou com o afilhado do escrivão

mas por sorte as perdizes nas moitas anularam-lhe a voz, o meu pai, ao lado do condutor da camioneta, tentando esquecer o brigadeiro

— É um cobarde aquele

e o sorriso, que era e não era sorriso, plantado à sua frente, derivado aos faróis o capim não negro, lilás, traseiros de animais que se escapavam, suspeitas de água e a propósito de água nenhum frasco de perfume nos sobra, em Lisboa, da época em que a minha mulher bailarina, nenhuma lantejoula, nenhuma pluma, só o relento da pomada que o doutor receitou para o joelho misturado com a vazante do Tejo, não escolhíamos os presos na Cadeia de São Paulo, era o Presidente, que não se encontrava em parte alguma e portanto estava sempre connosco, quem os mandava, não traziam bagagem, ou uniforme, ou dinheiro, entregavam os relógios e os fios aos militares e perfilavam-se em silêncio, que é aquilo que a minha filha lembra de África e não podia nada por eles conforme Deus não pode nada por ninguém a começar por mim, onde está Ele que o perdemos, se calhar foi-se embora a meio da noite, sem fazer barulho, depois de se certificar que dormíamos, como será Deus em pessoa, um dos membros da Comissão das Lágrimas pegou no braço de outro após desligar o telefone, numa pausa comprida em que borbulhavam censuras

— O Presidente quer que te interroguemos agora

o outro a diminuir na cadeira numa vozita lenta

— É um erro

de repente tão indefeso, tão gasto, a omoplata que uma bala dos portugueses secou durante uma emboscada no Cuíto a vibrar, o

— É um erro

custoso porque as letras uma pasta que o molar a fingir prata moía, introduziram um escovilhão na boca do brigadeiro, que lhe saía entre as coxas, para o manter de pé, a minha mulher avançava para o quarto usando o guarda-chuva para conquistar uns centímetros, não quero ninguém triste, abracem-se pela cintura, alegria, alegria, e ninguém triste, só a vozita lenta

— É um erro

à nossa frente na mesa, levaram-no para o pátio a argumentar

— Senhores

até que um polícia o enxotou com a coronha e o mar da baía cheio de nuvens sob a forma de nódoas que se confundiam com detritos de que prefiro desconhecer a origem, que penoso dizer isto, dá a impressão de ser fácil e como a caneta demora, as vozes principiam a rarear, não me dão ordens nem me insultam agora, mais uns dias e não consigo erguer o queixo das patas, fico na cesta, cheia de compreensão e pena, sem conseguir, ai Cristina, ocupar-me de vocês que precisam de mim, o doutor do joelho para a minha mãe

— Tem que dar repouso à sua perna senhora

e como repousar com as danças à noite e os dias a fugir das espingardas da tropa nas ruas de Luanda, o meu pai não se sabia onde, chegava a casa, com meia dúzia de pretos, arrependido de ter vindo, a minha mulher que não era minha mulher, a minha filha que não era minha filha, isto durante os portugueses, quando a fábrica, a modista, o escritório funcionava ainda, aparecia o senhor Figueiredo no seu lugar

— Queriducha

a pentear-se depois e a aperfeiçoar a gravata, antes dele assobiar a chamá-la a minha mãe sentava-me no degrau cá fora, e o senhor Figueiredo a perguntar, suspeitoso

— Não lhe mudaste o nome pois não?

alongando os suspensórios e soltando-os sem aviso, como fazia nos ensaios

— Que é da felicidade queriducha?

para que estalassem no peito e a felicidade, de imediato, a crescer, a minha mãe recolhia-me do degrau com menos brusquidão que o costume e ao instalar-me no colo notava o sinal do pescoço que recusava tocar com medo que tocando-o um sinal idêntico em mim, ainda hoje o procuro no espelho a ver se me pegou, graças a Deus, até ao momento em que falo, limpinha, haja alguma coisa que não ande mal na gente, o senhor Figueiredo

— O sinalzinho dá-te graça

e o nariz no cabelo da minha mãe a fingir que o comia, a minha mãe, inquieta

— A criança repara

o senhor Figueiredo sumido nas madeixas

— Já estou quase a acabar

e em mais de uma ocasião deu-me ideia que o meu pai ou outro preto, estou certa que o meu pai, no muro, isto numa casita deixada por acabar, entre casitas deixadas por acabar, no limite da Mutamba, lembro-me de um imbondeiro e do pó que o vento jogava às punhadas, supunha que me chamavam, ia espreitar e ninguém, quem acha que o pó não fala engana-se, o que aprendi com ele, a minha mãe dava-me banho no alguidar, comigo espantada que o sinal intacto e das duas uma, ou o senhor Figueiredo não o comeu ou surgiu outro no mesmo sítio, na minha opinião surgiu outro no mesmo sítio, tiraram-lhe líquido do joelho e na semana seguinte líquido de novo, é a vida, o mesmo com as perdizes, o tio da minha mãe caçava-as e passado um mês lá estavam, o avô

— Não acabam aquelas

e não acabam realmente, até o brigadeiro continua decerto, na pista de aviação do Moxico, chamando cobarde ao meu pai por lhe ter assistido à morte ou antes suspeito que assistiu, da

camioneta, com os olhos que temos no interior da cabeça e nos quais o senhor Figueiredo se conserva arrumando a calvície, pêlo a pêlo, na fantasia de enganar as pessoas
— Ainda se percebe diz lá?
aflito que me alterassem o nome, a minha mãe
— É a sua mãe que é Cristina?
o pente a vacilar
— Não me distraias queriducha
de olhos pegados entre si pelo cantinho das lágrimas
— Não admito ninguém triste
e uma sobrancelha apenas, pode chorar, senhor Figueiredo, eu não digo, o senhor Figueiredo sem estalar os suspensórios
— Cala-te
a mãe Cristina, ou a ama que tratava dele, ou a irmã, ou uma filha que lhe prendia o dedo ao contrário de mim que os detesto, calculo que não queria ver-me para que eu fosse outra, a tal mãe, a tal ama, a tal irmã, a tal filha, o pente a recomeçar, a partir da orelha
— Estragaste tudo
e a calvície ao léu, o senhor Figueiredo, de repente um pobre, ordenou-lhe
— Alegria alegria
a obrigá-lo a erguer o tornozelo, agitando lantejoulas e plumas, até aos focos do tecto, enquanto a agulha do gramofone saltava espiras derivado às guinadas do estrado, não se assuste com as guinadas e acerte o ritmo, senhor Figueiredo
— Queriducho
que os clientes aplaudem na mesma, tanto lhes faz desde que se mexa e depois converse com eles, seja amável, ajude-os a pensar na terrinha, emocionados com campanários e barbeiros em vez de mato e pretas que nem a nossa língua conhecem, deitam-se connosco de marido ao lado, a fumar, e os filhos brincando à roda das pessoas, confesse que uma ama, perdida no tempo, a descascar-lhe papaias e a despi-lo à noite, com mãos desajeitadas que a saudade tornou leves, recorda-se do galo às cinco horas e do roçar de penas da capoeira, soluçozinhos, espasmos, o castanheiro a acordar, metade dos ouriços manhã, a outra metade noite, a primeira luz nas folhas transparente, sem força, a aumentar as nervuras e você

— Cristina

sem distinguir se acordado ou a dormir e se era a parte acordada ou a parte adormecida, a sua voz ou o seu sono, quem chamava

— Cristina

você a enrolar-se no cobertor do nome que lhe impedia o pavor de sentir que mais ninguém no mundo salvo um defunto sozinho, mas qual defunto cercado de flores na mesa do jantar, com os bancos de encontro à parede e crepes nos espelhos para que a morte se não visse, a recordação do defunto que até hoje o não larga, com os pulsos algemados no terço e a chama das velas, o pavor que o defunto a aproximar-se a coberto do escuro

— Estou aqui

e a sufocá-lo de corolas, o senhor Figueiredo para a minha mãe, enfiando o pente no bolso

— Não sabes estar calada tu?

na esperança que a ama o erguesse do chão

— Não te apoquentes menino

e o levasse dali, o senhor Figueiredo seguro que se lhe dissessem

— Menino

litros de lágrimas que o lenço não seca, à medida que o meu pai se afastava do muro travando a espingarda, o major da Comissão das Lágrimas que assistiu aos pregos nas órbitas

— Matas o teu amigo e não matas o branco?

e o meu pai calado, nunca descobri o que pensava e o que pensava senhor, o que recordo de si, como o que recordo de África, é o silêncio, um jipe que ia e vinha e os militares que o seguiam, o que recordo de si é a minha mãe

— Porque vivo contigo?

é uma açucena num caixote a que não se ligava, o que recordo de si, e aborrece-me contar isto, é tentar agarrar-lhe o dedo, eu que não suporto dedos, e o seu indicador a fugir, o que recordo de si é apetecer-me dizer

— Pai

não dizer

— Pai

e no entanto o

— Pai

sem me deixar em paz, o que recordo de si, e não estou a mentir, era ter vontade que viesse quando não tinha vontade que viesse, queria lá saber se vinha e tanto me fazia no caso de se sumir para sempre, o que recordo de si era que, ao passar pelo sítio onde eu estava, fosse no quintal, no quarto, na sala, deixava cair no chão um brinquedo no qual eu não reparava e que não merecia um olhar.

Oitavo capítulo

Às vezes, quando o vento olhava para trás, as mangueiras punham-se a contar a minha história, comigo sentada no chão da sala, sob o candeeiro, e lá fora, apesar de uma pontinha de lua, não redonda, estendida nos telhados, e da suspeita de uma segunda lua que ninguém viu e no entanto sei em mim como uma presença secreta, tanto escuro e tanta ameaça no escuro, sabia que prédios à nossa volta e não dava por eles, ruas que deixara de conhecer, pessoas que desejavam não entendia o quê, os militares que tomavam conta do meu pai a dormirem, invisíveis, no jipe, sob essa outra lua que nenhum de nós via, percebia-se uma trepadeira ou era eu que inventava a trepadeira onde trepadeira alguma, a minha mãe

— Estás a espreitar para onde?

e não estava a espreitar, ouvia as mangueiras que derivado à noite não existiam tão pouco, ganas de perguntar se continuamos vivas numa terra de que não distinguia a pulsação nem os contornos e tive medo que me respondesse, a cara, sob o candeeiro, embora familiar, estrangeira, com a luz a aumentar as narinas e a prolongar a boca, sombras fundas em cada prega da blusa e gestos diferentes dos seus, parecidos com os movimentos dos sonhos cujo significado me escapa, mesmo ao lembrá-los, acordada, não percebo o que dizem conforme não percebo o que este livro diz, limito-me a escrever o que as coisas ordenam e o único assunto de que não falo é da lua secreta que de vez em quando revela episódios dispersos, o meu pai a rezar e a pedir perdão a uma janela sem avencas porque não existiam avencas nem sinos em Luanda, existe o escuro, que mencionei ao princípio, mesmo durante o dia, e no interior do escuro pessoas raspando a terra numa esperança de grilos, visto que o peixe seco e a mandioca acabaram, também comeu grilos durante a guerra, pai, olha as criaturas que avançam de gatas nas aldeias de leprosos, latindo de pavor sob os tiros, o enfermeiro tão miserável quanto eles

— Venham cá

e na cubata do enfermeiro uma mulher abraçada a uma galinha, a quem amarrou as patas para a impedir de escapar-se e as patas idênticas às nossas mãos, demasiado duras e escamosas e sujas, olhos de leprosos, vazios de tudo o que não fosse incompreensão ou sofrimento, por baixo das penas nem um pedaço de carne, filamentos e ossos, nas povoações malas de peixe a mirrarem num armazém desmantelado e na mata espinhos e capim ardido, levaram um prisioneiro português a tropeçar de febre, com um pedaço de camisa a cobrir uma ferida na perna e o suor das sobrancelhas a fazer as vezes de lágrimas e enquanto os soldados procuravam sinais de palanca o meu pai a segredar-lhe

— Mostra

como para o colega do seminário em criança e as palmeiras a estalarem sem fim, noutras ocasiões um daqueles que esperavam o interrogatório na Comissão das Lágrimas com o qual o meu pai se aferrolhava num dos gabinetes do fundo

— Mostra

sob a cinza difusa da segunda lua, a minha mãe

— Estás a espreitar para onde?

e eu sem responder

— Estou a espreitar o seu marido senhora

para que o meu pai não ouvisse, a rezar e a pedir perdão quando se julgava sozinho, fabricar uma trepadeira que o oculte da gente, as mãos juntas, o murmúrio de desculpas e a sua zanga consigo, como dizer às mangueiras que não lhe contem a história, tirou o pedaço de camisa da perna do português e enrolou-lho ao pescoço, assistiu à língua e a uma veia na testa e mal a veia e a língua desapareceram e o pé se prolongou além do tornozelo entregou-o aos pássaros deixando-o na erva, na Cadeia de São Paulo disparos inaudíveis, granadas sem som, nenhuma rapariga a cantar, porquê a minha mãe, senhor, por que motivo a esperou dias seguidos à chuva, o meu pai instalado no jipe, a pegar na pistola e a arrepender-se da pistola

— Não fales comigo

vendo o prefeito no meu lugar

— Seis horas seis horas

a deslocar-se entre as camas, não preto, mestiço, de batina a que faltavam molas, e o remoinho de acenos com que a esposa do chefe de posto espantava a criação, pitas cuja crueldade a fome aumentava, tudo é cruel em Angola, o prefeito batia o vime nos colchões

— Depressa

à medida que o latim dos padres crescia, santos de barba, sem verniz, a espantarem-se imóveis, que pode por nós um Deus pobre e ausente que trocou África pelo barco de regresso a Portugal, entre infelizes como Ele, passando o tempo em Lisboa, de papelinho numerado na mão, a fim de entregar os impressos de uma reforma que não vinha, de modo que em Angola a gente sozinhos enquanto a minha mulher, cada vez menos plumas e as lantejoulas sem brilho, dançava numa cave para cadeiras desertas, qual o sentido disto diante da baía sem ondas, os pretos das traineiras a chuparem gasóleo nos depósitos da tropa, volta e meia uma pistola, um preto das traineiras caído e o gasóleo a derramar-se no chão, logo bebido pela terra que bebe tudo, incluindo os nossos passos, visto que não há ecos aqui e as mangueiras contam a minha história a ninguém, sobra o jipe do meu pai a coxear entre ruínas e nós duas à espera, eu à espera das ordens das vozes e você o que esperava mãe, que o seu avô morto atravessasse um quintal, que não sabe onde fica, tentando descobri-la entre as manchas dos olhos

— Rapariga

sem que a lograsse encontrar, que pessoa senão o seu avô continua para além dos pinheiros e serras que o comboio esqueceu, o meu pai detestando-se a si mesmo

— Mostra

sem coragem de se observar nos espelhos, interroguem-me na Cadeia de São Paulo, prendam-me os pulsos, espetem-me um tiro em cada perna, matem-me, o avô investigando as algibeiras da memória

— Quantos anos tenho agora?

e uma pilha com muitos números quase a cair-lhe das mãos, talvez que um deles se perca e a minha mãe a descansá-lo

— Estão aqui todos senhor

os seus seis anos, os vinte, os cinquenta, o da tropa, o do casamento que é um retrato no armário, aqueles em que via e a caçadeira das perdizes não enferrujada no estojo, os do nascimento dos filhos, o da morte da mula e o avô a chorar como não chorou pelos pais, os pais a gente não pagou por eles mas uma mula tão cara, melhor para conversar que a família visto que os animais respondem

— Se soubesses o que a mula me diz

à minha mãe que só lhe percebia a garupa espantada, o avô com receio que o ano em que partiu o cotovelo lhe deslizasse dos dedos quebrando-o de novo, meses com a tala do enfermeiro e o cotovelo no peito

— Não vai cair outra vez pois não?

e não caiu, felizmente, lá estava esse ano no sítio que lhe competia, entre os sessenta e os setenta

— Está velho senhor

antes do fogo que levou metade do pinhal, isto no inverno quando nada arde, um raio numa copa e apesar da chuva explosões de labaredas e duas casas calcinadas, o sino da igreja aos gritos, não o do seminário em África

— Mostra

e um homem a gesticular em chamas, pediu de beber ao deitarem-no na padiola, só carvão, não feições, onde está a boca, que coisa, e o primeiro pingo de água, da bilha, não da chuva, calou-o, um vizinho, quase um primo, mas só chorou pela mula, ficou eternidades a contemplar o homem sem noção do que sentia, tratava-o por tu, ajudou-o a consertar o estábulo, caçaram juntos antes da manhã, quando as rolas começam na banda do pântano e eles curvados à espera, cada qual de manta nos ombros derivado à geada e não sentia tristeza, sentia os pássaros a prepararem o voo, atritos de penas que mediam o vento, agora tristeza porquê, nem sequer uma pessoa, um torresmo, percebia-se o que fora uma bota, não se percebia a camisola nem a forma do corpo, deu fé, de orelha encostada às feições que não tinha, de uma oração qualquer ou do que o avô julgou uma oração qualquer cuja energia o surpreendeu, a morte a falar por ele, não ele, visto que uma pessoa se exprime através de quem transporta consigo e a primeira rola a subir, as rolas, três dúzias de rolas, dúzias exagero, uma dúzia de rolas se tanto e as armas a erguerem-se devagar das mantas, o homem primeiro, o avô da minha mãe depois, a página do jornal antigo de um pássaro a tombar crepitando, o jornal deu uma volta na erva e parou, outro pássaro desceu obliquamente na direcção das oliveiras, cheias de corcundas absurdas, que os rebanhos escolhem para pastar em torno e encontraram-na com uma asa quebrada, o homem ou o avô da minha mãe entalaram-lhe a goela entre o indicador e o polegar e a cabeça da rola pendeu desistindo, o avô não falou com o homem, o que dizer ao homem e que diferença faz o que se diz a um homem, reservava os discursos para a mula, seguiam a azinhaga da lagoa dado que os patos acordam mais tarde e nenhuma buzina de macho semelhante às bicicletas antigas, a do carteiro, por exemplo, com uma esfera de borracha e um funil de lata, a sobressaltar a gente, ficaram nos caniços até os galhos da margem se enrugarem, os patos de capacete da cabeça sob o braço e a minha mãe para o avô

— Não perdeu nem um ano senhor

o avô contente de os conservar a todos, mesmo aquele em que um dos filhos faleceu no Luxemburgo quando um andaime se desprendeu do suporte, chegava no Natal, demorava-se até aos Reis, ia-se embora, para quê palavras, semeavam perto um do outro e de vez em quando o chapéu tirado e posto no mesmo movimento enquanto o sacho à espera, não apertava a mão do filho como não beijava a neta, pedia

— Rapariga

e julgava que uma conversa comprida, os patos mais fáceis dado que voam sem caprichos ao rés da lagoa com um deles a mandar, o carteiro entregou a carta da nora esmiuçando o acidente, voam ao rés da lagoa e começam a elevar-se no muro da barragem, um barquito ao contrário no lodo e baldes e baldes até as chamas cessarem, para além do homem que pedia água um segundo, intacto, que os fumos sufocaram, com cabelo e relógio cujo ponteiro dos segundos trabalhava, dedicando-se a comer o tempo, pertencia a uma aldeia próxima, não à nossa, e por conseguinte um estranho, tinham uma filarmónica mais pequena e tão poucas mulheres, há quem viva assim na miséria, a carteira do morto ganhava a forma da nádega, na carteira dinheiro que o avô da minha mãe tirou e um retrato de criança, sobre uma almofada com franjas, que o avô da minha mãe não tirou para equilibrar a balança, o estranho continuou à chuva até o virem buscar, uma irmã ou uma esposa, coberta por um xaile de luto,

vociferando viuvezes a que faltavam dentes, o que nasce das gengivas cai cedo nestes lugares mas para mastigar nabiças quem necessita deles, é da maneira que na comunhão, e agradeça-se a sorte, não se morde a hóstia ofendendo Jesus, a minha mãe, se comungasse, mordia de certeza, só um espacinho livre lá atrás, que estudava no espelho a levantar o lábio com a falange em anzol, pescando-se a si mesma, podia carregar-se para a tábua da cozinha, estender-se ao comprido e retirar as tripas, o senhor Figueiredo
— Mostra a boca queriducha
explorando o queixo das artistas com o lápis como se aos fregueses lhes interessassem molares, interessava-lhes um par de braços onde deixar África inteira e afastarem-se logo para que Angola demorasse a subir por eles acima de novo, andando-lhes no sangue como os escaravelhos de agosto, de que me apercebo no peito a roerem costelas, se eu fosse homem o meu pai
— Mostra
ou então travado pelo respeito aos brancos, o que pode um preto, mesmo importante para os outros pretos, salvo na Comissão das Lágrimas onde quase nenhum branco e se por acaso um branco eram os brancos que se ocupavam do assunto, resolvendo os problemas entre si e eu submisso, a escutar, era nessas alturas que dava conta do vento pelo rumor das árvores que Luanda já não tinha, tinha-as eu dentro de mim, ininterruptas, milhares de avencas
— Pecaste
que mais tarde ou mais cedo Deus escutaria e um indicador formidável a condenar-me a desgraças eternas, casei a fim de que Ele me desculpasse, a funcionária do Registo para a minha mãe, com o papel que devia ler esquecido na mão
— Quer mesmo?
embora o meu pai de gravata, abotoado, composto, só lhe faltavam a chuva, a açucena e os caixotes para se encontrar nas traseiras à espera, a minha mãe lembrar-se-ia sempre dos sapatos de verniz esfarelado e dos dedos a lutarem entre si despedaçando-se e reconstruindo-se, ela com medo que se perdesse um deles, abandonado numa tábua do soalho, a torcer-se sozinho, e pronta a cobri-lo com a sola para o esconder da funcionária

— Vai deixar-me aí bocados criatura?

um dedo que morreria a pouco e pouco se o apertasse na palma, quarenta e picos anos, imagine-se, como passou tanto tempo, as mangueiras vão desistir de narrar a minha história, para quê, e o cemitério judeu afinal enorme, quem me lembrará um dia como me lembro de vocês, conversava com as folhas, morava numa Clínica, os dias do futuro, na agenda de argolas, cada vez mais numerosos, milhões de semanas, todas por ordem, sem mim, patos que flutuavam crucificados na lagoa ou encalhados nos caniços, um afogado a perder carne e roupa, o sobrinho do regedor, a viúva do médico que se cansou de escutar o rádio na salinha e entrou na água, sem se arranjar sequer, de sandálias e bata, chamava a minha mãe, então criança

— Não me fazes companhia?

e as duas no meio de consolas trabalhadas, com um cãozito de bronze acenando que sim, a minha mãe e o cãozito mediam forças

— Qual de nós ladra primeiro?

e a empregada idosa para a viúva do médico

— Não se deixe desanimar menina

plantada na porta com uma caçarola e quem recordará isto um dia, a minha mãe segurava bolachas que não se atrevia a comer e a viúva do médico, num soslaio para a persiana descida

— O que as manhãs me custam

um par de alianças, o broche na gola, os pés, unidos na escalfeta, mais ocos que os chinelos à noite, se calhar não estava ali e só os chinelos presentes, alinhados como à beira da cama, prontos a deslocarem-se no corredor, um após outro, porque não no mesmo impulso como a minha mãe aos saltinhos no adro, na cozinha o fogão a perguntar, mostrando a fuligem da chapa

— O que aqueço eu agora?

a empregada idosa acompanhou o funeral da viúva do médico à distância, como convém aos criados, e a minha mãe, sob os choupos

— Esqueceu a caçarola?

com pena da mão vazia que a outra mão consolava num afago comprido, chamava-se dona Estela e o que sucedeu depois, dona Estela, também lhe custam as manhãs, também não sobe a persiana, a empregada procurando não desanimar, por seu turno, no quartinho dos fundos

— Come a bolacha e não desgostes a menina

sentada na colcha a observar a parede, não flutuou na lagoa, sumiu-se no eucaliptal e até hoje, se calhar as ovelhas pastaram-na ou o comboio de Abrantes não a percebeu nas calhas, uma parente da viúva do médico chegou de Coimbra com o marido, jogou uma olhadela ao interior da casa

— O que se faz aos tarecos?

e o marido, secundário

— Um horror

sem entender a dificuldade das manhãs que o cãozito de bronze sublinhava a acenar, remexeu os baús, pôs um broche de parte

— Como é possível usar monstros destes?

entaipou as janelas, evaporou-se na curva e a casa há-de lá estar, na pontinha da vila, a perplexidade do fogão

— Já não aqueço mais?

um ninho de cegonhas de há muitos verões no coto da chaminé e a bolacha, largada no quintal, que um escaravelho comeu, ou a chuva, ou um mendigo sem leme, a funcionária do Registo, cujos brincos eram penas de gaio, a insistir com a minha mãe

— Quer mesmo?

evitando o meu pai porque o meu pai uma nódoa que as sujava às duas, não é a cor ficar agarrada à pele, que esfregando com força o sabão tira, é entrar para dentro e não sair, quer mesmo, a sério, casar com um preto, já reparou no cheiro que se nos mete na roupa e nos caninos verdadeiros a imitarem postiços, a minha mãe a pensar numa escalfeta distante

— Não me fazes companhia?

e na dificuldade das manhãs visto que com o correr das horas algumas coisas se compõem, habituamo-nos aos truques da vesícula e às pedras da memória onde estalam palmeiras, durante o tempo em que lhe chamaram

— Senhor padre

o meu pai esmagado pelo desprezo de Deus, ao assinar o nome no Registo a caneta entupiu, sacudiu-a e tinta a alastrar no livro, a funcionária para a minha mãe, com a pergunta não cá fora, no interior da cara e não uma pergunta, a demonstração de uma evidência

— Eu não disse?

que os braços afastados promoviam a verdade absoluta enquanto as palmeiras com mais força apesar de nenhum tiro em Luanda e nenhum assalto a uma loja, o meu pai escreveu o nome, inclinado para a mesa como para um poço, receoso de cair no centro da terra, quarenta e picos anos, quem acredita nisso, ainda há meses as gavetas inacessíveis e as canecas enormes, o meu pai à procura do anel no bolso, a encontrar um canivete de lâmina quebrada, uma caixa de fósforos, um tostão e a colocá-los lado a lado na secretária do Registo, que é do anel, Santo Deus, um bilhete de machibombo e um cubozito por fim, não de veludo, de cartão, no cubozito um círculo que encalhou no primeiro nó dos ossos, o senhor Figueiredo na fábrica, na modista, no escritório, sem interromper o lápis das somas

— Casaste a sério?

e continuando as contas, de testa nos algarismos, até a minha mãe se ir embora, uma preta polia o espelho e deitava cera no chão, a insígnia da frontaria, apagada, um arabesco de tubos por cima da porta, a fotografia de uma das artistas a despegar-se do cartaz com as marcas da cola, amarelas, no fundo negro, tudo barato, sem viço, até o colarinho e os punhos do senhor Figueiredo esfiados e portanto o senhor Figueiredo barato e sem viço, repare na sua vida, mãe, o que há nela que preste, o afilhado do farmacêutico, o seu tio, minúsculas alegrias de pular à corda ou apanhar joaninhas nos intervalos do fadário da escola, ajude o seu avô a segurar a pilha dos anos

— Estão aqui todos senhor

procurando no passado um consolo que não existia por não existir futuro e a mula de cauda ao alto, com saúde, a trotar na memória, continue a conversar com ela, não morreu, não chore, descobria-a deitada no estábulo protestando

— Já não aguento

e se por acaso o bicho jurar

— Perca a alma no Inferno se não estou a ser sincera

não acredite nos animais porque os animais aldrabam, quem não aldraba, senhor, todos aldrabamos e eu a aldrabá-lo neste instante, por piedade, por hábito, por ser o que no fundo pretendemos dos outros, aldraba-me o melhor que puderes e talvez consigamos paz no interior da aldrabice e manter-nos à tona mesmo que nos afundemos, visto que nos afundamos sem remédio, é uma questão de tempo, olhamos para os outros, nota-se um braço a pedir socorro e quando o braço se some o rio quieto, o que traz a verdade além de indecisões, receios e vai daí afirmo que a mula, de cauda ao alto, a trotar não na memória, na estrada, e você aos solavancos em cima, guiando-a com uma corda sem necessitar de arreios, a mula que dialoga consigo, não o seu filho do Luxemburgo que nem uma palavra ou um aperto de mão, a querida Alice a única pessoa para quem você

— Rapariga

ajudando-o a voltar para casa depois dos passarinhos fritos e do sol que não aquece mas arrebita, arrebite com o sol, avô, arrebite comigo, não estou em África, estou aqui, mesmo entre choupos de cemitério estou aqui e vejo-o, não imagine que o não vejo, vejo-o, claro que dizer vejo aldrabice mas as aldrabices necessárias, convença-se que as aldrabices necessárias, o senhor Figueiredo a somar

— Casaste a sério?

indiferente embora soubesse que uma coisa sua a crescer-me e eu para mim

— Não cresce

sem admitir que crescia, a minha carne a dividir-se entre mim e a minha filha e embora dividindo-se afirmo

— Não cresce

apesar dos sufocos e das tonturas não cresce, apesar de se mover num saco que não adivinhava que tinha não cresce, sou a Alice e acompanho o meu avô até casa, sou a Simone e danço, não cresce da mesma forma que o meu joelho não incha, para quê uma bengala, estou melhor, qualquer dia coloco as plumas na cabeça, semeio-me de lantejoulas, chego ao estrado a sorrir e o senhor Figueiredo a perguntar aos fazendeiros

— Que tal as minhas queriduchas?

não a querida Alice, qual querida Alice, nunca existiu uma querida Alice, nunca existiu um avô, o nome dela Simone, teve uma mãe de França que lhe aqueceu o temperamento, nem um cisco em comum com as portuguesas, tão macambúzias, mães estrangeiras todas elas, onde é que os amigos descobrem raparigas assim, a fogosidade, a ternura, esquecemo-nos de África por meia dúzia de trocos, uma pechincha, e Angola acabou, não se preocupem com o algodão, com a violência das tardes, com a guerra, acabou, o senhor Figueiredo a poisar o lápis depois de eu sair dando fé que errou as contas por causa daquela cabra grávida que foi ao Registo com um macaco e o senhor Figueiredo a murchar na cadeira, não a trotar de cauda ao alto igual à mula, a perceber que qualquer dia vai haver um mais curto

— Acabou

um dia idêntico aos outros mas mais curto e ele ausente no resto desse dia

— Acabou

as vísceras em pânico, o coração um desvio e oxalá não pare, eu a encorajar os fregueses, mais as outras queriduchas, com o senhorio a mandar-me embora

— Oito meses de atraso na renda Figueirinho

e o coração sem parar, inalterável, eterno, fui o senhor Figueiredo, o que sou hoje em dia, não é que goste da Simone ou me preocupe com o que lhe suceda, outra coisa de que não falo e talvez no fim do dia mais curto seja capaz de dizer, lérias, não digo, que pieguice abrir a boca, quem estiver perto

— Que disse o homem?

e não disse uma palavra ou então pediu que o deixássemos em paz, qual a diferença visto que se dissesse fosse o que fosse aldrabices que a mula do avô compreende, nós não, lá está ele a acariciar o bicho chamando-lhe

— Filha da puta

numa ternura mansa, as narinas abertas, as sobrancelhas um vinco, a maneira de respirar lenta, lá está ele

— Grande filha da puta

e o animal satisfeito, o avô da Simone a pegar numa cana e a bater na mula

— Confessa que gostas filha da puta pede que te bata mais

um estábulo repleto de fezes e o cheiro de cabedal velho da pele, com um selim enganchado num prego, a mula comia de um balde cascas que sobravam, milho seco, linhas de sol onde um gafanhoto com esperança de regressar à vinha, o senhor Fi-

gueiredo a pegar no lápis de novo, a demorar-se antes de voltar às contas, a decidir
— Filha da puta todas filhas da puta
e a somar na mesma dificuldade com que escrevo sem dar conta que escrevo, o senhor Figueiredo
— Não pode nada por nós?
que o meu pai matou, junto à cancela, no tal dia mais curto e a minha mãe e eu no degrau, comigo a perguntar-me se a mula, que compreendia tudo, entenderia, como será a pilha dos meus anos que não a sinto nas palmas e o que tenho que valha a pena lembrar, se a minha mãe
— Como estás Cristina?
não oiço, da mesma forma que se as bocas das folhas
— Ai Cristina
não ligo, faço que ligo e não ligo, vou-me embora antes que o senhor Figueiredo surja entre garrafas a sorrir aos fazendeiros
— Que tal as minhas queriduchas?
e as queriduchas
— Não admito tristezas
alegres, as minhas queriduchas alegres, o avô da minha mãe
— Rapariga
e a minha mãe tão alegre quanto elas, o meu pai ergue-se do xadrez e olha-me da mesma maneira que os objectos olham enquanto desço as escadas para o primeiro andar, onde cada vizinho um capacho diferente e um medalhão de cerâmica sobre uma das campainhas, Família Meireles, de que me chegam restos de discussões e música, desço do primeiro andar ao rés do chão e nas escadas do rés do chão vasos de ambos os lados com túlipas de plástico enfiadas na terra, as caixas do correio com o letreiro, a tinta da China, Publicidade Não Obrigado, apesar das ranhuras cheias de prospectos, faço saltar o fecho para a rua carregando no botão por cima do botão da luz que acende uma esfera facetada no tecto, empurro o vidro grande que proclama Família Meireles, não, que proclama Para Segurança De Todos Nós, Sobretudo A Sua, Verifique Se O Fecho Impede A Entrada De Estranhos, alcanço o passeio, um largo à esquerda, o cemitério judeu nas minhas costas e o Tejo à direita ao passarmos a

esquina, sigo a ladeira que conduz à estação dos comboios com uma fila de táxis à espera, dirijo-me à bilheteira e chegando a minha altura, ao interrogarem-me
— Destino?
respondo
— Moçâmedes se faz favor
porque há-de haver um rápido para Moçâmedes mesmo que as calhas assentem no fundo do mar.

Nono capítulo

Queria gostar de si, madame, mas Deus, que é branco, não permite, não é que gaste tempo com os pretos, quem são os pretos, o que são os pretos, como se lida com eles, apenas não fazem parte do que considera a vida, não nos criou, viu-nos nascer em África com a qual não gasta tempo também, uma coisa inexplicável que Lhe não diz respeito, surgida por acaso ou desinteresse d'Ele e povoada de criaturas não feitas à Sua imagem e semelhança, vindas de um lugar incerto para O aborrecerem, com gritos desarticulados e ruídos monótonos, à beira de rios que não inventou ou no interior de matas que ignora, criaturas e bichos, que evidentemente não decidiu existirem, devorando-se entre si numa gula perpétua, não por cálculo ou instinto de poder como os brancos, em consequência da sua própria natureza, não pedimos, não nos revoltamos, não pensamos, comemo-nos somente e ficam os ossos, solitários, na terra, até o capim e a pressa das raízes os comerem por seu turno e a gente, que nunca fomos lembrados, esquecidos de vez, rezei durante anos, fiz penitência, procurei compreender até compreender que não havia uma migalha para compreender, nenhuma resposta a nenhuma pergunta, uma mudez que me incomodava porque no interior da mudez estrondos e vozes, mais estrondos que vozes, a minha mulher uma família, eu o que a minha mulher chamaria mãe e pai e que não significavam mãe e pai para mim, era capaz de dizer mãe e pai mas segundo as leis dos brancos, não as nossas, embora o que me aproximava deles não fosse necessidade nem amor, quando a esposa do chefe de posto mandava a minha mãe ajoelhar não sentia revolta, unicamente vontade de a engolir como engolia tudo, a comida, o tempo, a febre, como mais tarde engoli as pessoas na guerra e na Comissão das Lágrimas, desprovido de ódio, não passavam de ossos solitários na terra e eu capim, eu raízes que os tornavam esquecidos de vez dado que nós, os pretos, nascemos para o esque-

cimento, semelhante à luz durante o sono que está dentro e não fora da nossa cabeça, aclarando regiões inesperadas que apesar de as termos não chamamos nossas, no meu caso velhas escutando a chuva sem acreditarem nela visto que não acreditamos no que sucede, aceitamo-lo sem perguntar, quem és, o que pretendes, o que te apetece de mim por não fixarmos o que os brancos ensinaram, a fortuna, a ambição, o poder, afirmam-nos
— Angola é um país
com aquilo a que chamam fronteiras desenhadas por eles e concordamos que Angola um país ainda que sabendo que país nenhum, um sítio onde se está e pronto, queria gostar de si, madame, e ignoro o que é gostar, o que arrumaram dentro das palavras muda-as, cessam de ser palavras para se transformarem em noções e não existem noções em nós, durante o seminário tive de aprender a enchê-las das tais noções que decorei e não faziam sentido, pecado, culpa, expiação, dever, que as velhas desdenham, conhecem o som da chuva e mesmo a chuva, quando vivi com os padres, se alterou, não um estremecimento inexplicável do mundo em busca de um equilíbrio diferente, um fenómeno sem mistério para os brancos dado que mistério, para eles, o que eu não considerava mistério, como a ressurreição e os milagres, quotidianos num lugar onde tudo é surpresa e então, devagar
— Seis horas seis horas
fui aprendendo os seus códigos, a sua avidez, a sua pressa e sobretudo o valor do dinheiro como se o dinheiro tivesse valor para os ossos solitários na terra antes de o capim os comer e Angola, até então um sítio sem nome, um lugar de mortos que caminham na companhia dos vivos, só que mais caprichosos e com mais dedos nas mãos para agarrarem mais coisas, começou a ser o que não era sem que eu descobrisse o que país significa, Portugal um país não me intrigava porque nunca lá fui e portanto Portugal e país uma abstracção que me não dizia respeito, mas estas árvores, estes animais, estes ecos contraditórios que se debatiam em mim, juntos na designação de Angola, constituíam um resumo que admitia por inércia não o aceitando, aceitava reduzir os brancos a lápides e cruzes no cemitério dos padres, feitos para mortos que não falam connosco, ficam imóveis em urnas, não em cima de uma tábua, sem recordações que lhes pertençam ao lado, tijelas, amuletos, como conseguem durar se não escutam

os outros, julgava que eu quase branco por meu turno desde que Angola um país, um desses espaços, cada qual com a sua cor, impressos nos mapas, bolinhas de cidades e vilas, Moçâmedes não uma bolinha, coqueiros, o deserto, o mar, Angola um país ou seja eu polícias, bombeiros, deputados, eu não fome, sobretudo eu não fome, não uma cabana no musseque, uma casa, eu não tu, eu senhor, depois do seminário eu senhor apesar do repúdio das avencas à noite, de dia mal as notava, apagadas, cinzentas, notava os missionários nas aulas e o sono na capela, o meu corpo transido que as formigas da febre ratavam, comigo a pensar
— Não acho luz nenhuma
salvo o negro dos círios e a claridade da sombra, a certeza que toda a gente a dormir menos eu e principalmente de não pertencer nem a Deus, que era incapaz de imaginar a não ser sob a forma de uma vingança irada de gafanhotos e dilúvios, as rezas em latim e o fumo do incenso entonteciam-me retirando-me lastro e obrigando-me a boiar entre toalhas de altares
— Em qual poiso?
à medida que os aviões dos portugueses bombardeavam o Cassanje e um deles se estrelava num tronco apavorando os mandris, eu ao mesmo tempo um branco que os brancos rejeitavam e um preto que os pretos temiam, olha a minha filha a conversar com as folhas e as folhas
— Ai Cristina
olha ela a ralhar a uma cómoda ou a alguém na cómoda e a minha mulher, às voltas com o joelho, remando para o quarto, dá-me pena, madame, quer dizer não me é indiferente que a sua perna se arraste, olha o desinteresse de Deus que me acompanha há anos e eu no Lucusse a dinamitar uma ponte e depois no Uíje a assaltar uma fazenda, come-se o mel das árvores, comem-se grilos, deita-se uma pastilha na água de beber derivado às amibas, colocam-se fios de tropeçar nos trilhos e no instante em que o helicóptero chegava para levantar os feridos degolar uma sentinela portuguesa, que surgia dos arbustos, quase sem mover a catana, foi a lâmina, não eu, e isto às
— Seis horas seis horas
que se deslocou sozinha obrigando o braço a acompanhá-la, nunca imaginei que uma catana tão rápida e quase limpa depois conforme nunca imaginei que uma pessoa tão mole,

misturando braços e tronco, se a descobrirem nenhum osso por não haver ossos, pregas que se dobram e botas que outro, não a minha pessoa, tirou, calçando-lhe em troca as sapatilhas desfeitas, ao contrário derivado ao nervosismo
— Nunca matei sabia?
isto é a esquerda no pé direito e a direita no esquerdo que demoraram a entrar, se dificultarmos a vida às coisas protestam de imediato resistindo ou quebrando-se, as sapatilhas sem atacadores que trouxera do Congo
— Trouxe do Congo
mirando-as com respeito, preferia as sapatilhas às botas do finado que se lhe via na cara, encontrei-o a pedir esmola em Luanda, descalço, depois de os brancos fugirem, um homem velho, com um esboço de fato, sem se atrever a aproximar-se
— Senhor comissário
que passava as tardes na praia, a examinar a areia, na hipótese de um pássaro afogado ou um resto de lixo que pudesse comer, informando com orgulho quem se sentava ao lado
— Tive umas sapatilhas do Congo
e o Congo, no fim de contas, uma miséria idêntica à miséria de Angola, a mesma resignação e o mesmo alheamento que ele observava, alheado também, como eu observo a minha filha e a minha mulher, queria gostar de si, madame, mas Deus não permitiu, posso ajoelhar na cozinha e pedir perdão aos brancos por mentir ou roubar sem ter mentido ou roubado, não posso sentar-me à mesa com elas sem que me ordenem
— Senta-te
não um convite, uma ordem
— Senta-te
mas senta-te na outra ponta, acha-te agradecido e acho-me agradecido de estar consigo, madame, depois de tantas noites à chuva no meio dos caixotes, com a humidade no forro da roupa, eu casaco e o corpo dissolvido no casaco, se abrisse a camisa encontrava a substância dos mortos que caminham com a gente, com mais dedos nas mãos para agarrarem mais coisas embora o que haja para agarrar sejam vilas vazias, cessámos de existir na Comissão das Lágrimas e torturamos espectros, o sujeito à minha direita a vomitar os olhos

— É necessário isto?

e eu exaltado com as pessoas que interrogo por serem tão fracas, que soluços são esses eu que não soluço nem presumo que vomite olhos um dia, não os vomitei no Cassanje, não os vomitei no Luena, não os vomitei ao furar o colega do seminário com um pau ou enquanto a rapariga cantava, se ao menos gritassem de amor, e não gritam, queria gostar de si, madame, mas Deus não permitiu, demasiados

— Mostra

em mim e nem sequer vergonha, um embaraço que sorria, não possuo emoções de branco, compaixão, piedade, remorso, sou preto, não tenho país, tenho um sítio, não tenho coração, tenho um tambor que não pára, sem contar as avencas que me perseguem

— Pecaste

me perseguirão sempre

— Pecaste

e não atinjo o que é pecado e não é, talvez seja pecado visto que não só as avencas, o halo das manhãs de cacimbo a acusar-me, a minha filha prefere acusar a terrina, a escalfeta, o nada que a rodeia povoado de vozes, a minha mulher não me tocou, não me toca e o senhor Figueiredo, satisfeito com ela

— Não o deixas tocar-te?

que não matei por ciúme ou despeito, palavras ocas de nexo como as restantes palavras, acho que gostar de si, madame, apenas palavras, e contudo, mesmo doente e idosa, queria, como exprimir-me, estar consigo em Moçâmedes ou que afagasse um ponto meu sem chegar a afagar-me, queria que o seu avô, aceitando-me por não saber quem eu era

— Rapaz

a mirar-me com pupilas que me verrumavam sem luz na direcção do pomar e portanto sou uma laranjeira, senhor, uma macieira, as figueiras tão negras e o segredo dos ramos, se me inclinar para você no cemitério dá por mim de certeza ou seja um preto manietado na gravata e nas mangas, ele que ninguém visita e para quê visitar os mortos se não desistem de insistir

— Como estás tu?

interessados nos vivos

— És o marido da minha neta não és?

apetecia-me ser mula para que me insultassem de paixão e não me insultavam de paixão, informavam-me, na Comissão das Lágrimas, este morre, este não morre e quase todos morriam, aqueles que não morriam na Cadeia de São Paulo iam morrer nas valas, esse é português, batam-lhe, lembro-me da fazenda Tentativa, lembro-me do Grafanil, de entrarmos no hospital, a seguir à independência, a disparar sobre os doentes, uma enfermeira recuou para além da parede

— Eu não

e cada bala uma florinha vermelha a sacudir-lhe o corpo, a palma estendida para nós outra flor mas enorme, quase a pesar--nos na cara

— Eu não

até o caule do braço tombar e ela se distrair das balas permanecendo levantada, um frasco de soro desapareceu do suporte, uma botija de oxigénio explodiu, um preso

— Deixem-me olhar pela janela antes de me matarem

e olhou pela janela, viu um pátio, uma árvore de que desconhecia o nome porque nunca falou com a minha filha, declarou, de costas para nós

— Não lhe conheço o nome

voltou à mesa

— Estou pronto

e embora não acreditem eu a sorrir para ele, os dois a sorrirmos até a cara lhe desaparecer no cimento e o avô da minha mulher capaz de insultá-lo de paixão a acariciar-lhe a garupa, qual o motivo de com as mulheres não me acontecer isto, sorrir, o senhor Figueiredo fá-lo por mim

— Queriduchas

eu não consigo, a minha mulher na pensão

— Não consegues?

queria gostar de si, madame, via-a ir-se embora, com as colegas da fábrica, da modista, do escritório, às quatro da manhã, sem nenhuma aurora, por enquanto, entre candeeiros sem lâmpada, escutava-lhe os sapatos na pedra, conversas de que não destrinçava as frases, o adejar do vestido e mesmo que não acredite comovia-me o adejar do vestido, ganas de tomar conta de si, impedir os aviões de a perseguirem na baixa do Cassanje como perseguiram os meus pais e os outros pretos, recordo-me dos es-

pinhos do algodão e dos montes onde os macacos soluçavam, à hora em que no seminário eu
— Mostra
para o da cama ao lado a ocupar-lhe o colchão e ele a mostrar-me a dormir, não aceitava nem recusava, calava-se e de imediato as palmeiras e para além do estalar das palmeiras o estalar dos meus ossos na camarata molhada, o estalar da indignação de Deus
— Pecaste
e ao dizer
— Pecaste
entendi que eu branco dado que os pretos não pecam, destituiram-nos de julgamento e de cálculo, não medem a vida, limitam-se a ocupá-la, livres de castigos e censuras, destroem quem os destrói e destroem quem não sabe destruí-los, está certo, da mesma forma que as galinhas matam um pinto doente, quando a mãe da minha mãe deixou de conseguir mover-se construíram-lhe uma cubata no extremo da aldeia, entregaram-lhe ovos, cigarros e um pedaço de mandioca e deixaram-na, consoante espero que a minha mulher e a minha filha façam logo à tarde, amanhã, para a semana, antes de me virem buscar, passava à porta dela e espreitava-a de cigarro no queixo, com os ovos e a mandioca intactos, a espreitar-me igualmente e ali ficávamos, como bichos ou pedras, até os brancos me carregarem à força para as escolas deles, os sentimentos deles, a sua imagem do tempo e da morte e o seu Deus ausente, a única vez que gostei de alguém foi de si, madame, do seu quarto de pensão sobre um estabelecimento de bilhares para os portugueses pobres dos musseques, antigas tropas sem emprego, mulheres quase descalças a aquecerem sopinhas na companhia de mulatos bêbedos, uma caixa de cartão de embalar frigoríficos servindo de armário, uma caixa de cartão de embalar máquinas de roupa servindo de mesa, com três ou quatro latas de conservas em cima e um frasquito de perfume que ia enchendo de álcool, sem mencionar os pássaros da baía a apanharem o peixe, em grandes golpes fundos, da barriga uns dos outros, a minha mulher para mim
— És padre tu?
e o fato, apertado da chuva, que recusava despir-se, aflito com a minha nudez de preto e a minha dificuldade em falar, eu

à sua frente como à frente da mãe da minha mãe, agarrando um ovo ou um pedaço de mandioca que lhe fugia dos dedos e eu sem a ajudar conforme a minha mulher não me ajudou com o casaco e a camisa, sentada no chão
— És padre a sério?
ela a quem o padre não
— Rapariga
como o avô nas tardes de passarinhos no espeto, o padre
— Madame
enquanto o afilhado do farmacêutico não Madame, Alice, e o tio nem Alice sequer, um gesto a designar o valado em que um piar urgente, por falar nisso os bichos na agonia transtornam-me, o homem que pediu para olhar a janela antes de o matarem assustou-me até ao fim, quando vierem buscar-me a minha intenção é
— Deixem-me olhar a janela
mas vai preferir sair com eles em silêncio, sem se despedir de nós, depois de arrumar as peças do xadrez na gaveta, dividida em duas partes, sob o tabuleiro, uma para as brancas e outra para as pretas, tal como na vida, que insistência, caramba, os sujeitos que o levarão mestiços mas no automóvel em baixo, ao volante, um preto e ele a lembrar-se da mãe da mãe, de cigarro aceso, o olho direito fechado e o esquerdo aberto derivado ao fumo, sem encontrar o ovo, não foi capaz de dizer
— Mais à frente senhora
continuou mudo, a sentir as copas das árvores e uma criatura a bater o pilão numa, não é bem o termo mas serve, taça de madeira, ao ritmo do sangue, que martelo tão grande o coração nas têmporas assistindo ao esqueleto da mãe da mãe a pesquisar o ovo com dedos que desistiam enquanto os lábios, desaparecido o cigarro, se chupavam a si mesmos, sempre o olho direito fechado e o esquerdo aberto, ou então o olho direito já morto, o director da Clínica a afastar os séculos da agenda
— Se calhar há milagres
e as palmeiras a menearem-se de dúvida, as avencas, que só o pecado exalta, caladas, o meu pai a passar de novo na cubata e a mãe da mãe deitada, tornando a passar e ninguém, semanas depois nem cubata sequer, um restinho de tabaco na erva e a seguir não erva, capim e uma hastezita de mangueira a nascer,

ao acompanharem o meu pai à rua a Comissão das Lágrimas cessou de ter existido, consoante a enfermeira a recuar para além da parede
— Eu não
de palma a pesar-nos na cara numa força que era impossível ser dela)
— Eu não
enquanto mais balas e instrumentos que caíam, máquinas enlouquecidas, tabuleiros com copinhos de comprimidos pulverizados no chão, queria gostar de si, madame, e não me deixam, demasiada gente que corre em demasiadas travessas em busca de um abrigo, uma reentrância, um portal e a mula do avô da minha mulher a pisar isto tudo, queria frases e gestos que aprendi mal ou perdi, falar-lhe do seu joelho, do cabelo que rareia, das mudanças no corpo
— Fiquei assim?
sabendo que ficou assim e negando-o, ao mostrarem-lhe a filha ao nascer decidiu
— Não é esta
furiosa com o balido do choro e a nudez engelhada, eu de gravata e casaco, como nas noites dos caixotes, mirando-a sob a luz amarela da noite, numa maternidade de brancos que me não viam sequer, só nos vêem quando julgam que vamos matá-los e argumentam connosco na ilusão de não os matarmos, o senhor Figueiredo antes das catanas
— Fui sempre generoso para a sua esposa senhor comissário
a aperceber-se dos militares e a fazer-se de forte
— Não admito tristezas
dando ele mesmo o exemplo levantando o tornozelo
— Alegria alegria
o senhor Figueiredo a morder o lápis das contas
— Se for mulher metes-lhe Cristina
ou antes o senhor Figueiredo ao prenderem-lhe a manga
— Fui sempre generoso para a sua esposa senhor comissário
mesmo depois do primeiro golpe
— Alegria alegria
mesmo depois do segundo golpe

— Alegria
o senhor Figueiredo, abraçado à cancela, um
— Alegria
mas descolorido, baixinho e embora descolorido e baixinho tão nítido, ainda a designação
— Esposa
ainda a designação
— Cristina
e a minha filha a puxar uma boneca, a puxá-lo, o senhor Figueiredo, de sobrancelhas pintadas, de rojo no vestíbulo a largar serradura, sem cabelitos a disfarçarem a calvície, nem autoridade, nem anéis falsos nos dedos, ao demorar-me na minha filha senhor Figueiredo algum, a boneca somente, queria gostar de si, madame, e não posso, eu bem tento, o mar de Luanda invisível na praia, a minha mulher na maternidade a insistir
— Não é esta
e esta, com quarenta e picos anos, a escrever a nossa história na Clínica, convencida que era nós ou a imitar-nos somente, como se atreve a garantir que queria gostar de si, madame, onde foi buscar isso, sentar-me ao seu lado e assistirmos juntos à manhã que não vem, não há-de vir e se vier, ainda que não se vislumbre uma só alma a acreditar que venha, é sob a forma de
— Seis horas seis horas
ao longo de uma camarata que Deus desabitou
— Não são esses
enquanto as
— Seis horas seis horas
me acompanham sem descanso, os arbustos começam a definir-se, os primeiros arcos do claustro avançam do escuro tornando-se próximos, o terceiro quebrado, o quinto sem coluna, estamos em África, amigos, e nada resiste inteiro, coisas que se esfarelam, fragmentos, poeira, a seguir aos arcos a fontezinha seca do pátio onde uma rã sonhava com pingos improváveis, a empregada da maternidade
— Como se chama a criança?
e a minha mulher a fitar-me e a desviar a vista
— Cristina

ainda que o senhor Figueiredo recusasse conhecê-la, enxotando a alcofa

— É tão feia

só boca e dedos, sem olhos, que me pegava no indicador, se tivesse continuado a pegar-me no indicador vida fora mudança alguma, Angola um país para os brancos, não um país para nós, os mesmos defuntos a jogarem conchas num pano para ler o destino, as conchas

— Não tornas a morrer

e não tornavam a morrer, ocupavam-nos as esteiras, os bancos

— São nossos

tiravam-nos os canhangulos para caçarem palancas, se descobriam uma criança por perto

— Quero essa tua sobrinha

e tangiam-na consigo para o outro extremo da aldeia, passados tempos as velhas dos partos

— Tens mais uma sobrinha

sem regozijo nem tristeza, se fosse uma cabra, por exemplo, regozijavam-se mais porque uma cabra serve de fiança para pagamentos e trocas, uma pessoa não, depois da morte do senhor Figueiredo entrei na fábrica, na modista, no escritório onde uma preta continuava a limpar os espelhos e a deitar cera no chão, tudo gasto sem os focos azuis e lilases, a música, os risos, pareceu-me que alguns por ali, esquecidos pelos clientes como guarda-chuvas estragados, e o resto assentos e mesas, mete-se Cristina e a minha mulher e as colegas a enfeitarem-se para o espectáculo, com o calendário de um ano futuro na parede que as auxiliava a durar, o director da Clínica, habituado à abundância do tempo pela agenda de argolas

— Que interminável tudo

e a virar uma página

— Que dia é amanhã?

sem entender que a vida, por mais que os meses mudem, não passa de um hoje sem fim, estou na Comissão das Lágrimas, estou nos caixotes das traseiras, estou a espreitar a mãe da minha mãe, de olho esquerdo aberto e o direito fechado, por causa do fumo, em busca de um ovo, queria gostar de si, madame, mas Deus, que é branco, proibe-me, eles têm um país, tu tens terra

e pessoas, conheces cheiros, árvores e a censura das avencas, conheces a bofetada do prefeito
— Mais rápido preto
se te atrasavas para o refeitório
— E fazem padres disto
a mão dele na minha cara e continuo a consenti-la dado que um mestiço melhor do que eu que sou preto, ignoras o que as palavras pátria e orgulho e honra significam por ignorares de que matéria as enchem, se calhar também interrogatórios, cotovelos atrás das costas e espingardas e morte, cardos a lacerarem a garganta mesmo que não se notem os cardos e não se note o medo, notei os cardos e o medo na minha mulher, não os notei na minha mãe, quando depois da colher da esposa o chefe de posto lhe mostrou a pistola e a expressão dela impassível, trotava algodão fora, como os outros, em busca de um buraco onde não havia buracos e só a curva dos ombros a tremer porque o medo não alcança a cabeça, chega ao pescoço e pára, a rapariga que cantava não cantava com a boca, cantava com o corpo todo da mesma forma que falamos com o corpo todo, disse-lhe
— Estás com tanto medo
e ela, em vez de responder-me, a cantar, pensava que com mais força e mentira, quase um cochicho e a cantar, os mortos vivem mas não cantam e eu vivo e a cantar, na Cadeia de São Paulo, não numa cubata com tabaco e mandioca e ovos, encostado a um pau de fileira, a minha filha tem quarenta e picos anos e o director da Clínica a exibir os milénios das argolas
— O que interessam os anos?
quantos tinhas então segundo o tempo dos brancos, o director da Clínica a levantar a agenda, pesada de toda a idade da terra
— Quarenta anos uma ninharia
embora a partir dos quarenta a demência tornasse as coisas mais fáceis
— A partir dos quarenta a demência torna as coisas mais fáceis
e portanto a minha mulher demente, eu demente, queria gostar de si, madame, e não posso, a escutarmos juntos os búzios de Moçâmedes e a calcularmos as marés na baía de Luanda

não pela quantidade de cadáveres que chegavam à praia, já não chegam cadáveres menos o meu para amanhã, para a semana, daqui a um mês, no outro lado do Tejo, um pedaço de areia em qualquer sítio final, queria gostar de si, madame, e não acredite porque é verdade, gostar das suas plumas, das suas lantejoulas, do seu andar difícil nas traseiras da fábrica, da modista, do escritório, de sono amparado ao sono das colegas, Marilin, Bety, Françoise e você, até então Simone, a tornar-se Alice no quarto, entre a sua caixa de cartão de frigorífico e a sua caixa de cartão de máquina de lavar na qual coloquei uma jarrinha de esmalte que não necessita de flores, a gente observa a jarrinha e descobre que flores, em certos momentos, quando não me mandava embora ou o senhor Figueiredo não a chamava

— Queriducha

quase conseguia gostar de si, madame, isto no caso de o prefeito me não encontrar na direção da capela

— Ficas aí especado a olhar para ontem?

de modo que quando não olhava para ontem, madame, olhava para si, o joelho que principiava a inchar, os vincos das bochechas cobertos de creme, os cabelos brancos disfarçados com tinta enquanto houve, madame, tinta em Luanda antes de haver fome, ruínas, eu para o director da Clínica

— Não é dia nenhum amanhã

e militares estrangeiros, a minha mãe a dar descanso ao joelho para aumentar a alegria, a edificar um sorriso, a equilibrá-lo um momento até os lábios desistirem, exaustos, ninguém a esclarecer-me o que pretendia Deus de mim e de que Lhe servem os pretos, mandou-os vir do Bailundo, usa-os para trabalhar no café, oferece-lhes as mulheres aos donos das fazendas, eu para Deus na Comissão das Lágrimas, a verificar os papéis

— Conspiraste contra a gente

e Ele diante de mim, sem casaco e de camisa rasgada

— Mentira

não, sem se atrever a defender-se, por que razão me perseguiste com as

— Seis horas seis horas

porque excitaste as avencas obrigando-as a bater nos caixilhos, porque me deste esta filha a contar a nossa história acumulando falsidades e erros, porque juras que a minha mulher

— Nunca me lembro do teu nome desculpa
e não é importante que não se lembre do nome, madame, é importante que me consinta aqui sem me jogar para a rua, Lisboa um andarzito suspenso sobre o Tejo, vidros opacos, o capacho que me vai chamar não tarda, a morte sem importância e no interior da morte, enquanto navego sobre ela, um albatroz, num círculo precário, cujos trinos me arrepiam, uma traineira que parte ou chega, é igual, de motor a falhar, o director da Clínica a censurar-me
— Você parece contente
e a enfermeira
— Haja alguém contente doutor
e sobretudo, mau grado o albatroz e a traineira, o silêncio de África de quando era pequeno e furtava peixe seco para comer na mata, eu atrás de uma cabra que se escapou da gente e encontrei, entre caixotes, nas traseiras da fábrica, da modista, do escritório em que a aguardei noite após noite, madame, desprezando a chuva porque o seu retrato no cartaz digamos que me convidava, apesar de eu preto convidava-me, tentei dizer
— Gosto de si
repetir
— Gosto de si
e em lugar de palavras ofereci-lhe uma açucena, a mesma que lhe estendo agora, sem nenhum caule na mão.

Décimo capítulo

As vozes e as bocas das folhas calaram-se deixando no seu lugar uma claridade onde esvoaçam pássaros cujas asas me projectam no peito sombras de recordações que surgem, desaparecem e não consigo deter, conforme, antes de acordar, um cachorro que ladra na rua entra a pouco e pouco no sono, fazendo parte dele e mudando-lhe o sentido, ruídos estranhos transformam-se em torneiras, sons de pratos, conversas que demoro a aceitar constituírem o que se chama manhã, cristalizando materiais até então fragmentados e o cachorro aumentando, a presença dele eu inteira enquanto me pergunto
— Quem sou?
porque desde que as bocas das folhas e as vozes se calaram me interrogo se continuo, deixei de ser ou me tornei noutra coisa, sem substância nem contornos, água derramada que se move no soalho de acordo com o desnível das tábuas, conservando lembranças que se aproximam e partem, alguém a sorrir mas o sorriso apavora, a pegar-nos no ombro e o ombro inexistente, a cochichar-nos ao ouvido sem que compreendamos a frase, é o pavor a crescer, de onde vem, o que pretende, o que faço com ele, a minha mãe a meio de um gesto
— Sentes-te mal Cristina
não os gestos difíceis de agora, feitos de ângulos em que estalam dobradiças, um gesto de dantes que lhe alongava o braço, numa harmonia de planta, e os clientes para quem dançava a aplaudirem, não na fábrica, na modista, no escritório, aqui, as lantejoulas e as plumas de volta mais os risos e a música, tudo isto não na minha cabeça, na sala, na cabeça os pássaros que me projectam sombras no peito, até então vira-os projectar sombras nas pessoas e nos animais mortos mas neste momento é a mim que bicam, não o meu medo, demasiado escondido no interior da carne, num sítio que nenhum balde, daqueles que se pendu-

ram na ponta de uma corda para puxar limos de um poço, alcança, tirando-me o passado da gaveta mais funda da memória, eu e outra menina sentadas num degrau e o meu amor por ela de que nunca falei, os pais levaram-na para o Lobito e perdi-a, o tuberculoso do Cacuaco a oferecer-me ovos cozidos, algumas árvores, por exemplo os eucaliptos à esquerda do bairro, a que me sinto grata por me não insultarem ou o estremecimento de ternura no cheiro da resina, ninharias que não valiam nada e converso disto com quem, se as bocas das folhas entretidas com o vento e as vozes me não escutam, talvez tenha deixado de existir e tornei-me outra coisa mas qual coisa, África ou Portugal o que importa se perdi os pinheiros e a menina do degrau onde marchavam formigas numa obstinação militar, que surpresa a quantidade de vida dos bichos pequenos, o tuberculoso do Cacuaco com um ovo em cada mão
— Não tens fome?
encostado a um pedaço de parede enquanto um grupo de pretos a consertarem a estrada se ria de nós, risos de que não se descobre a origem, zangas de que não se descobre a razão, idas e vindas de que não se descobre o porquê, o tuberculoso quase só gabardine, não homem, ainda existirão o Cacuaco, o fragmento de parede e, no Lobito, a menina, guardei a memória do laço no cabelo e de uma pena de pavão que desejei que me oferecesse, ao notar que desejava que me oferecesse partiu-a e foi a única vez que conheci o nevoeiro das lágrimas, na semana seguinte o meu pai deu-me uma pena com as mesmas cores, mais verdes até, mais azuis, que recusei empurrando-o conforme continuo a empurrar, de crista e penas alerta, quem se chega a mim, na atitude das galinhas que desde que moramos em Lisboa perdemos, conforme perdemos os crepúsculos e os morcegos que os habitam, o meu pai destruiu a fazenda de tabaco de um branco cheio de filhos mestiços, mataram um deles que resmungava protestos e o branco
— Arnaldo
a afagar-lhe a cara sem se ralar com o armazém tombado e os tarecos desfeitos à machadada no pátio, pedaços de madeira saltavam em volta e garrafas e cálices, o branco
— Arnaldo
sem atentar no meu pai, na época da guerra deu-lhe de comer e escondeu-o no casinhoto das ferramentas colocando pa-

nos de saco por cima e apesar disso não penso mal de você, senhor, não penso, recusei a pena de pavão por não vir da menina consoante espero que a minha mãe tenha recusado a açucena, qual a utilidade daquilo, ainda para mais as flores murcham, as penas secam e fica-se com a morte em casa, numa jarra ou isso, desvia-se o nariz e aí estão elas

— Sou eu

triunfais e discretas, a tomarem conta da gente, nem ao ir-se embora o branco atentou no meu pai, apoiou a nuca do filho numa raiz e conversavam os dois, quer dizer o mestiço ouvia-o de boca pendente, era o outro que falava, no meio de cacos de pau, e no entanto não penso mal de você, comemo-nos entre nós, deve estar escrito na Bíblia e chega sempre a altura de comer os amigos, desconheço se o branco, depois de um último

— Arnaldo

comeu o filho também, um soldado introduziu uma granada no casinhoto das ferramentas, animando uma tenaz que lhe rachou o ombro, enquanto eu continuo a deslizar numa frincha de soalho, o tuberculoso do Cacuaco guardou os ovos no bolso

— Ingrata

continuando a mexer neles que se percebia pelas ondulações da fazenda, o que lhe restava além dos ovos, quantos brancos a insistirem

— Arnaldo

quantas fazendas, a quantos metros de profundidade os meus avós não param de escapar dos aviões no Cassanje, quantas chuvas muito antigas e quantos animais misteriosos, centauros, unicórnios, sereias porque, se calhar, houve um lago aqui dantes, onde os búzios de Moçâmedes contavam as ondas do início do mundo, o preto Arquimedes, na barraca diante da nossa, esvaziava o cachimbo batendo-o num tijolo e imprimindo uma rodela escura no pó, alheado dos tiros

— Se contasse o que já vi não acreditavam em mim

e para além dessa frase nunca lhe escutei mais nada, uma sobrinha entregava-lhe um ossito de frango para se entreter a desfazê-lo e os tropas passavam por ele sem o verem, o nome Arquimedes obrigava-me a respeitá-lo apesar dos farrapos que usava, Arquimedes impressiona, que sorte alguém chamar-se assim, tirava uma pistola sem gatilho da túnica, mostrava-ma com pompa

— A minha amiga

e recolhia-a como se fosse cristal, não esqueci nada, não esquecerei nada, guardo a imagem da pistola comigo, aposto o que lhes der na gana que o preto Arquimedes não morreu, segue em Luanda com o seu cachimbo e o seu osso, contando o que viu e não acreditam nele, se uma desgraça lhe cair em cima participem-ma com delicadeza, como se anunciassem resultados de análises a um doente, devagarinho eu aceito, muito depressa aflijo-me, aguentamos as notícias se vierem aos pingos, todo o mundo sabe isso, podemos comover-nos ou ficar especados nas margaridas à cabeceira, que não aliviam mas mantêm a esperança, que esquisito algumas emoções resistirem, intactas, em mim, Arquimedes que orgulho, só o tê-lo conhecido justifica-me os dias, um missionário belga, com o sentido das proporções, baptizou-o dessa forma e entregando-lhe um ponto de apoio o preto Arquimedes erguia logo o mundo, que saudades

(o que se passa comigo?)

do ruído do cachimbo a bater no tijolo, o meu pai cachimbo algum, o indicador para baixo e para cima contra o tabuleiro de xadrez, a minha mãe

— Esse barulho põe-me doida

a mim eram as facas a derraparem nos pratos e quando isso acontecia, para além do arrepio na espinha, a consciência de todos os meus dentes, da coroa à raiz e a forma e o lugar, eu capaz de descrevê-los um a um com minúcia, o derrapar da faca cessava porém os dentes demoravam a apequenar-se no interior da boca, lá minguavam, contrariados, libertando a língua, a minha mãe a apontar-me o garfo

— Aconteceu alguma coisa?

sem consciência de se me terem povoado as gengivas, reparava que o meu pai igual a mim porque um suspiro de quem torna a funcionar

— Meu Deus

devia ter-se esquecido do branco em Dala Samba, mordem a mão que os ajuda, não têm reconhecimento nem escrúpulos, por que bulas nos preocupamos com selvagens que não se preocupam connosco, fique com a sua pena de pavão, atire-a fora ou meta-a na gaveta mas não se atreva a estender-ma e o meu pai de pena ao alto como outrora a açucena, só lhe faltava o casaco abotoado e a chuva, o resto, inclusive a timidez, mantinha-se, não acho que você fosse cruel, acho que a zanga das avencas e o dormitório do seminário não o abandonavam, acho que as seis a sua única hora e o colega da cama ao lado a cova do colchão onde descansar do terror, acho que

— Mostra

um pedido de ajuda, mantido anos fora porque a sineta não se cala, a rasgar o cacimbo e o interior das pessoas com a sua tosse aguçada, nos intervalos dos gritos lá vinha ela acordá--lo com imagens de orações e de recreios fúnebres, abrigado no claustro a contemplar a chuva, parti o braço em Luanda e eu orgulhosa do cotovelo de gesso que para espanto meu

(o que se passa comigo?)

ninguém invejava e nem o tuberculoso dos ovos cozidos nem a menina do degrau, que não se chamava Arquimedes e, por consequência, perdi, enfeitou com perguntas, não escutei um

— Caíste?

compassivo, um

— Dói muito?

que me colorisse a importância, o gesso do braço, para mim decisivo, uma vulgaridade em relação àqueles que o não usam, pendurado de uma fita com um nozinho na nuca, a minha mãe

— Quieta

demorando a laçá-lo, sempre necessitou de um polegar meu

— Carrega aí

para atar os embrulhos, com tanta força que o polegar ficava lá e eu de mão inútil durante semanas à espera que um novo polegar, ai Cristina, nascesse, Jesus Cristo que ferocidade no mundo, que é da sua alegria

— Não admito tristezas

senhora, que é das vozes que se afastaram deixando no seu lugar um pássaro cujas asas me projectam sombras no peito, para onde foram as vozes, em que sítio ralham agora, se ao menos o degrau comigo as formigas de regresso, não estas de Lisboa, entre o lava-loiças e o fogão, nascendo e evaporando-se

numa fractura de azulejo, as castanhas de Angola no seu passo de infantaria alemã, à saída da fazenda de tabaco montanhas enormes, trepadeiras sobre trepadeiras estrangulando as árvores, uma miragem de riacho que o cacimbo secou, a tosse, muito acima de mim, de um camarada do meu pai com carregadores à cintura
— Como te chamas pequena?
a tentação de responder, no interior de um esconso onde se somava dinheiro e que não existe mais
— Se for mulher metes-lhe Cristina
e derivado ao meu pai, embora não por consideração, não por estima, essas coisas que os pretos ignoram, que sabem eles do mundo, eu calada, a sentir nele o que, se fosse branco, chamaria vergonha, quilómetros de girassol a sussurrarem mentiras, encontraram o dono da fazenda do Cassanje na cantina, a beber cerveja com os compradores de algodão, camionetas cá fora, um jipe descoberto, o coração de África a crescer sob a terra, o meu pai
— Portugueses
e não me chamo, conforme a minha mãe, nem Simone nem Alice, ambas já falecidas, não se chama igualmente o camarada do meu pai
— Ela não conhece o nome?
e acertaste, amigo, não conhece o nome, sabe dizer Arquimedes, sabe ouvir bater um cachimbo num tijolo e não conhece o nome, chama-se minha filha e chega, o camarada do meu pai subiu-me o queixo com a palma e o relógio que usava, cintilante, comigo a pensar para que serve o tempo quando não há tempo aqui, basta uma só página no calendário e com um único número, o dono da fazenda do Cassanje e os compradores do algodão a erguerem-se da cerveja
— Este preto quem é?
este preto, outros pretos com ele e espingardas e catanas, canhangulos de introduzir pelo cano chumbinhos e pregos, o tuberculoso dos ovos cozidos surgiu e apagou-se, as bochechas não redondas como as nossas, cavadas, o borbulhar de azeite da febre, foi ele, não o meu pai, que se desculpou ao dono da fazenda
— Lamento
e a seguir, no meio da espuma da cerveja, o ruído e o fumo, os bailundos do algodão, comprados no sul, a escaparem

das cubatas, o pássaro que esvoaça em mim no terreiro lá fora de modo que eu sozinha, sem um cachorro que me chamasse a ladrar, as lâminas das catanas quebravam vértebras, costelas, um revólver ergueu-se do chão e desmaiou num punho, o prefeito do seminário para o meu pai
— E andou a gente a criar-te
de vimezinho inútil ao longo da perna, cerveja em lugar de sangue, o preto Arquimedes estudando o seu ossito sem reparar nos cadáveres, preparando-nos para a confidência final
— Se eu contasse o que já vi não acreditavam em mim
o meu pai para o camarada
— Chama-se Cristina
hesitando, por respeito à memória do pai dele, em queimar o algodão, queimaram as camionetas e o jipe, queimaram a cantina e o algodão intacto, a menina do degrau se calhar casou, teve filhos ou anda num hospital qualquer, a tratar não sei quê, na humildade dos doentes, isto sem laço no cabelo nem cabelo, quem sabe, a recordar-se de Luanda entre as tonturas dos comprimidos, Dalila, a suspeita que Dalila na gaveta mais funda da memória, ruídos domésticos transformando-se em torneiras e pratos que demoramos a aceitar serem de facto a manhã, foram os soldados que trouxeram gasolina para regar o armazém, jogaram um fósforo a uma madeixa de capim, jogaram o capim contra as tábuas e uma labareda instantânea trepou tábuas acima, o vento transformou-a em fumo negro e depois cinzas sem peso na direcção da chama, o camarada do meu pai
— Chamas-te Cristina pequena?
enquanto alguém, não sei onde, exigia
— Não admito tristezas
e não estou triste, palavra, nunca estive triste, sou preta e ainda que me tratem mal, com insultos, ameaças, fome, o galho onde o português da polícia política pendurava os que não gastavam da cantina da fazenda para ficarem a dever ao dono, e trabalhavam sem paga, sinto-me bem aqui, basta que dêem corda ao gramofone para que eu empurre a cortina, avance estrado adiante e principie a dançar com as outras, olhando-lhes as pernas para apanhar o ritmo, os soldados do meu pai não esqueceram a forca, quando o dono da fazenda do Cassanje, apoiado num cotovelo sem gesso e coberto de cacos de garrafa

— Porquê?

os corpos tanto tempo para a direita e para a esquerda, desarticulados, tensos, diz-se que urinam e onde a urina tomba nascem ervas que gemem, escutei-as, muitas noites, debaixo da janela, a queixarem-se, acordada pelos seus lamentos porque tudo se me dirigia em África, não apenas as bocas das folhas, o milho, as salamandras no tecto, emboscando, numa paciência de pedra, os insectos das lâmpadas, com uma asa fora da boca a protestar em vão, o branco protegia o meu pai mas contava aos outros brancos

— Foi para Dala Tando

que direcção tinha seguido, no receio que se o matassem entre as ferramentas os pretos o vingariam estrangulando-lhe os filhos, a mãe deles não na casa, numa cubata sozinha, com galinhas sentadas nas dobras do colchão, os tropas cortaram a árvore dos enforcados e cuspiram-lhe em cima e os olhos das galinhas nas dobras do colchão inexpressivos, não pisavam as ervas dos defuntos cujo som as paralisava, expliquem-me o motivo de tanta crueldade em Angola, o meu pai jogou um pedaço de ramo ao dono da fazenda, com cicatrizes sem casca nos sítios onde a corda passava

— Já sabe agora senhor?

e o dono da fazenda, para quem as perguntas haviam acabado, não sabia, era coisa, tanto ácido de vingança a consumir-nos, tanto azedume formado durante séculos e que nenhum perdão dissolvia, mesmo em Lisboa as ervas presentes e o meu pai a interromper o xadrez reconhecendo-as, reparem nele a tremer com os gemidos que não ousava calcar e a minha mãe

— O que se passa?

como acontece aos brancos quando o poder a que os pretos não ligam e permanece sem dono, a preocupar-se

— O que faço agora?

lhes foge

(sou preta ou branca, eu, apesar do senhor Figueiredo julgo que sou preta)

parecido com um cachorro na rua, sem proprietário a quem chamar, entrando-nos a pouco e pouco no sono, fazendo parte dele e mudando-lhe o sentido, caminho com o meu pai na picada de Marimba onde um quartel abandonado e a casa do administrador deserta, um esboço de capela, ninguém, aqueles que habitaram aqui nos pântanos de miséria da África do Sul ou nos barcos e aviões de Lisboa, mesmo hoje uma palavra estranha para mim, Lisboa, faltam-lhe búzios e coqueiros, falta-lhe a ilha, nas sanzalas à volta de Marimba, para além das lavras secas, meia dúzia de pessoas à espera sem entenderem que esperavam, o angolar do soba, mulheres, plantas de liamba junto ao posto médico onde gente acocorada esperando, por seu turno, uma salvação impossível, pouco lhes ralava qual, que não viria, não vinha, o sujeito a quem uma pacaça rebentou o peito e se exprimia por intermédio de membranas e sangue, uma rapariga grávida com a criança atravessada e um dos pés, roxo, de fora, terei sido um pé como esse, roxa, de fora, o director da Clínica para os meus pais

— Se ela ao menos conversasse connosco

e conversasse de quê, senhor doutor, conte-me, a minha cabeça conhece as frases, a minha garganta não, ensinem-me o que dizer para sair ao mesmo tempo de África e de Lisboa e eu escrevo, letra a letra, por cima das vossas enquanto a erva dos enforcados continua gemendo e o pé da criança baloiça à medida que uma parente lhe baila em torno na convicção de curá-la, a enfermeira para a minha mãe, na maternidade

— O seu marido é esse?

designando o meu pai entre caixotes que não havia, havia um lavatório, uma mesa de cabeceira só tampo porque ninguém mandava flores e um armariozinho metálico que se destinava à roupa embora a minha mãe nem lantejoulas nem plumas, a minha mãe cansada, sem olhar o meu pai

— Não

por acanhamento, por receio e o meu pai a confirmar

— Não

por ela, o casaco um ombro descosido, outras marcas de nós enrugando a gravata, a camisa a traí-lo

— Falta um botão no punho

e toda a gente a verificar o punho, se me perguntassem

— No lugar dele terias dito não Cristina?

vinha-me à lembrança o senhor Figueiredo

— Queriducha

o lápis que somava, a obrigação da felicidade, o avô da minha mãe

— Rapariga

tantos episódios com que não sabia lidar, talvez uma sineta me despertasse para os tormentos do dia, um soldado puxou o pé da criança e um joelho inerte, ao mesmo tempo que o preto Arquimedes, que julgava desaparecido, elevou o cachimbo, o soldado para a rapariga

— O outro pé?

e outro pé nenhum, só aquele, a minha mãe, arrependida

— Não me macem agora

e não a maço, mãe, estava só a lembrar-me, de Marimba para a Chiquita e depois da Chiquita, derivado às minas, a picada perdida, porque não arranjou um botão, pai, e ele espedado a meio do quarto, sob uma chuva só sua, ainda bem, que alívio, ter esquecido a açucena, não sou capaz de adivinhar o que pensa e não gosto de si, julgo que não gosto de si, não gosto de certeza de si, vivo entre bocas e vozes que se afastaram deixando no seu lugar, uma claridade, mas será claridade ou, o pé da criança cessou de atormentar-me, uma ilusão de claridade, fecho a mão sobre o seu dedo e aperto com força, um pássaro a esvoaçar asas que me projectam sombras no peito, a menina do degrau deve ter-me apagado, os meus pais foram mais pobres que os dela, ainda por cima uma mãe que trabalhava numa fábrica, numa modista, num escritório

— Alegria alegria

e as pessoas a desprezarem-nos ao passarmos na rua, murmurando não adivinhava o quê ou antes adivinhava o quê, um pai preto que a polícia portuguesa vinha procurar não o encontrando, lembro-me de empurrarem a minha mãe e o alarme do meu avô

— Rapariga

a estender-lhes o espeto dos passarinhos para os amansar

— São servidos?

e a vasculharem sob a cama

— O teu macaco?

a menina do degrau deve ter-me apagado, não usei laço no cabelo nem era bonita, uma ocasião a tia da menina apanhou-a do degrau

— A tua amiga cheira a preto

e levou-a, que mal fiz eu, mãe, talvez a gente tuberculosos a oferecermos ovos cozidos que ninguém aceitava e a guardarmo-nos a nós mesmos no bolso, cada qual apoiada no seu fragmento de parede, piscando os olhos magros ao sol e eis a chuva em Lisboa nos vidros opacos, o que pretende ela de mim, de que procura informar-me, o que espera que eu seja, nem trovoada nem vento como em Angola, uma chuvinha mansa, o meu pai

— Estou aqui

disposto a caminhar até à porta e a abrir a fechadura, convencido que o vinham buscar e não vinham, mudaram de planos, abandonaram-no, o meu pai pronto a colocar o chapéu

— Quero ir com vocês

no intuito de imaginar que existia

— Afinal existo

o cheiro das plantas da fazenda de tabaco em mim e o meu corpo a mudar constantemente, o dos lençóis que conserva não apenas o doce e o azedo da noite, o meu doce e o meu azedo também, tantos cheiros, o meu pai não me levou à Comissão das Lágrimas, limitava-se às

— Seis horas seis horas

e à chegada do jipe, o pássaro que me projectava sombras no peito prolongava-as, parede acima, graças aos faróis, juntamente com o perfil dos arbustos, a minha mãe referindo-se ao palhaço inútil, de gravata a pingar

— É o meu marido

desviando a cara para o interior da almofada ou de um valado onde as perdizes se sacudiam nas moitas, descanse que não reparam no que está a pensar nem notam o seu tio por perto, nenhuma enfermeira, aliás, escutou um frenesim das plantas no corredor, só tabuleiros com rodas, a da frente à esquerda empenada que mesmo o aço desmaia, transportando o almoço a tremelicar bandejas, a parteira

— Dá-me impressão que a sua filha branca parabéns teve sorte

e logo o senhor Figueiredo no interior da voz dela, afundado nas somas

— Não contes com dinheiro nem ma tragas aqui

à minha mãe que não pensava em dinheiro, pensava na tristeza do avô que não a repreenderia sequer, as mãos para diante e para trás ao comprido dos joelhos e a cara mais imóvel ainda,

como era você, senhor, na época em que distinguia as coisas e a mãe da minha mãe para a minha mãe
— Igual
a tirar do colete o canivetezinho a que faltavam pedaços de madrepérola
— Tens aí uma cana?
para a afiar sem ruído e no entanto a entontecer os pessegueiros com a lâmina, afogando o assobio dos sapos, penedos repentinos à volta da casa, fragas que não havia entre eles e o ribeiro de calhaus e lixo, os bocados de cana tombavam no chão em caracoizinhos sem peso, o meu avô não pediu ajuda para atravessar a horta, palpava com a demora das solas, que oscilam e se enganam, o caminho de casa, ou talvez não lhe interesse o caminho de casa, talvez preferisse os penedos ou se convencesse que o ribeiro cheio como num inverno antigo, antes de a minha neta nascer, que arrastou dois vitelos, a girarem um contra o outro no lodo, se fosse possível apanhá-los com uma vara, apesar de tão inchados, deitavam-se fora as tripas e aproveitava-se a carne, a minha mãe assistia ao avô a girar por seu turno, coberto de limos, com os braços afastados e as botas enormes, o receio de que, ao abrir um móvel, as achasse lado a lado numa censura bolorenta, apavorava-a, lembro-me que pedia, pronta a fugir, designando uma caixa ou uma arca
— Vê se as botas do meu avô estão aí
e não estavam, nunca estavam, sossegava-a
— Não estão
e a sua cara entre o alívio e a lágrima, de espeto na memória, a voz dele uma nitidez microscópica
— Rapariga
oxalá houvesse as botas e oxalá não houvesse, a minha mãe indecisa, de súbito uma chamada que me sobressaltou
— Avôzinho
e o quarto de banho trancado com estrondo enquanto uma pessoa, que não consegui distinguir, ia girando de bruços num restinho de água, ao aproximar-me não a escutei a ela, escutei eucaliptos e perdizes e o lume de três paus sobre os quais os pássaros pingavam, uma voz que não conhecia
— Rapariga
e uma voz que conhecia

— Estou aqui

não se imagina as coisas que carregamos toda a vida e o problema de levantarmos o tornozelo, a sorrir, com elas a enfrenesiarem-nos a existência, ao voltar do quarto de banho a minha mãe

— Cala-te

a mim que não abrira o bico, achava-me por ali, a girar igualmente, o meu pai à entrada da maternidade, a compor-se na roupa, a avançar um passo e o contínuo, um mestiço com insígnias nos ombros, e orgulhoso das insígnias, enganchou-lhe a lapela, numa severidade de ofensa

— Isto não é para ti

um elevador ao fundo, brancos a cumprimentarem-se e mulheres de bata com papéis apressados de modo que o meu pai cá fora, entre dísticos com setas, a abotoar-se melhor tentando adivinhar, entre tanta janela, a persiana em que estávamos, ao dar fé que lhe empurravam a tábua do quintal do musseque, quatro palmos de frangos e couves, o contínuo, de prato de jantar na mão, assomou a espreitar mastigando, isto ao princípio do crepúsculo lilás, já roxo nos telhados ou seja não apenas roxo, azul, roxo, cinzento, com estrias verdes e negras e os primeiros pavios de petróleo nos postigos vizinhos, de início apenas deu com o quintal, onde as couves se sumiam, e um beco com um menino a enxotar um leitão, depois a tábua caída e no lugar da tábua um homem de costas, tranquilo, a fumar, não, dois homens de costas, o primeiro a fumar e o segundo, de braço no tapume, a sorrir ao leitão e depois não deu com mais nada, nem o meu pai junto dele, o mesmo fato abotoado, a mesma timidez e a mesma gravata, porque a faca na cartilagem da laringe o separou de tudo, talvez tenha visto a faca, não posso jurar, porém, ao vê-la, perdeu-a de imediato e portanto não viu mas eu digo-lhe, uma faca de talho, de esquartejar borregos, não de lâmina em serrilha, direita, com trinta e cinco centímetros e meio e cabo de pau, no qual um dos parafusos solto que três ou quatro voltas de cordel consertavam, portanto o crepúsculo roxo, ou antes lilás, já roxo nos telhados e isso o contínuo viu como viu que não apenas roxo, azul, roxo, cinzento com estrias verdes e negras, viu também os pavios e o leitão, só não viu a faca na cartilagem da laringe chamada cricoideia onde aprendi eu isto, viu-a e perdeu-a de imediato, só não viu o meu pai atrás de si nem o gesto não circular, para trás a fim de ajudá-lo a estender-se, sem ruído, na terra cor de tijolo, a cor de África, do chão, compreendia-se que mais pessoas a mastigarem no interior da barraca o que o contínuo cessara de mastigar, lhe escorregava da boca e o meu pai, por boa educação, limpou com o lenço a pensar naqueles que dali a momentos, mastigando sempre, assomariam à entrada, no caso de tornar a ver o contínuo perceberia os dois homens no intervalo da tábua, o que fumava e o do braço, agora de frente, pretos como qualquer preto do mundo, de calções não lilases nem roxos, descoloridos, de blusas enodoadas e sem sapatos, conforme distinguiria o sinal de

— Depressa

para o meu pai que caminhava ao encontro deles à medida que o crepúsculo acabava e o número de pavios de petróleo ia aumentando em volta, o menino e o leitão não sei onde, um pássaro a mudar de copa numa rapidez desconjuntada, incapaz dos movimentos certeiros do dia, morcegos que chegavam aos guinchos, abrindo-se em leque sobre as chaminés de folha, uma mulher a mastigar disse

— Delfim

do interior da cabana porém isso nem os dois homens nem o meu pai notaram, ocupados a descerem o musseque na direcção da avenida e jogando a faca num montinho de entulho, os pavios de petróleo inexistentes na cidade, é natural não haverem escutado um

— Delfim

mais forte, sandálias numa esteira, na terra, numa esteira de novo e a deterem-se no limiar do quintal, um último

— Delfim

que pareceu quebrar-se a meio do som, mais vozes mas não

— Delfim

nelas, incredulidade, soluços, um sujeito a correr para o intervalo da tábua e a voltar do intervalo numa lentidão atarantada, uma última faixa verde e negra a sumir-se e aí temos o escuro completo, denso, total e um sussurro

— Meu Deus

que o mar distante engoliu.

Décimo primeiro capítulo

Qual de nós vai falar agora, a minha mãe, o meu pai, eu, os três ao mesmo tempo ou criatura nenhuma porque não temos um parente ou um conhecido que nos visite e cada qual, mesmo juntos, num lugar diferente, embora o cheiro dos cedros, em torno do cemitério judeu, onde nunca vi um enterro, vejo o guarda a entrar de manhã com a malita do almoço, respira ao nosso lado, vejo o guarda entrar mas não o vejo sair, se calhar todos os dias um guarda novo, sepultando-se a si mesmo juntamente com a malita, conforme nunca vi fosse quem fosse, para além do guarda, aproximar-se do portão, a seguir ao portão uma barbearia sem clientes e lá dentro espelhos desinteressados do mundo e uma espiral de moscas, um prédio de fachada de azulejos com um sujeito de pijama a coçar-se à janela introduzindo dedos lentos por intervalos dos botões, depois um muro, uma curva de eléctricos sem eléctricos e Lisboa inteira a descer de cambalhota em cambalhota para o Tejo, misturando toldos e escadinhas até às gruas lá em baixo e às gaivotas, a que ninguém dá corda, demorando-se nos degraus do ar em gritos curtos, a margem oposta, mais reflectida que autêntica, cores desbotadas e relevos que se confundem, uma vila cujo nome não conheço, sem peso, à flor da espuma, ao mesmo tempo habitada e desabitada como Angola, julga-se que ninguém e milhares de pessoas a nascerem da mata, qual de nós vai falar agora e não falamos, a minha mãe coloca o ferro de engomar no apoio metálico enquanto o meu pai risca o chão com um pauzito a escutar queixas de pretos interrompendo-se uns aos outros, eles que se interrompem sempre uns aos outros, nos arredores de Luanda, um cargueiro, tão deserto quanto o cemitério, principia a deslocar-se, em vagares de doente das hérnias, no sentido da foz, o que espera você, mãe, que a velhice lhe dê, outro gramofone, outra dança, e a cara dela a trancar-se, feição a feição, de modo que nem o seu avô conseguiria entrar

— Rapariga

se é que teve um avô, se é que escrevo a verdade, a minha mãe a pegar no ferro e a largar o ferro, julguei que me fosse responder e calada, não espera a morte porque não se espera a morte que chega sempre sozinha, simpática, prestável

— O teu corpo ficou pesado demais para ti eu ajudo

espera o quê, mãe, conte lá, porque apesar de tudo esperamos, que remédio senão esperar, o meu pai ia-se embora, com os tropas, ao comprido do caminho-de-ferro onde o capim mais alto, de tempos a tempos uma camioneta de brancos, mostrando arbustos trémulos com os faróis, de tempos a tempos um suspiro nas árvores entretidas nos pensamentos delas, vai na volta adormecemos e o que nos sai da boca não passam de fragmentos de uma verdade misteriosa sem relação com a vida, mesmo de dia, como hoje, tudo estranho, que nome, sob o Cristina, é o meu, o senhor Figueiredo

— Não sou Figueiredo como?

procurando um espelho para se tranquilizar

— Não mudou nada em mim

e no entanto inquieto, uma granada rebentou nas traseiras desacertando os caixotes, roubaram-lhe o gramofone e as garrafas, rasgaram as fotografias da entrada, expulsaram a preta da cera enxotando-a com as coronhas, os fazendeiros fugidos para Portugal, as colegas da minha mãe, perdidas nos musseques, entre pintos e velhos, perseguidas por criaturas descalças

— Brancas brancas

que lhes jogavam torrões

— Não pode nada por nós senhor comissário?

e os soldados podiam, cada um por sua vez, sem fecharem a porta de uma barraca desfeita, toma esta raiz de mandioca e este trapo, espera por mim aqui e não voltavam, qual de nós fala agora que não sou eu, garanto, nem a minha mãe ocupada com o ferro, nem o meu pai atento aos passos na escada, nem as vozes, emudecidas para sempre, esclareçam-me quem fala, não me abandonem entre ruídos sem nome e línguas misturadas, o pai da menina do degrau a tirar-ma

— Não te quero com mestiças

e ela, de cada vez que me encontrava

— Mestiça

a escapar-se de mim, uma colega da minha mãe limpando terra dos ombros, outra a chorar de cócoras, outra de vestido em franjas a informar com pompa
— Sou rica
erguendo um tornozelo magro
— Alegria alegria
desequilibrando-se, amparando-se a uma viga, continuando a sorrir, repetindo
— Alegria
a emudecer de súbito de mão espalmada na boca, curvando-se num soluço ou num vómito, a minha mãe a agarrar-me no pulso
— Mais depressa
e a gente as duas a tropeçarmos em pedras enquanto as palmeiras da marginal estalavam sobre nós e o azeite da água da baía se coalhava de restos que os pássaros devoravam, não algas, não coisas vivas, sobras de alguidares e de cestos de verga, a alegria toda à nossa volta, feita de soluços e vómitos
— Não admito tristezas
edifícios pilhados, estabelecimentos sem montra, as esplanadas desertas e apesar disso a alegria porque não admitimos tristezas, o cheiro da baía em decomposição e no entanto contente, no lugar das árvores decepadas um restolho de acaso, a menina que me chamava
— Mestiça
demasiado distante para que a saudade a encontrasse, ofereceram-me em criança um avestruz de plástico, bastava puxar a alavanca da cauda para que a barriga se abrisse e eis a bola de pingue-pongue ou o berlinde, não recordo bem, de um ovo, acho que um berlinde, as bolas de pingue-pongue demasiado grandes, devolvia-se o berlinde ao animal, colocava-se a cauda no sítio e a barriga fechada, o problema era encontrar o berlinde que rolava para debaixo dos móveis e eu deitada no chão a espreitar sob o armário
— Onde pára o berlinde?
cuja falta me aborrecia mais que a ausência da menina, a minha mãe e o meu pai de gatas a espreitarem comigo, de braço cego a apalpar
— Em que sítio se meteu a porcaria do ovo?

no receio que um buraco o tivesse engolido, colocavam-no no interior do avestruz

— Vê-me lá isso que não torno a procurá-lo

a minha mãe a esfregar-se com uma escova, o meu pai com as mãos, a minha mãe

— Toma a escova que assim sujas-te mais

e eu a pensar, por momentos, que tinha uma família, eu alegria alegria sem soluços nem vómitos, que me ralava a menina, antes das vozes regressarem era feliz, palavra, a minha mãe, vermelha do esforço de se levantar, penteando o cabelo com os dedos

— Devo parecer um espantalho

o meu pai a limpar um dos joelhos até a minha mãe se apoderar da escova

— Sempre foste um aselha dá cá

tão aselha que um domingo, e lembro-me que domingo por a minha mãe rezar à Virgem na falta de missas, censurando-nos

— Vocês estão-se nas tintas para Deus não estão?

pisou o avestruz que se achatou num estalo, o berlinde girou amuado para um ângulo da sala e desapareceu de vez, mal a ideia de Deus entrou em casa avencas contra a janela, porque não O leva à Comissão das Lágrimas, senhor

— Conspiraste contra nós

e, por uma ocasião na vida, alguém culpado na Cadeia de São Paulo, ou O enterra em Quibala com os restantes presos, porque não pára de torturar-se derivado a uma sineta que se não recorda de si mesma

— Fui uma sineta?

num seminário que duas ou três estações das chuvas derrubaram a minha mãe

— O que é aquilo?

e eu

— Nada

visto que nada de facto, nem igreja nem imagens nem dormitório, capim como em toda a parte em África e uma matilha de mabecos a trote, à espera de um fio de cheiro que os guie, desenterrando os mortos, se a caça escasseia, conforme desenterro defuntos que pilho à minha mãe e ao meu pai porque não sei qual de nós três fala agora, a minha mãe apanhou os restos do avestruz com a vassoura e a pá e despejou-os no balde, não tornei a ter brinquedos porque quem os pisava era eu, assustada com a vida que tinham, ao darem-lhes corda, e principiarem a agitar-se e a tremer ou, no caso de não se agitarem nem tremerem, as ameaças ocultas na sua quietude, olhos de vidro prevenindo

— Ai de ti

decididos a atacarem-me quando estivesse a dormir, a violência que se esconde nas bonecas, em cujos lábios de baquelite dentes imensos à espera, um limpa-chaminés que caminhava baloiçando até esbarrar na parede e continuava a caminhar, tombado de lado, deslocando os pés no vazio, pronto a atacar-me se o levantasse, criaturas, de aparência inofensiva, que nos detestam, sem mencionar o gato bordado na almofada

(não há gato que não seja uma almofada com unhas bordadas)

disfarçando a crueldade das garras, dei cabo do gato com uma faca e os meus pais sem entenderem que os protegia a eles e a mim, o director da Clínica

— Faz parte do delírio dela

e nisto as pessoas a correrem perseguidas por limpa-chaminés de uniforme, você, para não ir mais longe, é um homem ou um limpa-chaminés, pai, se despir o casaco vejo-lhe a chave nas costas, gira-se aquilo e interroga, exalta-se, condena, ao voltar para casa, no seu jipe de tropas, a chave não funciona e acaba por deitar-se de lado, depois de esbarrar na parede, perseguido pelos aviões do Cassanje, o prefeito do seminário e a fúria dos brancos, a suar nos lençóis ou numa prega de terra que o protege das bombas, segurando as pálpebras com os dedos para que o não acordem às

— Seis horas seis horas

de uma manhã impossível de suportar com a sua carga de lausperenes e missas, o avô dele esquartejado no meio do algodão e uma libelinha a sair-lhe da língua, um primo que desliza, feito roupa, do cabide de si mesmo, ou seja um par de clavículas que duram um momento antes de deslizarem por seu turno, com a barriga costurada por um tracejado de balas, uma mulher estendendo as próprias tripas a ninguém, num gesto de oferenda, com o meu pai a escapar-se plantação fora até que uma velha

— Anda cá

se deitou sobre ele entre os tiros de pistola dos fazendeiros brancos, para quem os pretos se recusavam a trabalhar sem paga, o sangue da velha nas costas do meu pai, entrando-lhe na carne do mesmo modo que a chuva, seis horas, seis horas e o meu pai a desejar que a velha o protegesse toda a vida, o corpo dela cada vez mais pesado, a testa contra a sua nuca, as pernas embrulhadas nas minhas, o colega da cama ao lado no seminário assim, as lanternas dos brancos para cá e para lá nos arbustos, açulando os cães, um deles veio farejá-lo a respirar com força, o dono a apontar a lanterna

— O que foi Leão?

encostou-lhe o focinho ao joelho e deixou-o, um cão pequeno, sem raça, apiedado de mim, a única criatura de Deus que até hoje me tratou com amor, quem sou eu para a minha mulher e a minha filha, sinto-me doente, reparem na magreza das nádegas, fiz um furo no cinto e ultrapassei-o, tenho de segurar as calças para andar pela casa e irei a segurar nelas para a outra margem do Tejo, quando vierem buscar-me, puxando-as para cima, devia ter-me sumido na altura do Cassanje, crucificado nos espinhos do algodão por cuidar, a esposa do chefe de posto poupou a minha mãe

— Preciso dessa aí

não a fim de que trabalhasse na cozinha, no intuito de ter uma pessoa para humilhar, pede perdão, ajoelha, lava o que está lavado e depressa, a minha mãe e eu, à noite, a assistirmos às brigas das osgas, não disse

— Mãe

é óbvio, a polícia dos portugueses amarrou o soba do Cassanje, de queixo lacerado por um chicote, jogou-o numa furgoneta e ficámos a assistir até se evaporar num desnível, reaparecer mais adiante, desvanecer-se na última colina antes da estrada, e nós sem nos levantarmos sequer, um branco para um dos pretos dele

— Não me olhes na cara

e o cabo de um sacho a obrigá-lo a dobrar-se, no dia seguinte a minha mãe levou-me ao seminário e muito depois de a furgoneta se sumir ainda lhe escutava o motor, mesmo agora, em Lisboa, o motor continua, conforme a Comissão das Lágrimas, a interrogar e a julgar, avançava-se na Cadeia de São Paulo arredando presos e os estudantes que vieram da Europa na Casa de Reclusão, no seminário perdi as árvores, as chanas e as pessoas, ganhei brancos de saias abotoadas que me designavam Cristo a agonizar na parede, tentando agarrar os pregos das mãos com os dedos curvados, dúzias de Cristos sem que nenhum avião nem nenhuma metralhadora os persiga, um dia destes ordenam-me

— Deita-te aí

numa praia sem pássaros, talvez barracas com lençóis a secarem nas cordas, uma fieira de estevas e eu diante das ondas que se amontoam sem recuar e para ali ficam com as suas algas e as suas palhinhas, um afogado talvez, quer dizer eu afogado, eu um cadáver de gaivota, embora os pássaros não tenham espessura, e uma mancha de sol a remexer tudo isto

(quem se importa comigo?)

há muitos anos ofereci à minha filha um avestruz de plástico, puxava-se a alavanca da cauda, as portadas da barriga abriam-se e soltava um berlinde, tentava adivinhar o que sairia do berlinde quando amadurecesse, um avestruz pequenino, um segundo berlinde, um sonzito microscópico

— Mostra

que demoro a lembrar, encolhido sob a preta velha nesta praia frente a Lisboa onde a mancha de sol se apagará e um discurso nas ervas, penso que a minha filha espera qualquer coisa de mim pelo modo como se afasta do lugar onde estou, em movimentos bruscos de canário a mudar de poleiro, o coração mais apressado do que qualquer relógio onde o tempo é uma angústia veloz e sem fim, arrastando-me para onde estão os meus pais, o meu avô, quase toda a gente que conheci e se desloca nos charcos do passado, por exemplo a minha mulher a sorrir não para mim, não sorri para mim, para alguém que não vejo ou prefiro não ver, queria gostar de si, madame, e não posso, sou preto, a minha filha a perguntar qual de nós fala agora, existo na cabeça dela para que consiga existir, ela e os búzios de Moçâmedes, orelhas transparentes que escutam, a minha mulher com saudades da fábrica, da modista, do escritório, da pensão onde dormia e dos

homens debruçados para ela em caretas onde cabia inteira, saudades do cheiro dos brancos, tão diferente do meu, que a enjoa, a minha filha continua em Luanda, juntamente com os mortos que se liquefazem na rua, lá volta a furgoneta do soba, lá voltam os presos de Quibala amortalhados nas fossas e eu à procura daqueles que me expulsaram da igreja e a encontrá-los um a um, batia-lhes à porta às
— Seis horas seis horas
tornava a bater, esperava, por vezes uma criança e eu
— O seu pai?
por vezes uma empregada preta e eu
— O teu patrão?
e cicios lá dentro, uma demora em que se agitavam objectos, se ouviam pequenas quedas, rebuliços amortecidos, um pijama em que os botões se desacertavam e cabelos despenteados que pestanejavam na luz demorando a reconhecer-me, abrindo ao acaso cofres de lembranças cheias de episódios em desordem, um triciclo, a véspera do casamento, a doença do pai, o triciclo de novo mas torto, desprovido de selim, reconhecendo-me finalmente sem a certeza que me reconheciam, arriscando um palpite, como na escola, e a propósito de escola a régua imensa da professora
— Responde o número quinze
lembranças que se emaranhavam trocando de sítio, os brancos, inseguros
— O enteado do soba?
eu benévolo como a dona Gracinda, de crucifixo ao pescoço, cujo filho pilotava aviões, a esposa loira do solicitador deixou o marido por ele e o marido nem pio, a gente a admirar o filho, de braço dado com a esposa do solicitador, pasmados, eu, tal como a dona Gracinda, a ajudá-los
— Lembra-se do padre?
dedos a afastarem cabelo
— Qual padre?
atrás dos dedos retratos, mobília e cortinados a regressarem lentamente ao dia, de quando em quando não a esposa loira do solicitador, uma mulher gorda, feia, por comparação com a outra todas as mulheres gordas e feias, a pestanejar madeixas no corredor sem luz

— O que foi?

tapetes, jarrões, os primeiros sons da cozinha que é por onde o mundo começa, não começou com a separação das águas, começou com um bico de gás a aquecer púcaros, lençóis que se afastam, corpos de que a gente se veste, meio pessoa meio sono, e o meio pessoa gasosa, qual de nós fala agora, filhinha, saiu-me filhinha por acaso, não era minha ideia ofender-te, desculpa, talvez eu, talvez tu, talvez os três ao mesmo tempo ou ninguém porque não temos parentes ou conhecidos que nos visitem, cada um de nós, mesmo juntos, num lugar diferente embora o perfume dos cedros no cemitério judeu respire ao nosso lado, os brancos a repetirem

— O padre

enquanto o piloto se lhes esfumava da memória, antes de subir para o aparelho colocava um capacete de cabedal e a esposa do solicitador a quem ele, de cachecol, acenava com a luva, de vestido às risquinhas e mãos postas

— Que lindo

uma lágrima de orgulho a trocar de pestana e o decote a inchar volumes que os entonteciam

— Que lindo

se calhar o episódio mais importante que o cofre da saudade continha, ainda tão nítido, credo, a esposa loira do solicitador

— O padre?

empurrando-me sem dó para a zona do triciclo e de uma bola de futebol que rebentou e não me interessa mais, dava-se um pontapé e tropeçava um metro, amolgada, incapaz de alcançar a baliza, acabei por oferecê-la a um preto que a recebeu como um tesouro, gostam de porcarias, os tontos, a dona Gracinda enganchava a pega da bengala no tampo da secretária

— Meninos

e a gente calados por ser mãe do nosso ídolo que gesticulava ao passar rente ao quintal do solicitador, agitando copas e destelhando o alpendre, a esposa a equilibrar o penteado que o vento da hélice sacudia numa tempestade viril

— Que lindo

depositando beijos na palma aberta e jogando-os para o avião que se afastava a entontecer o bairro e a levantar as pedras do passeio e nós na esperança de apanharmos um deles, escarlate de baton, incandescente, leve, há sempre beijos que se perdem e portanto os alunos, cada qual na sua direcção, à procura, continuo a dar por mim, hoje que todos faleceram há séculos, à cata de um beijo, a minha mulher, que mal se pinta e cujo decote não se amplia nunca, murcha

— Pareces parvo tu

na deselegância que me envenena os dias, queixa-se do fígado, dos ossos e da cabeça mas não adoece nunca, o doutor, tirando o estetoscópio, informa com satisfação

— Enterra-nos a todos

e eu a detestá-los a ambos, nunca foi loira, nunca foi elegante, nunca foi jeitosa, nenhum vestido às risquinhas, coisas largas que pingam e eis este preto tímido, abotoado, ridículo, com dois pretos esfarrapados atrás, um deles com uma cicatriz da sobrancelha à bochecha e o outro com metade da cara queimada e um cigarro mal educado nos dentes, o que é que se espera, de braços nas costas e qualquer coisa nas mãos, o primeiro preto, o ridículo

— Eu era o padre lembra-se?

enquanto o automóvel do negociante de gado, mais caro que o meu, girava a reluzir tinta nova, um automóvel de quatro anos no mínimo e aspecto de acabadinho de comprar, deixando um rastro de fumo que nos há-de envenenar a todos, oxalá a minha mulher o respire apesar de ter a certeza que se lhe pusesse a boca no tubo de escape se levantava mais saudável, o estafermo, por mim entregava-a já ao preto, horizontal de paciência, sem me estender os dedos para não ficar com eles pendurados, a baloiçarem da manga, o preto com bons modos

— Eu era o padre lembra-se?

como se

— Eu era o padre lembra-se?

uma questão importante, o que é um padre se o compararmos à esposa loira do solicitador, de braço dado com um capacete na rua, anos depois, já crescido, eu para a dona Gracinda que a bengala conduzia a caminho do talho, a mesma que todas as manhãs enganchava pela pega na secretária

— O que achava da esposa do solicitador dona Gracinda?

e a dona Gracinda não uma resposta, um arabesco da ponteira

— Já se te desemaranharam na cabeça os rios?

que era a sua forma de evitar o assunto, o preto tímido, abotoado, ridículo

— Eu era o padre lembra-se?

e no entanto, mau grado os bons modos, o sujeito inquietava-me, um não sei quê que assomava aos olhos, recuava aproximava-se de novo, não direi insolência nem desafio, uma luzita que não tentava ocultar nem exibir, não subserviente, sereno, não humilhando-se, normal, a minha mulher mais perto, desentendida com a independência das madeixas

— O que foi?

provavelmente a única frase de que é capaz nesta vida, os palhaços que acompanhavam o padre, e nunca vi por aqui, macacos do norte, julgo eu, mais miúdos, mais fracos, a mesma luzita recuando e aproximando-se de novo o não sei quê que me inquietava a crescer

— O que procuram estes?

a esposa do solicitador, que partira com o avião, acabou por regressar na camioneta mas abatida, gasta, sem cabelo loiro nem beijos, as mãos postas e o

— Que lindo

perdidos, e mesmo assim, ao escutar um aeroplano, estremecia de esperança, o marido que a aceitara por esmola

— Lá para dentro já

a esticar o indicador, dantes sem autoridade alguma, numa veemência terrível, meteu uma cabrita de dezasseis anos em casa e era com a cabrita que passeava aos domingos avisando no café

— Tenho aquela pega no quarto dos fundos por esmola

a cabrita de vestido às risquinhas, não a esposa que fazia o comer e engomava para eles, dizem que o filho da dona Gracinda, gordo, a alargar-se no sofá de uma varanda, sem cachecol nem capacete nem luvas, ou acenos atirados do ar num estrondo de motor, casou com a sobrinha de um advogado em Benguela, a respiração custava-lhe, enfiava a concha da palma no peito, tirava o coração a estudar o mecanismo

— Acham que gorgoleja?

e arrumava-o com cuidado no fofo dos pulmões, o doutor

— Uma das rodas dentadas empenou com estes pingos pode ser que endireite

e a dona Gracinda um arabesco com a ponteira, a interessar-se pelos clientes do talho

— Já se lhes desemaranharam na cabeça os rios?

a caminho de casa com uma perna compassiva a amparar a outra porque nasceram em épocas diferentes e a mais idosa a necessitar de conforto, nisto veio-me à ideia que acerca de dez anos um padre preto de facto, chegámos à igreja e, em lugar do monsenhor Osório, um preto empoleirado no altar, discursando para nós na sua língua errada e a gente ajoelhados diante dele a recebermos a comunhão de uma pata escura que profanava a hóstia, sendo Deus branco, como não há quem não saiba, vem o retrato d'Ele, instalado sobre a nuvem, na capa do catecismo, como se pode aceitar que um preto, na confissão, escute pecados que não lhe dizem respeito, aplique penitências, abençoe os defuntos e que coisa fazer senão mandá-lo embora com um pontapé que é o idioma que conhecem, se tentamos explicar seja o que seja alongam-se-me em vénias

— Sim sim

e não corrigem um pito, ao passo que com a dor algum bocado do que lhes ensinámos lá fica, basta pensar nas mulas, que após uma chicotada na altura devida compreendem a gente, não há melhor mestre que o medo, eis um facto de que ninguém discorda, o que me incomodava neste preto era o não sei quê nos olhos acordando em mim não propriamente receio, uma antena de alerta que ia dele aos colegas, o da cicatriz e o da cara queimada com o cigarro nos dentes a faltar-me ao respeito, os braços atrás das costas com qualquer coisa nas mãos de modo que disse

— Eras tu o padre?

a pensar na espingarda demasiado longe, contra a parede do escritório, ainda a oleei na véspera e meti duas balas na câmara para sossegar a minha mulher, não eu que não necessito de sossegos, sou calmo, a minha mulher

— Não há perigo que essa tralha dispare?

mirando a arma sem coragem de aproximar-se o que só prova que tranquila, reagem ao contrário do que sentem, têm fios desligados, é a natureza delas, iguaizinhas aos pretos, demoram tempo a educar e a propósito de pretos o tímido, o abotoado, o ridículo

— O padre era eu

numa vozinha mansa que me tocou campainhas e me atormentou o estômago que até esta altura, felizmente, não me enganou nunca, o estômago a sugerir através de um arrepelo, uma azia

— Pede-lhes um minuto e vai buscar a espingarda

isto às

— Seis horas seis horas

do pequeno cacimbo, com as plantas do canteiro em desacordo com o estômago, serenas, quietas, nada de arrepelos ou azias, a enganarem-me como tudo fora de mim me engana, pessoas, bichos, jornais, sou um crédulo, não propriamente estúpido mas crédulo, embora a minha mulher se incline para o estúpido

— No teu lugar estava rica

ela que não conseguia emaranhar, quanto mais desemaranhar, os rios na cabeça, e o preto tímido, abotoado, ridículo, a pedir com delicadeza

— Ponha-se de gatas senhor

não no alpendre, em baixo, na terra, eu de gatas na terra por ordem de um preto, o da cicatriz tirou as mãos das costas e uma faquinha com ele, o do cigarro uma pistola enquanto fechavam a porta até ao estalinho do trinco e os vasos nos degraus aumentaram auxiliando-me a distinguir florinhas que até então não vira e insectos no género de gafanhotos, mas não gafanhotos, poisados nos caules, como o mundo se modifica ao encostarmos-lhe o nariz, a agitação de insignificâncias que pensávamos inertes, o frenesim de vida, o do cigarro empurrou-me degraus abaixo, qual de nós fala agora, não com violência, simpático, a minha mãe, o meu pai, que nem eu admitiria de outro modo

— O comissário pediu de gatas senhor

eu com cinquenta e nove anos, fiz mal as contas, dona Gracinda, perdoe, eu com sessenta e um anos, digam-me qual de nós fala agora, de gatas nos canteiros, a esbarrar na trotinete do meu filho mais novo, um mongolóide mentecapto, os três ao mesmo tempo ou ninguém, com o primeiro acne da barba, ou de práticas reprováveis, a arder nas bochechas, e por causa do acne, não sei se contagioso, proibi-o de me beijar, só se interessa por selos, por favor esclareçam-me qual de nós fala agora, que pespega num álbum, aferrolhado no quarto a ocupar-se deles ou das tais práticas malsãs, ao espreitar pela janela apenas o achava do peito para cima, de lupa na mão esquerda mas a direita livre, ou seja provavelmente os selos e as práticas malsãs ao mesmo tempo, o tinhoso, se há coisa que eu não tolere, ou antes, se há coisas que eu não tolere são a dissimulação e o pecado, o preto da faquinha

— Mexa-se mais depressa senhor

e as arestas do cascalho a magoarem-me os joelhos e a furarem-me a pele, senti um prego, ou que se me afigurou um prego, a rasgar o tecido, por sinal caro, do pijama, não seda mas no género, uma substância mole que me arrepiou, talvez um sapo ou as fezes da cadela que se descuida em todo o lado nos momentos que lhe sobram de mastigar o capacho, indiferente às pessoas e protegida pela minha mulher que a herdou de uma tia de quem não herdou mais nada salvo esse trambolho ambulante, que defende cuidando defender a família, trambolho que pelo andar da carruagem há-de sobreviver-nos a todos, o preto da faquinha entusiasmou-me as nádegas com o pé descalço

— Disse para se mexer mais depressa senhor

e mexo-me mais depressa com outro pé nas costas e outro pé na coluna, o do cigarro espalmou-me o umbigo no graveto

— A rastejar agora

e as arestas no peito, no umbigo, nas coxas, a minha mulher a fitar-me, de roupão, por um espaço de cortina e o meu filho mais novo, o dos selos e das práticas, a surgir-lhe do flanco num espanto em que suspeitei, há-de pagá-lo mais tarde, uma ponta de alegria

(quem disse

— Alegria alegria?)

por volta não volta lhe chamar imbecil e corrigir os gestos à mesa com uma palmada pedagógica na nuca, ao contrário da dona Gracinda que não nos batia na escola, mirava-nos com dó

— Que salganhada esses rios

eu rastejando às

— Seis horas seis horas

e uma sineta a tocar num espaço de avencas, eu no sentido do portão que o preto tímido, abotoado, ridículo, abriu na mesma cautela com que fechara a porta, como se um gesto mais brusco pudesse quebrá-lo

— Faça o obséquio de rastejar rua fora senhor

não zangado comigo, quase amigável, terno, inclinado para mim num cochicho cúmplice

— Recorda-se de me ter batido não recorda senhor?

me ter batido, me ter roto a casula, me ter esbofeteado, senhor, o senhor e os outros, senhor, com quem já conversei, só me faltava vir aqui, imagine, o preto da faquinha abriu-me o casaco do pijama, cortou-me o elástico das calças, passou-me o canivete dos tornozelos à cintura e eu nu, o pé a insistir nas nádegas

— Rasteje como deve ser não fique aí parado senhor

e não terra nem canteiros já, alcatrão, borracha de pneus, poeira, a claridade das

— Seis horas seis horas

a acender um dos passeios, o topo das vivendas, o cume das árvores, a acender-me a mim a quem o preto tímido, abotoado, ridículo, aprovava

— Muito bem senhor

à medida que eu, com a esposa do solicitador na ideia, me aproximava de um beijo.

Décimo segundo capítulo

E se fosse tudo mentira, o que contava mentira, o que fingia não sentir mentira, o que o director da Clínica chamava a sua doença mentira, não havia bocas, nem folhas, nem vozes a falarem, nem Luanda, nem Moçâmedes, nem Lisboa, nem o pai a procurar papéis porque tirando a mesa, a cama e a esteira em que a deitavam não existiam móveis, não conversava com ninguém, se calhar não a via tal como ela não o via por não olhar para ele, qualquer coisa no pai, anterior às palavras, a pedir
— Não me vejam
e não o viam de facto, quando muito um chapéu amolgado que cheirava mais ao pai que o resto do pai todo e abaixo do chapéu, ou entre o chapéu e as botas, nem cara nem corpo, chamo-me como, quem são vocês aí, virá alguém ter connosco, informar-nos
— Vamos embora todos
e vamos embora para onde, o que é onde, onde é onde, que outros sítios se conhecem para além destes prédios, destas ruas, destes largos, do Tejo, finalmente, em que a vida termina, decidi que este livro vai acabar dentro em pouco, o que falta escrever, nunca tive um homem salvo aquele que encontrei uma ocasião nas escadas e no alto a clarabóia de caixilhos de ferro, vermelhos do óxido, com marcas de pombos, às vezes percebe-se um deles a cirandar nos vidros a que se colam penas que a chuva dissolve, não um vizinho dado que conheço os vizinhos, isto é não conheço, sei quem são e basta, o velhote do andarilho que demora séculos a içar-se degrau a degrau, primeiro as quatro borrachas e depois a armação metálica transportando os pés mortos em sapatos mais mortos ainda, a mulher que insulta o marido numa tempestade de loiça onde os cacos se transformam em pratos e travessas, não o contrário, a seguir à tempestade de loiça passos que recuam embatendo nas ombreiras, nos passos cotovelos a protegerem-na

— O que é isso Fernando?
quedas, despenhar de cadeiras e no vazio depois das quedas e das cadeiras um gemido
— Perdão
o carrinho de bebé com um casal invisível atrás, apenas rabo e um naco da cintura, depreende-se que um casal visto que duas angústias debruçadas entre penduricalhos com guizos, o casal num receio de tragédia
— Achas que respira?
comigo a perguntar-me qual deles vai contar aos pretos de Angola que moramos aqui, o andarilho, a loiça, o carrinho, o homem que tive encontrei-o no patamar a ler os contadores da água no momento em que uma nuvem sobre a clarabóia do tecto, uma sombra a anular os vestígios dos pombos e o óxido dos caixilhos, mantinham-se os sons da oficina no quarteirão ao lado e não tiros porque não tiros em Lisboa, guinadas de eléctricos, depois da nuvem na clarabóia uma segunda nuvem, mais pequena, que lançou os caixilhos contra nós, um homem da idade do meu, um homem da idade do meu pai embora branco, claro, não me recordo daquilo que se passou a seguir, recordo-me do homem guardar o bloco e a caneta no bolso e de um anel com uma pedra vermelha, a clarabóia livre de nuvens, do vazio depois das quedas e do gemido
— Perdão
das cabeças, debruçadas para mim, do casal invisível
— Achas que respira?
a minha, a minha mãe a espiolhar-me o amarrotado da saia
— Aconteceu alguma coisa?
e eu quieta entre o aparador e o sofá, não sentia nada, não me apetecia nada, se tivesse um avô
— Rapariga
e não tenho, tenho capim, aldeias, um prenúncio de mar, o da baía de Luanda que graças a Deus me não deixa, ganas de pedir à minha mãe
— Não há umas perdizes que me empreste?
para não ouvir dentro de mim o que sou incapaz de dizer, perdizes a tombarem nas moitas e pescoços sem força que se penduram do cinto, o andarilho a puxar o velhote
— Vamos lá

e os sapatos mortos nos degraus, não sabia que se podia falecer entre os joelhos e os pés e o resto vivo ainda, notava-se-lhe o esforço na testa, eram as sobrancelhas que puxavam o corpo, usa as sobrancelhas a fim de te levares para o teu quarto, Cristina, felizmente as bocas das folhas não

— Ai Cristina

caladas, o joelho da minha mãe degraus igualmente mas esses era ela que os fazia, o meu, o meu pai distraído de mim e no entanto, tenho a certeza, não tenho a certeza, julgo que a entender porém a entender o quê se o restolhar das perdizes cobre tudo, continuo viva, descanse, continuo aqui, o homem tão nervoso a descer as escadas

— Foi você não fui eu quase não lhe toquei juro

e portanto você com o senhor Figueiredo só isso, mãe, uma zona da gente fica dividida ao meio e depois passa, para quê

— Queriducha

para quê

— Mostra

e ansiedades, arrependimentos, lágrimas, no cemitério judeu um cheiro doce à noite, não imaginava que os cheiros tivessem ecos e têm, aí estão eles à minha volta, se pego numa terrina ou num púcaro sou a terrina ou púcaro apenas, a Cristina não existe, há frases que principiam a aparecer, tornando o que digo evidente, mas quando vou escrevê-las somem-se, trago notícias incompletas, não a verdade inteira, a ambulância que não termina de arder ou a rapariga a cantar, as avencas do seminário perseguem-me, o director da Clínica a escutá-las

— Não a podemos deixar ir assim

o enfermeiro

— Onde foste buscar essa história do homem?

e eu num quarto com uma cama e um armário de metal, um pátio de plátanos e um gato a aperfeiçoar-se com a língua, eu em Benguela depois da independência, com todos os comboios do mundo na estação, criaturas que dançavam, tambores, a minha mãe a impedir-me de me levantar

— Tens febre

e por causa da febre a certeza que o meu corpo se deformara, membros compridíssimos, o tronco demasiado curto, um coração minúsculo a desistir aos tropeços, a encontrar a cadência, a perdê-la de novo e um despertador enorme de que distinguia cada parafuso, cada rodinha, cada mola, ao passo que os meus parafusos, as minhas rodinhas e as minhas molas afogadas numa lama de tosse, lembro-me de uma mulher abraçada a um retrato diante de um caixão aberto, isto em Moçâmedes e a minha mãe a entregar-lhe flores em silêncio, nem consolo nem abraços, a entregar-lhe flores em silêncio, lembro-me de me darem comprimidos e do ruído do despertador tornar as vozes inúteis, a febre vagas ácidas que me entonteciam, lembro-me de pedir

— Não deixem que eu caia

e da mistura de sono e lucidez a alternarem-se em mim, incluindo nela os comboios, os tambores e as criaturas que dançavam, sentia o trajecto dos comprimidos, no tubo que eu era, até desaparecerem por alturas do umbigo, o tio da minha mãe passou meses paralítico, a chamar a avó da minha mãe

— Estou a ver-te Natércia

embora de nariz a apontar o sítio errado, onde a parede a necessitar de conserto, à noite escutava-se o protesto das telhas sempre que um mocho a passar sobre elas, já nascem com os óculos dentro dos olhos, esses, não necessitam de lentes, comem lagartas, sombras, cobras, comem os meus dedos, fazem ninho em buracos como me apetece às vezes, segurem-me com mais força, não me deixem cair, nessa época as folhas não ainda bocas nem vozes na minha cabeça, o meu pai

— Não é minha filha

e mal o meu pai

— Não é minha filha

um objecto desprendeu-se de uma prateleira e escutei, no assentimento da minha mãe, um comboio a apitar, enxotavam os brancos para Luanda e gente vagueando ao acaso na mata, sem atinar com a estrada, carregando fardos e sacos, os civis da aviação do Cassanje, que nos bombardearam no algodão, impedidos de partirem, reunimo-los num compartimento do cais

— Espere naquela sala senhor que vai no barco a seguir

e da sala para as fazendas numa camioneta da tropa, o meu pai

— Não é minha filha

e nunca me fez mal, deu-me o dedo a segurar, ofereceu--me o avestruz, adivinhava-o a sorrir quando me achava de cos-

tas, isso percebe-se na espinha, não é preciso ver, não me era indiferente, era-me indiferente, aceito, para não vos maçar mais, que não me era, não digo, digo, não digo, isto penoso, não digo que me era indiferente e o director da Clínica
— Apesar de tudo há alguns afectos mantidos
levaram-nos, numa camioneta da tropa, de regresso ao Cassanje, afectos mantidos e ele a ajudar-me
a apanhar o berlinde, estendia-mo na palma cor de rosa e do outro lado preta, é o meu pai, você, sou mestiça, eu para a minha mãe
— Sou mestiça
o meu pai a tranquilizar os pilotos
— Falta pouco senhores
quando algumas pontes rachadas consertavam-se com tábuas e o despertador imenso
— Não me deixem cair
o meu pai, não a minha mãe, a minha mãe
— Se for mulher metes-lhe Cristina
distraída de mim, o algodão não maduro, fechado nas corolas e eriçado de picos, escutavam-se as raízes, escutavam-se as hastes, um sujeito distraído espalhou falcões no ar, algumas casas intactas, com carrancas de calcário, mandadas de Portugal, nas colunas dos pórticos, pretos que vinham esperar ao terreiro ajudados por muletas, quase nenhuma mandioca e as cantinas vazias, o meu pai sem colocar a rampa para os aviadores saírem
— Façam a fineza de descer senhores
e eles a tombarem e a permanecerem no chão, antes de conseguirem levantar-se, a experimentar cada osso, tentando um passinho a coxear, alguns para o meu pai
— Quanto dinheiro queres?
ou
— Gostas da minha pulseira gostas do meu anel?
não no braço ou no dedo, na palma
— Gostas do meu anel?
o meu pai
— Agradecido senhores
e a entregar as pulseiras e os anéis aos tropas, não contando chaves que talvez abrissem o espaço e aberto o espaço o que se encontra depois, carteiras onde mais dinheiro, retratos,

papelada, a primeira mancha negra de chuva, o primeiro relâmpago, pássaros rente às corolas que se lhes viam a língua, uma metralhadora numa colina, uma metralhadora no terreiro e os soldados, sem pressa, a encaixarem as fitas, tudo amável, sereno, excepto um branco que começou a chorar, porquê chorar, senhor, se por enquanto não aconteceu mal nenhum, ajustamos as armas e é tudo, convém ter as armas ajustadas, não é, por favor não se amedronte, acalme-se, não apenas os aviões para cá e para lá na baixa do Cassanje, o meu tio a descer, numa moleza de tecido, do cabide dos ombros que demoraram a cair depois dele e uma velha, estendida sobre mim a sangrar, que se tornou mais pesada quando a cabeça me assentou na nuca, o polegar dela um verme que se encolheu e ficou-se, o meu pai para a minha mãe

— É minha filha

e se me falarem do senhor Figueiredo, o que solicitava a bater palmas

— Alegria alegria

não me rala, chamo-me Cristina porque o meu pai, chamo-me Cristina e pronto, uma terceira metralhadora, que demorou a afinar, no vértice de um formigueiro, a humidade da chuva ainda ausente, só o arrepio no capim, relâmpagos que não se ouviam, evaporavam-se ao longe, o meu pai para os pilotos, com dó de não poder entregar uma gabardine a cada um

— Ora aí temos os aviões de regresso comecem a correr senhores

e se fosse tudo mentira, o que conto mentira, o que finjo não sentir mentira, o que o director da Clínica chama a minha doença mentira, quem sou eu, quem são vocês, alguém virá ter connosco

— Vamo-nos embora

e vamo-nos embora, que alívio, mas para onde, o que é onde, onde é onde, que outros lugares se conhecem para além destes edifícios, destas ruas, destas lojas, para lá das janelas opacas, onde tudo termina, quer dizer onde decidi que este livro termina e a metralhadora no vértice do formigueiro principiou a estalar, depois a do terreiro, depois a da colina, os aviadores trotavam nas fieiras de algodão e o que eu via era um andarilho de pés de borracha a içar-se, degrau a degrau, transportando um

velhote consigo, uma mulher a insultar o marido numa tempestade de loiça em que os cacos se transformavam em pratos e travessas, não o contrário, a seguir à tempestade de loiça passos que recuavam embatendo nas ombreiras, nos passos cotovelos a protegerem-na
— O que é isso Fernando?
quedas, despenhar de cadeiras e no vazio após as quedas e o despenhar de cadeiras um gemido
— Perdão
o que eu via, em lugar das rajadas, era um carrinho de bebé com um casal invisível atrás, debruçado lá para dentro entre penduricalhos com guizos e o casal a perguntar-se num cicio de tragédia
— Achas que respira?
e acho que respira, não se morre, que patetice morrer, os brancos dos aviões pintados de tinta vermelha, mas vivos, enquanto os pretos lhes tiravam a roupa, a chuva suspendeu-se e os pássaros de volta, pesados de água, lentos, se o meu pai
— Façam a fineza de se levantarem
eles de pé outra vez, um pouco escuros de lama, com dificuldade em acordar, massajando as costas mas de pé outra vez, a pensarem e se fosse tudo mentira, estou em minha casa, estou vivo, não me mandem para Lisboa a mendigar uma passagem, no meio de pretos que me roubam no aeroporto ou no cais, tenho um filho mulato, tenho dois filhos mulatos que não me tratam por
— Pai
tratam-me por
— Senhor
e não trato por nada, trabalham para mim e ainda que os veja não os vejo, quando um deles, não sei ao certo se o primeiro ou o segundo, morreu de febres, o ano passado, não mandei um borrego à mãe para a festa do óbito, dei pelo batuque e a minha mulher a fitar-me, não se atreveu a perguntar
— Vais vê-lo?
levantei o queixo e ela
— Desculpa
no interior do croché, a inundar o mundo de naperons e a pensar em Lamego onde os avós agonizaram de fome a mastigar azeitonas de granito com um bezerro a aquecê-los no inver-

no, no andar de baixo, rodeado de fezes e cevada e varejeiras, se voltar a casa mais naperons no aparador e no recosto do sofá, os pilotos felizes
— Alegria alegria
a cumprimentarem os soldados
— Aquilo do Cassanje foi há tantos anos amigos quem se recorda disso?
ou do avião que se estrelou contra um tronco e não parava de arder, deve ter ardido durante séculos e apesar de cinzas labaredas nas cinzas, uma das asas soltou-se da carlinga para se consumir sozinha, se a esposa do solicitador sonhasse uma lágrima a mudar de pestana não se fixando nunca, parecida com um dedinho numa escala de piano, ora esta tecla, ora aquela, cada vez mais aguda
— Meu Deus
e os rios emaranhados, na sua cabeça, num nó que nem a dona Gracinda desatava, de que servem os nomes dos rios, dona Gracinda, o que faço com eles, desagua em Vila Nova de Mil Fontes, desagua em Caminha, vim para aqui em pequeno, se não tiver Angola, e já não tenho Angola, não tenho terra, às vezes uma carta de Portugal e o que se responde a estranhos
— A tua madrinha morreu
mas qual madrinha, lembro-me de uma criatura a puxar o balde do poço, não me lembro das feições nem da voz, como não me lembro da minha mãe
— Senhora
que perdi igualmente, cheguei cá aos dez anos com o enteado do sacristão a quem recomendaram
— Se for preciso bate-lhe
para trabalhar na fazenda de um parente remoto que ao contrário do enteado do sacristão
— Se for preciso bate-lhe
e não bateu, me batia sem lhe terem recomendado, troçando de mim
— Nem corpo tens garoto
até que aos dezasseis anos, antes que pegasse num cajado, o ceifei com a enxada e ele, em vez de zangar-se, sorria-me do cháo
— Até que enfim és homem

ele para o capataz
— Não lhe toquem
por um cantinho da boca, calou-se satisfeito
— Já não precisas de mim
limpei-lhe o sangue do pescoço, ajudei no funeral e casei com a filha, seguro que ele contente
— Põe-ma na ordem garoto
e a filha nem pio para amostra, ensopados de borrego e naperons, de tempos a tempos o meu sogro em confidência
— Rédea curta meu filho
e foi a primeira vez que uma pessoa, morta ou viva, me tratou por
— Meu filho
ensinou-me o que sei, a pôr a mulher na ordem, a trazê--la à rédea curta, a plantar algodão, a arranjar filhos mulatos sem me ocupar deles
— A preta da mãe chega não lhes dês confiança
e não dei confiança nem acreditei nas pessoas, acredito no vento dos ramos e nas nuvens do leste, acredito no sacho, o meu sogro
— Só acredites no sacho porque só o sacho te vale
e é verdade, só o sacho me vale, o sacho, a espingarda e um cafeco de oito anos que descobri em setembro e meti na cozinha, quando uma coisa que não percebo, e não é o coração, começa a doer sem motivo, aviso a minha mulher
— Ficas aí quietinha
subo com o cafeco, deito-me e palavra de honra que melhoro, digo
— Senta-te no cobertor
e só de vê-la melhoro, digo
— Tira-me a carroça do burro
e ela, apesar de não perceber, tira, digo
— Larga o balde no poço
e seja cego se o balde não se some lá em baixo e eu contente, não necessito que se estenda comigo, basta saber que o cafeco ali e melhoro, o meu sogro
— Isto às vezes dói meu filho
e não sei bem a que se refere mas garanto que dói, uma ideia de pinheiros, uma ideia de neve aliás suja, está sempre suja

a neve, e saudades da neve, eu agradecido ao preto que me trouxe ao Cassanje

— Fizeste-me um favor

e a dona Gracinda, que aprendeu o mundo inteiro a começar pelos rios, erguendo um bocadinho a bengala, que era a maneira que ela usava de concordar connosco, de forma que me sinto em paz, dona Gracinda, e agora, depois de morto, hei-de visitar Caminha e assistir num rochedo ao confundir das águas, as ondas lá em baixo e as gaivotas comigo, conte-me mais sobre os rios, também viajam de cargueiro aos dez anos, trabalham nas fazendas, comem azeitonas de granito com um bezerro a aquecê--los, rodeado de fezes e cevada e varejeiras, o meu sogro não responde a isso, recolhe-se a pensar porque lhe sinto o indicador no bolso do colete que foi sempre sinal de raciocínios, a unha contra a fazenda, raspando, raspando, o meu pai subiu para a camioneta com os tropas, as metralhadoras desmontadas nos caixotes, os pretos, curvados sob o desabar da chuva, num temporal de algodão, caules e madeixas cinzentas que se sumiam na terra, se a mandioca acabou comam o algodão, comam os bichos nas picadas, comam-se a vocês mesmos e adeus, não calculam quanto de mim fui comendo até hoje, tiros, sinetas, manhãs penosas às

— Seis horas seis horas

em que o princípio de uma luz cruel se junta ao vime do prefeito

— Coirões

o claustro a aproximar-se e o horror da capela, era no interior do meu ventre que os padres cantavam, remexendo em memórias que preferia esquecer, não tenho pena dos brancos do algodão, dos presos na Comissão das Lágrimas nem dos que correm em Luanda na direcção dos musseques, talvez, não me sinto seguro, talvez da minha filha e o senhor Figueiredo

— Se for mulher metes-lhe Cristina

talvez da minha filha Cristina falando de nós, o meu pai subiu para a camioneta com os tropas e continua a escrever, tem paciência, conforme eu continuo a regressar a Luanda enganando--me, voltando atrás, recomeçando, até que finalmente as cataratas, a estrada, outras camionetas de soldados, barreiras onde nos assinavam papéis colocando-lhes por cima um carimbo sem tinta, abençoado pela continência de um tenente de galões pregados,

com alfinetes de ama, numa camisa civil e depois, passado muito tempo, automóveis sem motor nem portas, os primeiros musseques, as primeiras ruas, a mudança de tonalidade do ar à aproximação da baía, alguns defuntos, claro, e nos meus olhos o Cassanje ainda, algodão que os parasitas impedem de crescer e o desejo que fosse tudo mentira e não é mentira, o director da Clínica
— Não acreditem na vossa filha
o director da Clínica
— Imaginam coitados
imaginam a dona Gracinda a coar o chá do bule com uma peneirita, apanhando, à colher, pedaços de folhas na chávena e depositando-os no pires a bater no rebordo, se as folhas não descolavam usava a unha do mindinho, a dona Gracinda a quem, por seu turno, os rios começavam a emaranhar-se na cabeça, tive um periquito chamado Nelson, não tive um periquito chamado Nelson, hei-de procurar no
meio dos trastes a ver se uma gaiola e se a encontrar o que prova a gaiola, prova que uma gaiola no meio dos trastes e é tudo, não prova que um pássaro e muito menos que Nelson, em todo o caso o nome Nelson acorda, embora pálida e remota, uma faísca em mim, o meu marido Arménio, o meu filho Herculano, namorados não tive, talvez o Jorge, pode ser, não, dois encontros e um beijo na orelha o que significam, alunos Nelson também não, rios de nome Nelson não conheço nenhum nem cá nem no estrangeiro, se calhar envelheci, a minha mãe mostrou uma gaiola de arame ao meu pai, com um pássaro azul e amarelo a caminhar de banda no poleiro, as patas demasiado grandes para o volume do corpo
— Mandaram-me isto de presente que nome se lhe dá?
o meu pai às voltas com os papéis e o algodão do Cassanje batido pelas metralhadoras enquanto os brancos tentavam correr a tropeçarem em raízes, nódoas de chuva e as desigualdades da terra mas nenhuma cicatriz de bomba nem o cadáver do tio que deslizou do cabide das clavículas e portanto tudo mentira, qualquer coisa no meu pai a pedir
— Não me vejam
quantas pessoas matou você, pai, e quem irá matá-lo num dia cada vez mais próximo cuja manhã está a chegar, idêntica às outras por fora mas que a gente sabe

— É esta

porque no interior o cheiro das estevas até à franja de uma praia qualquer, quase nenhuma areia, algas translúcidas enrolando-se nos pés, pergunto-me se na baixa do Cassanje algas a enrolarem-se também dado que os aviadores não conseguiam caminhar, ajoelhavam tentando desembaraçar-se delas, caíam de borco, erguiam-se, a minha mãe

— Se nenhum de vocês diz a sua preferência fica Nelson

e a dona Gracinda, aliviada

— Aí está

satisfeita consigo

— Não envelheci ainda

em busca de uma pontinha ou um nó pelos quais desemaranhar os rios, o Sado desagua em Setúbal, temos aqui um princípio, vamos começar por Setúbal mas o que é o Sado e o que é Setúbal em África, conhecem a miséria, a fome e artistas de lantejoulas e plumas a erguerem o tornozelo em caves de má morte, senhores Figueiredos batendo as palmas nos ensaios

— Alegria alegria

quando nas caras deles alegria nenhuma, como pago esta letra, como satisfaço esta dívida, uma das artistas grávida que não me presta para nada, vai ter uma filha branca e o preto com quem casou a aceitar, que remédio, aceitam tudo eles, sorriem agradecidos, obedecem e de repente, quem me conta o que se passa, três metralhadoras no algodão do Cassanje e os brancos por seu turno

— Senhor

a lutarem com as algas no meio da fazenda, olha nós de joelhos, sem nos queixarmos também, olha nós

— Sempre gostei de vocês

a catana no meu pescoço junto à cancela só de um gonzo que não abria nem fechava, limitava-se a estar, os outros gonzos soltaram-se ou a ferrugem devorou-os, tudo é devorado em África, nada dura, olha a Simone a designar um periquito, com uma das garras quebrada, e a dona Gracinda pauzinho e cordéis

— Vamos ver se tem conserto

a minha mãe

— Se nenhum de vocês diz a sua preferência

e nenhum de nós diz a sua preferência, que preferências têm os pretos

— Se nenhum de vocês diz a sua preferência fica Nelson

uma taça de água, uma taça de grãos, a dona Gracinda a desistir dos rios

— Não consigo

com o apoio da bengala no sofá, rodeada de objectos de que esqueceu a origem e retratos de pessoas de família convertidos em estranhos, conjecturando

— Deve ser o meu marido deve ser o meu filho

e nem marido nem filho, o marido mais atarracado, o filho mais forte, quem pôs estes, que me não pertencem, aí, em que casa me encontro, onde será a cozinha, onde será o meu quarto e ao entrar no quarto encontro quem, talvez eu, como era há vinte anos, a expulsar-me

— Enganou-se no andar tiazinha

o que sucedeu ao Nelson, mas seria Nelson, o bicho, que se me evaporou da memória, conservo um pedaço de Caldas de São Jorge, anterior a África, que se resume a uma sobra de rua e uma latada deserta e sei lá se foram minhas, uma voz pausada que anuncia

— O quadrado da hipotenusa é igual à soma dos quadrados dos catetos

o cateto A, o cateto B e a hipotenusa C, desenhados na margem do jornal, isto não na escola, em casa, acho que devido à palavra hipotenusa e à palavra cateto lhe agradarem como a mim a palavra Nelson, nós à mesa e o meu velho, com respeito, a puxar o guardanapo da argola

— O quadrado da hipotenusa que expressão

à medida que uma segunda fita na metralhadora do terreiro e o tripé a saltar na cadência das balas, o periquito ficou em Luanda ao fugirmos, não com uma taça de água e uma taça de grãos, uma tigela e um caneco a fim, cuidava a minha mãe, de durar mais tempo, embora o avô dela, se o caçasse a jeito, o enfiasse no espeto, a dona Gracinda acabou o chá, poisou o tabuleiro na mesinha ao lado da poltrona, ao pegar no apoio da bengala a bengala caiu e como faço agora, experimentou a pantufa e a bengala mais longe, teve medo de se desequilibrar ao inclinar-se para diante, quis levantar-se mas nem as pernas nem os braços

respondiam, pensou deslizar almofadas abaixo e as almofadas prendiam-na, decidiu gatinhar mas como se o chão tão distante, a bengala, inalcançável, a um metro se tanto, a latada de Caldas de São Jorge ia e vinha na memória, numa das vindas trouxe um Santo António de azulejo que na vinda seguinte esqueceu, que é do Santo António, Virgem Maria, sobrava a voz do pai, redonda, enorme
    — O quadrado da hipotenusa que expressão
    a alastrar com gravidade o guardanapo nos joelhos
    — Houve grandes homens sabias?
    enquanto a dona Gracinda, quieta no sofá, se conformava
    — Fico aqui que remédio
    concluía
    — Fico aqui para sempre
    de modo que a haviam de encontrar amanhã, para a semana, daqui a um mês, sei lá, direita no assento, às voltas com os rios.

Décimo terceiro capítulo

Quando tomo os remédios as vozes desaparecem, substituídas por um oco onde navegam destroços que ao julgar prendê-los me escapam, rostos de passagem, mas de quais criaturas, conversando sobre mim e apontando-me o queixo, porque me conhecem, como me conhecem, onde os encontrei antes, alguns
— A filha da Alice
não a filha da Simone, a filha da Alice embora ninguém saiba que a minha mãe Alice em Angola, a Alice defunta mais o avô e a aldeia, nem um penhasco para amostra ou um bezerro que perdeu a corda a escorregar num beco e afinal o
— Alice
imaginação minha, arranjem outro nome que me auxilie a descobrir o significado do vazio, remédios de novo
— Os que tomou não chegam
e menos rostos, menos atenção a mim, menos criaturas
— Alice
um tecto de lâmpadas apagadas, a persiana à minha esquerda descida, a suspeita que me entalam o lençol na cama
— Adormeceu vá lá
e se afastam no corredor onde um telefone teima, tudo tão diverso de Angola, tão estranho, o homem que contava a água no patamar do prédio de início
— O que é isto?
e depois a roupa a abrir-se e as feições torcidas numa surpresa esférica, eu para ele, ou o meu pai para ele, num ruído de avencas, não dos arrulhos de pombo na clarabóia nem das manivelas ferrugentas das nuvens
— Mostra
no instante em que a noite dá lugar a uma coisa que não é dia por enquanto, nem madrugada com a sua garantia de luz, nem os armários no dormitório mudados, como fazem

durante o nosso sono, sem tempo de ocuparem à socapa o lugar que lhes deram, no que diz respeito ao homem posso jurar que não se sente seja o que for para além de ossos que se afastam e juntam de novo, olhos mortiços numa cara sem vida e depois os olhos só pânico a descerem a escada, a porta da rua fechando-se depressa, passos que correm sem compreenderem que correm, a correrem mais ao compreenderem que correm e ao correrem mais a perderem-se

— Onde estou agora?

e a seguir silêncio, ninguém esteve no prédio e não é mentira, é verdade, ninguém esteve no prédio, comigo a perguntar, com as avencas caladas, e as penas dos pombos a embaciarem os vidros

— O que aconteceu ao certo?

quer dizer um restinho de avencas mas pausadas, sem força, que não me dizem respeito, durante o dia, no seminário, nem vestígio delas, senhores, o enfermeiro a largar-me

— Adormeceu

e acordo não na Clínica, com comprimidos, horários e as visitas dos outros que me observam e medem, o meu pai quase nunca, a minha mãe aos domingos

— Como estás Cristina?

sem mais palavras do que

— Como estás Cristina?

porque as palavras acabaram, não há, para onde terão ido as palavras, o director escondeu-as na gaveta juntamente com o agrafador, a minha mãe, esquecida de mim, a avaliar o joelho e o joelho

— Achas que vou morrer?

porque cada pedacinho nosso egoísta, medroso, os que já faleceram desejando-se vivos

— Olha como eu me mexo

e éramos nós a movê-los, iludindo-os, tão fáceis de convencer

— Mexes-te como dantes garanto-te

eles a mostrarem uns aos outros

— A Cristina tem razão mexo-me como dantes

os olhos da minha mãe falecidos igualmente, se o senhor Figueiredo a encontrasse não lhe respondia ao cumprimento, enrugava-se

— Perdão?
a folhear o passado virando a página dela sem dar conta
— Perdão?
acabou-se a felicidade, acabou-se a alegria, fica uma pergunta
— Perdão?
que não se aguenta nos lábios, vai tombando no balanço das folhas que demoram a cair e aliás não caem, poisam, o senhor Figueiredo erguia o chapéu num cumprimento vago sem
— Perdão?
nenhum nele, talvez um gramofone numa cave, talvez uma cortina mas que se não afastava para a minha mãe hoje em dia e portanto
— Perdão?
cortesias de defunto a ocultarem a inveja dos vivos, sem perguntar ao meu pai
— Não pode nada por nós?
porque nós acabou-se, a fábrica, a modista, o escritório em que dormiam pretos que os incêndios dos musseques expulsaram, uma criança, um velhote sem braços
— Limpe-me com o seu braço senhora
e a gente sem coragem de mexer-lhe, depois dos comprimidos acordava não em Lisboa, em Angola, com a ferocidade dos insectos e o cheiro da terra a borbulhar sem necessidade da gente, em que altura acabou a Comissão das Lágrimas, pai, e voltou para casa, quando não havia mais ninguém em África e a Cadeia de São Paulo somente ecos de ecos, a minha mãe
— Temos de nos ir embora porquê?
suspeitando que o avô não
— Rapariga
a evitá-la, ninguém para a receber salvo viúvas de luto e uma vaca a chorar, arrastando a barriga no chão por lhe não tirarem o leite, Portugal vacas feridas nas travessas e pessoas que se desviam da gente, um cargueiro do Senegal para Marrocos, o comandante preto a contar as notas, sem ligar aos papéis falsos e aos carimbos que não seguravam a tinta
— A tua mulher fica comigo
o meu pai e eu no compartimento das máquinas e a minha mãe lá em cima, de vez em quando o comandante em-

purrava-a a insultá-la com a energia do vinho, de vez em quando ouvia-a rir como nos tempos do senhor Figueiredo, diante do espelho atrás de garrafas e copos e fazendeiros que lhe desapareciam no vestido
— Boneca
lhe desapareciam no decote e a minha mãe, de lantejoulas e plumas, a fingir que não sentia as mãos e a escapar-se de um beijo ou então eram as máquinas do barco, que nos trocavam as tripas, a rirem por ela, lembro-me de pretos a girarem alavancas e do piloto dinamarquês que me fechou uma maçã na palma, guardei-a durante anos a envelhecer na copa como a gente envelhece, isto é rugas e manchas e não vermelha, castanha, e não castanha, negra, eu sem quintal onde a enterrar jogando-a no balde, lembro-me de uma vigia que o riso da minha mãe ampliava
— Não admito tristezas
e de sacos a amontoarem-se-nos aos pés quando as ondas subiam, do comandante a abraçá-la em Marrocos antes de a entregar à gente
— Podem levá-la
e da minha mãe a beliscar-lhe a orelha num requebro que não lhe conhecia
— Queriducho
de maneira que requebre-se agora se é capaz com o joelho doente, arrancar-lhe a bengala e ordenar
— Dance
a minha mãe amparada ao lava-loiças
— Cristina
comigo a repetir
— Dance
e qualquer coisa de agradecido no alheamento do meu pai, se uma catana, uma espingarda, um revólver ela de bruços no linóleo e eu a trepar para a camioneta de regresso a Luanda, detesto as suas plumas, as suas lantejoulas, o seu avô
— Rapariga
tome um valado de perdizes e suma-se no valado com a Marilin e a Bety, desapareça nos arbustos, fique por lá a piar, você é que é o meu pai, pai, perceba que não tive mãe, vim de si, se for mulher metes-lhe Cristina de modo que se lhe apetecer mude-me o nome ou tire-me este de branca, porque não

pôs a minha mãe a dançar na Cadeia de São Paulo, porque não a levantou para a fazer cair no cimento do chão, o director da Clínica tampo fora no vagar apressado dos sapos, cada pata de feltro desarrumando papéis, cada olho independente do outro, há pessoas assim, feitas de fragmentos que não se ajustam

— Tentaste estrangular a tua mãe com uma corda?

não a minha mãe, a Simone no barco do Senegal e na fotografia do cartaz, a oferecer-se a mim, em Marrocos outros papéis, outros carimbos, o cônsul português, com uma hélice a rodar no tecto mudando o calor de sítio, recebendo os diamantes

— Vou fingir que acredito serem verdadeiros

um mar de cartão amarrotado e um vento de poeira a embrulharem-nos num rodopio de miséria, tudo tão longe de Angola onde pelo menos se morre ao passo que aqui se emagrece somente, um homem com um rato ao ombro discursava para ninguém e eu com saudades de Moçâmedes onde os búzios contam as ondas por nós, chega-se passados muitos anos, encostamo-los ao ouvido, perguntamos

— Quantas ondas?

e eles respondem o número baixinho

— Não digas a ninguém

com a segurança da dona Gracinda a desfiar os rios, durante anos o avião do filho não parou de rodar sobre a minha cabeça, com uma luva acenando ao passar junto a mim, ontem, por exemplo, dei pelo ruído do motor e ele a procurar-me no pátio da Clínica

— Que é da filha do preto?

sem que os enfermeiros o escutassem conforme não escutaram o meu pai a entender-se com a polícia de Luanda na altura em que começaram a rondar-nos a casa e a jogarem-nos pedras aos vidros, por enquanto não metralhadoras nem bazucas, o aviso de um bácoro degolado no quintal e o jipe do exército ausente, fotografias de interrogados na Comissão das Lágrimas cravadas em paus, as últimas granadas levaram os últimos presos e nós sem ninguém do outro lado da mesa a conspirar contra a gente, decidimos interrogar os guardas e interrogarmo-nos uns aos outros por fim, traíste-nos no Cazombo, traíste-nos em Cabinda, porque assaltaste a rádio, onde compraste as armas, se a campainha da porta o meu pai para a gente

— Não atendam

dúzias de sombras no muro, uma menina da minha idade à espera no portão, não a chamar, imóvel entre as árvores, a estender-me metade de uma boneca e o meu pai a interpor-se entre a boneca e eu

— Não te mexas

quando a criança se foi embora a boneca encostada ao tapume numa atitude de cólera, o meu pai enterrou-a sem que a minha mãe ajudasse

— Não tens medo de pegar nisso tu?

acompanhada por um repuxo de penas e uma crista de galo, quase ninguém corria nos musseques, quase nenhum tiro salvo um ou outro revólver à noite mas há sempre revólveres à noite e a seguir aos revólveres gente a olhar-se num pasmo satisfeito

— Estou vivo

lembro-me de um bode trotar na avenida com um badalo a anunciar

— Seis horas seis horas

um padre esbofeteou-me ao enganar-me no latim

— Preto idiota

o vime do prefeito

— Não ouviste as seis horas?

o compartimento dos castigos, sem um banco

— Pede perdão a Deus que O ofendeste

por tirar um ovo da capoeira, no cemitério os ossos dos missionários surgiram à superfície numa ânsia de voltar, em África tudo sobe da terra à procura de nós, sou o teu trisavô, a tua prima do Quanza, o cunhado da tua tia, faleci uma semana antes de tu nasceres, algum de vocês tem um cachimbo que me empreste e de certeza que a boneca no mesmo tapume hoje em dia, com o seu único olho que até aqui me persegue, quantos sobraram na Comissão das Lágrimas depois de nos julgarmos mutuamente, fecharam a Cadeia de São Paulo e quem habita nela, as bocas das folhas recomeçaram a falar, a minha mãe para o director da Clínica

— Não foi assim

enquanto as bocas das folhas cada qual a sua história e apenas os búzios de Moçâmedes concordando comigo, aquilo que me interessa, desde que chegámos de África, é a morte do meu pai e portanto diga às pessoas não importa o quê, senhora, carregue o joelho casa adiante que não me encontra nunca, o Tejo há-de chegar aos caixilhos quando a maré crescer e os canivetes dos peixes hão-de furar-nos, furar-nos, a minha mãe para o director da Clínica

— Depois de escutar tanta tolice acredita nela?

e uma seringa vinda de não sei onde a viajar até mim

— Mansinha

sem que o meu pai impedisse, explique-lhes como chegámos a Lisboa, senhor, ouviu o comandante preto

— A tua mulher fica comigo

não ouviu, recordo-me dos seus vómitos, e do óleo, e dos fardos, dos crocitos dos pássaros à roda do navio que parecia deslocar-se sobre pedra britada, o que é capaz de fazer uma miúda de cinco ou seis anos que não entende o mundo, ao menos vocês, pretos, não se preocupam com as pessoas, se tudo o que morre volta cá cima com um vigor novo, a gesticular e a torcer-se, para quê preocuparem-se, não é, houve um mulato na Comissão das Lágrimas que respondia às perguntas dançando, a olhar-vos, até um soldado lhe romper o tendão do tornozelo para o obrigar a sentar-se e o mulato para você

— Tu não prestas

de modo que o segundo tendão, os tendões dos pulsos, os tendões dos joelhos, o mulato a escorregar da cadeira

— Não prestas

apesar do esforço das nádegas, uma gravata como o senhor, um fatinho, mas a gravata e o fatinho rasgados, uma cartilagem à vista e o corpo continuando a dançar, ou seja a estremecer para a direita e para a esquerda se calhar devido às dores, se calhar devido à

— Alegria alegria

é possível cortar uma cara com uma lâmina e os nervos todos à mostra, gordura mais clara, gordura mais escura, coágulos roxos e os coágulos

— Não prestas

tinha combatido os portugueses no Leste e perdido dois dedos a desmontar uma mina, guardou-os no bolso para o caso de a mandioca terminar, ofereceu-os à volta

— São servidos?

e comeu-os ao desorientarem-se no Lucusse junto a uma ponte minada, foi o sangue de preto dele, não o de branco, que se demorou a chupar as falanges, ao levarem-no da Cadeia de São Paulo a gravatinha entortou-se e à medida que o transportavam de rojo o mulato para vocês

— Vemo-nos qualquer dia

um dia quase a chegar ao chegarem aqui, o Tejo alcançará os caixilhos quando a maré crescer, olhe os canivetes dos peixes nas vísceras da gente, furando, furando, olhe os motores dos navios sobre as nossas cabeças, nas ruas de Luanda as patrulhas da tropa de faróis apagados, quando tomo os remédios as vozes desaparecem, substituídas por uma angústia em que flutuam episódios que ao julgar apanhá-los se escapam, rostos do passado mas de quais criaturas, conversando sobre mim apontando-me o queixo, porque me conhecem, como me conhecem, onde os encontrei antes, dá-me impressão que eles

— A filha da Alice

não a filha da Simone, a filha da Alice embora ninguém saiba que a minha mãe Alice em Angola, se perguntarem às colegas da fábrica, da modista, do escritório

— A Alice?

uma pausa de estranheza

— Como?

embora cada uma delas um valado de perdizes e uma aldeia sem nome, vinhas esqueléticas, pomares diminutos, camponeses seguindo a desordem das andorinhas numa tarde sem fim, não se colocam no espeto por pertencerem a Deus, fazem ninhos de lodo, alimentam-se de lodo, trazem lodo no bico e no entanto pertencem a Deus e se pertencem a Deus que Deus é este, confessem, em janeiro o vento modifica o granito, os parentes, ao contrário de África, sem voltarem à tona, afundam-se nas trevas, retratos de que apenas se percebiam as nódoas, uma águia numa oliveira, de grandes mãos inchadas, gulosa de coelhos no seu sossego maldoso, o que queria que fosse a sua vida, mãe, quando era pequena a mulher do seu tio enforcou-se num barrote e o seu tio

— E esta?

sem tirar os punhos das algibeiras que é um modo de diluir a desgraça, um capitão visitou o meu pai

— Toma cuidado

as socas da mulher do meu tio suspensas lado a lado, não se notava o resto do corpo, e o meu tio a mexer-lhes com a ponta do dedo

— E esta?

um frango esvoaçou aos soluços batendo-lhe no queixo, o capitão

— Vão-se embora

poisou numa tábua juntando as penas em volta, se fosse fêmea e adulta não existia nenhum galo para lhe saltar em cima num pulo instantâneo e a abandonar zangado, o último sumiu-se numa canja quando o avô da minha mãe adoeceu do rim flutuante, o senhor Figueiredo usava uma boquilha próspera e um chapéu cuja aba lhe anulava o nariz, a aba demorou-se a estudar a minha mãe

— Se gostavas de ser artista vieste ao lugar certo

isto é uma cave num beco longe da baía, num quarteirão de edifícios antigos que os pretos invadiram, um buraco de paredes sem tinta disfarçadas com espelhos, no bengaleiro uma dama de óculos benevolentes, provavelmente a esposa do senhor Figueiredo, e uma porta fechada proclamando Gerência, atrás da porta aposto que uma vassoura num vão e o senhor Figueiredo sem tirar o chapéu, com a cinza da boquilha a reproduzir-se-lhe no peito, puxou um papel de uma gaveta

— Sabes ler ao menos?

a minha mãe com receio de assinar, o capitão

— Vão-se embora depressa

penando em cada letra porque o aparo fugia, não há nada mais difícil de segurar que uma caneta, alteram-se, embrulham-se na mão, escapam-se, julga-se que leves e pesadíssimas, julga-se que pesadíssimas e saltam, em lugar de uma curva dirigem-se de súbito, e a gente atrás delas, até ao fim da linha, o capitão

— Nunca houve a Comissão das Lágrimas compreendes?

nem Quibala, nem fossas, nem o Exército aos tiros, o senhor Figueiredo arrebanhando o papel

— Não andaste na escola?

não andou na escola mas ensinaram-lhe a desenhar o apelido e o nome, não se recordava da tia, recordava-se das socas, do tio

— Adelaide

e nenhuma perdiz no valado, as moitas em sossego, uma garota apenas, a filha da cunhada, descalça e de unhas sujas e ele esquecido que a mandara esperar entre os pios e as folhas, mais pios que folhas ou se calhar os pios folhas, arbustos feitos de gargantas de pássaros que a aurora ramifica, quem garante que não somos árvores, não somos ribeiros com voz, a do meu tio a quebrar-se

— Adelaide

porque um vento interior lhe sacudia a alma, ao sepultarem-me é uma cerejeira ou um calhau que levam, não eu, que forma terá o coração das coisas, cada jarra respira, cada mesita sente, achou injusto que as socas no cemitério com o resto, que estúpido juntarem o que está vivo e o que está morto na mesma caixa na terra, ao baixarem-na com cordas a voz, até então oculta, que morava na voz dele

— Não

por desconhecer as frases do resto que sentia, a minha mãe, do outro lado da cova, tentando descobrir ecos de perdizes na fala dos ciprestes e galhos somente, um pardal num cedro, uma bomba de água a subir do interior de si mesma num esforço de parafusos que imploravam compreensão, não auxílio, o que os objectos fazem para que a gente os atenda, a mulher do tio da minha mãe a lavar roupa e o director da Clínica para os meus pais

— Já melhorou descansem

a mulher do tio da minha mulher a vestir-se, era canhota e para se avaliarem os gestos necessitava-se de um espelho, com o espelho em frente ela igual a nós, sem espelho tão confusa como a parte escondida da lua que em certas noites nos revela baías e lagos, caminhos que devem conduzir a Deus, ou seja a um pavio a apagar-se num nicho da serra, entornam-lhe mais azeite e desperta

— Criei o mundo há que tempos

não lhe entornam azeite e o escuro dos pinheiros a substituir o Céu e o Inferno, os anjos cessam de competir com os

mochos em busca de lagartixas, penduram-se de um beiral qualquer, o capitão para o meu pai
— Andam à procura dos outros
que se matam sem socas mas com um tiro na nuca e uma camioneta entorna no rio, os olhos dos crocodilos vagarosos até que um remoinho abocanha uma camisa ou um pedaço de calça e a Comissão das Lágrimas a desvanecer-se no fundo de areia, somos um país, não um lugar, já não há África, amigo, o meu tio a desistir da mulher e eu a ser de novo, reaparecem os valados, reaparecem as crias, ovinhos às pintas num côncavo de caules
— Espera por mim acolá
o pavio de Deus no seu círculo de cortiça porém queimado, sem préstimo, o senhor Figueiredo olhando o desatino dos riscos
— Está mais ou menos deixa
e sob os riscos um Alice esquemático ou faz de conta que um Alice esquemático, quem vem maçar-nos neste cabo do mundo, uma garrafa de cerveja ou uma mulher de vez em quando e os pretos da Inspecção acalmam, como te hei-de chamar
— Se for mulher metes-lhe Simone
perdão
— Se for mulher metes-lhe Cristina
chamas-te Simone, veio-me agora sem eu esperar, que tal, Simone como as francesas ricas ele que não conhecera francesas na vida mas há cinema, há revistas, quem não sabe de Paris, uma torre com milhares de cabarés à volta, onde é que a mulher do meu tio desencantou as socas eu que a vi sempre de botas e lenço na cabeça de que se escapavam madeixas, cada qual com a sua maneira de ser e o seu projecto próprios, o pai dela morreu com um ancinho no peito e a mãe foi-se embora com o dono do ancinho para outras fragas quaisquer, impingiram-me que javalis, nesse tempo, a trotarem nas furnas, olha aqueles dentes em baixo e as pupilas zangadas, o capitão para o meu marido
— Mais de metade da Comissão das Lágrimas levou sumiço amigo não apenas na camioneta para o rio, um deles de cabeça no tanque de lavar roupa e a língua a flutuar como um lenço de adeus, há quem veja com a mandíbula soltando bolhinhas
— Tenham pena de mim

e nós distraídos dos apelos das bolhas, outro um prego a meio da testa, a explicar
— Não foi ninguém
outro de bruços tentando conservar a própria sombra nas palmas, a sombra apequenava-se e ele
— Nem tenho sombra já
as colegas da minha mãe
— Pelo menos não te sentas na berma da estrada
a sorrir aos tractores onde pretos de calções receosos de se aproximarem e que um branco nos visse, tão imprevistos, os pretos, conhecemos as reacções dos cães, não conhecemos as deles, a que raça pertencem, não são pessoas, não são bichos, quem os entende apresente-se e ninguém mexe um dedo, há quem julgue que sim e hesita e desiste, sentar-me na berma e regressar a Luanda numa furgoneta com um problema na anca, a estrada cheia de mochos esmagados, a sangrarem das penas, enquanto a cidade, vamos chamar-lhe cidade embora não seja cidade, cidade é Bragança ou Viseu, filarmónica, coreto e ceguinhos a abanarem-se com o jornal tomando o fresco no largo, enquanto a cidade coroada de telhados e luzes que iam tremendo a ferver
— Vão-se embora depressa
ao tirar o chapéu o senhor Figueiredo um vinco na testa e a cara indefesa
— Não me façam mal por favor
os cantos da boca a erguerem-se sozinhos recomendando alegria alegria ele que não tinha nenhuma, se lhe pegássemos ao colo adormecia-nos contra o peito
— Queriduchas
depois das socas da mulher do meu tio acontecia-me acordar no escuro com o choro dele, não queixumes, não lágrimas, os remos dos ombros movimentando o silêncio, percebia-o a abrir uma torneira ou a conversar com ninguém, consoante percebia o limoeiro quintal fora em lamentos de barco e de manhã o tronco no mesmo sítio, que estranho, eu que o imaginava a caminho da vila, se calhar arrependeu-se e voltou, o meu tio acabava por adormecer na soleira num suspiro comprido, o espanto dele ao acordar de manhã
— Olha continuo

e claro que continua, senhor, continuamos todos, repare nos defuntos a escoltarem a gente, somos centenas já viu, nem os que emigraram para o Luxemburgo nos faltam, mirando com surpresa estes esboços de couves e estas pedras escuras

— Foi daqui que viemos?

e lá estou eu de regresso a vocês numa furgoneta com um problema na anca que teve dó de mim, lembro-me do comerciante idoso a desentender-se com o volante, cheio de mãos que falhavam

— É de onde menina?

queria desembarcar em Portugal para morrer sob as mimosas, emocionado com os cucos

— Os cuquinhos não me largam

inchando de emoção à ideia dos pássaros

— O que eu não dava para lá estar nem que fosse um minuto

um minuto sob os cucos nas árvores a escutá-los cantar, uma das mãos subiu até ao queixo, aguentou a miragem um segundo, baixou, desanimada

— Ao contrário dos outros pássaros os cuquinhos não param

chega à meia-noite e desatam em coro a toda a roda da casa, pensamos que neste tronco e corremos para este tronco, pensamos que naquele e corremos para aquele, nem damos conta que não há tronco sem cucos, menina, mesmo no Natal não se calam, não é só na primavera ou no verão, quando o calor amacia as gargantas, é o ano inteiro, sabia, novembro e cucos, dezembro e cucos, janeiro e cucos, o meu pai

— Não os caces ouviste?

e não os cacei nunca, até ao fim trazia um tripé para o quintal e fechava os olhos com as palmas nos joelhos das calças, o velho, se a minha madrasta o chamava

— Estou com os cuquinhos some-te

e a minha madrasta

— Não se cansa dos bichos

conforme não me canso com a lembrança deles, há quem prefira pintassilgos e interrompo logo a conversa, quais pintassilgos, cala-te, alguma ave se compara aos cucos para açucararem a gente, quando o meu pai endureceu do ouvido revelou aos meus irmãos

— Só tenho pena dos cucos

e nós a concordarmos

— Você está certo senhor

e estava certo, o malandro, oitenta e três anos e certo, é preciso cabeça, a minha mãe entre dois abalos de pneus

— Quanto é que você dava para ouvir os cucos agora?

e as sobrancelhas do comerciante idoso incrédulas de uma felicidade assim, a observarem um tripé vazio num quintal e dúzias de troncos que cantavam para ele, o comerciante idoso a tentar resumir-se, sem conseguir, numa palavra apenas, uma única palavra que contivesse tudo, o pai, a madrasta, os irmãos, uma nora sonolenta, os pessegueiros que preparavam as flores numa delicadeza afectada, isto em África

— Vão-se embora depressa

o meu marido a queimar papéis, a minha filha a falar mal da gente, os pretos cada vez mais próximos, uma espingarda, uma catana, uma pistola e o joelho a doer-me, o branco desviou-se de um cachorro, Luanda tão perto, e a voz dele num segredo, não alto, não com força, num segredo para que nem ele mesmo ouvisse

— Dava a vida inteira menina.

Décimo quarto capítulo

Aceitei vir para Lisboa a fim de proteger a minha filha que não é minha filha e a minha mulher que nunca foi minha mulher, uma branca não pode ser mulher de um preto mesmo que jure que sim e esta nunca jurou que sim, uma branca mulher de um branco sempre, a minha mulher mulher do branco que a mandava dançar e a vendia aos outros brancos na fábrica, na modista, no escritório, dormia ao meu lado e era tudo, ela, como todas as brancas, enjoada com o meu cheiro, num cantinho da cama, não mexia na minha almofada, não mexia na minha roupa, tentava não mexer em nada que me pertencesse e, se calhava mexer, o nariz de buraquinhos minúsculos
— Porque tem nojo de mim madame?
ela quase a apertar os buraquinhos com dois dedos e a baixar os dedos ao perceber que eu percebia
— Não tenho nojo de ti
mas desviava o corpo ao passar, não lavava os meus talheres nem o meu prato, ficava a olhar os restos do frango
— Os dentes que vocês têm que inveja
a fitar-me a boca, admirada
— Limpam-nos com um pauzinho contaram-me
acocorados no quarto de banho, não em pé como nós, observam-se ao espelho, riem contentes de outra pessoa no vidro
— Sou dois
quem repete os gestos de quem por cima do lavatório, aquele ali ou eu, andou no seminário onde devia ter-se tornado gente mas voltou de lá igual e não voltei igual, deixei de acreditar em Deus ao encontrá-l'O, e depois as mulheres deles com os filhos às costas, e depois os filhos que não choram nem se alegram, olham-nos sem olhar ou então olham demais enfiando-nos em si, bem queremos ser nós e não conseguimos, fechados no interior dos pretos, aceitei vir para Portugal na ideia de as proteger às

duas, não a mim, que diferença me faz morrer em África ou em Lisboa embora tenha saudades das mangueiras, em Marimba, por exemplo, um morrozito na baixa do Cassanje, uma fiada delas, enormes, entre a Administração e o posto médico, jamais vi tanta quantidade de noite numa árvore como nas mangueiras ao sol, o quartel dos portugueses, no paiol do quartel meia dúzia de granadas ainda, na Administração um preto sozinho que continuava a escrever o que ninguém leria

— O que estás a escrever?

e ele a marcar a linha com a unha

— O inventário senhor antes de me ir embora

isto é a cadeira em que se sentava e a mesa onde apoiava o caderno porque mais nada na casa, lembro-me de um carneiro, à entrada do quartel, a dormir de pé, e de poltronas feitas de tábuas de barril que a chuva tombou mas o que recordo melhor são as mangueiras e os frutos a rebentarem em novembro, a jangada de atravessar o rio puxando-se cordas, velhos a quem os anos tornavam as mãos inúteis

— O que se faz com os dedos?

vejo que encolhem e endireitam, o resto perdi, que diferença me faz morrer em África ou em Lisboa à parte as mangueiras, o preto acabou a escrita, fechou o livro, alinhou-o no centro da mesa, levantou o casaco de um prego, trancou a porta à chave, guardou a chave na algibeira, desceu a escada demorando-se a compor um vaso desalinhado, disse

— Boa tarde meus senhores ficou tudo em ordem

e começou a andar picada fora, não ao meio, pela beirinha, afastando o capim, na direcção de Malanje, se achava uma poça de água rodeava-a puxando a calça, se um buraco de mina detinha-se a avaliá-lo e galgava-o de um salto e pergunto-me quantas semanas gastou para chegar à cidade, se calhar meia dúzia de paredes escurecidas da pólvora no centro de ruínas e ele a tirar uma gravata do bolso do colete, orgulhoso que tudo em ordem por fim, quantas vezes, em Lisboa, onde os arbustos não ardem, arde o joelho da minha mulher por eles, quando o inchaço da perna aumenta e a minha mulher a pensar, alarmada, que o senhor Figueiredo a despede, me vêm as mangueiras à memória, não a Comissão das Lágrimas nem as pessoas a correrem aos gritos, as mangueiras de Marimba e o preto a inventariar o mundo para o deixar em condições, que diferença me faz morrer em África ou em Lisboa

— Vão-se embora depressa

quando a luz e o ruído oprimem por dentro e o tempo um único dia perpétuo, mesmo antes dos tiros o meu corpo rasgado, quer dizer eu fora do meu corpo vendo-o cair por uma fresta entre a consciência e o nada, as ondas, na praia ao sul do Tejo, distanciavam-se em silêncio e aliás não ondas, recordações difusas que simultaneamente me pertenciam e me não diziam respeito, o meu dedo apertado na mão da minha filha que se abria devagar, consentindo que me afastasse, não maior que uma palhinha no reflexo da água, a minha mulher para um espaço sem cor que presumia ser eu

— Alguma vez ouviste os cucos cantarem?

pássaros vulgares por quem um comerciante idoso trocava a vida inteira, enquanto as mangueiras me acompanhassem não me sentia infeliz apesar do capitão

— Vão-se embora

estivemos juntos no Bié com uma salamandra no quarto e ao pegar-lhe gelada, um dos dentes que a minha mulher invejava, lá para trás, doía, experimentei com o dedo e um martelo abriu de golpe os ossos da cabeça num relâmpago que me cegou, os pretos aguentam a dor, não se queixam, lembro-me de uma broca a destruir molares sãos num zumbido tão agudo que o som me escapava, um português de cara inchada das coronhas

— Vão pagar-me isto tudo

o conselheiro do Presidente a desculpar-se diante da senhora da embaixada

— Quem fez mal a um amigo?

e os meus colegas a alargarem os braços

— Já nos chegou assim

não hei-de ouvir os cucos cantarem, como serão os cucos, olha os falcões cerrando-se sobre um pinto e erguendo-se de novo, o conselheiro do Presidente

— É preciso cuidado com os brancos

e eu cuidado com a minha mulher branca, ficou comigo para não morrer à fome nos musseques ou com uma navalha no lombo, se um fazendeiro a tivesse levado morava onde, há quanto tempo a mão da minha filha não me segura o dedo, o director da Clínica

— Com o avançar da doença não sei se os reconhece

e se reconhece não conversa connosco, quando muito uma palavra perdida de que não entendo o sentido, e desliga o candeeiro ou diminui a um canto escondida nos ombros, a minha mulher

— Cristina

e os olhos dela longe, o director da Clínica para a minha mulher

— A sua filha já não faz mal a ninguém a inteligência vai empobrecendo aos poucos

e eu com um resto de mangueiras na alma, desejoso de voltar às ruas estropiadas de Luanda, ao pó da terra vermelha, ao ímpeto das plantas, aos insectos escovando as asas num caule, o meu pai sentia o milho sem o ver conforme morávamos juntos sem nos vermos, não me recordo da barraca, recordo-me das veias das mãos, tão quietas que me interrogava se ele vivo até me dar conta que o anelar e o mindinho tremiam, não se percebia se respirava ou não, pensava ou não, as coisas não existiam para ele, na Comissão das Lágrimas não me preocupava com a morte, media a sombra das nuvens quando a terra se elevava ao encontro do escuro, a minha mãe

— O teu pai faleceu

embora o anelar e o mindinho continuassem a tremer, deitaram-no com a roupa que vestia e o gorro que nunca o vi sem ele, abriram um buraco, em que se agitavam grilos, a seguir à lavra, e no momento seguinte a minha mãe a pendurar lençóis, isto antes ou depois dos aviões no Cassanje, não sei, sei que as vozes não param, cinco e seis ao mesmo tempo, de mulheres, de homens, de estrangeiros também, eu

— O que significa isso?

e eles, cheios de sílabas, continuando a falar, eles com rádios, com armas, a explicarem à gente, ou seja um que falava português a explicar à gente, ignoro se existimos ou se Angola existe, se o que disse do meu pai aconteceu realmente, se estive na Jamba quando mataram o, quando matámos o, quando matámos o homem, dois israelitas connosco, um americano e os grilos sem descanso nos corpos dos defuntos, riscos azuis em mapas, riscos verdes, aldeias quase intactas, bandeiras com um galo negro no telhado de uma varanda colonial, de poltronas tombadas e garrafas vazias pelos degraus abaixo, uma pista de aviação que o capim começava a esconder, retratos do homem, de boina vermelha, que a chuva ia desmaiando, caixotes de conservas francesas, um lustre, numa cubata enorme, a acender brilhos na gente, uma mistura de miséria e luxo e eu com vontade de pedir aos grilos, não esses que rastejam, outros maiores, com antenas

— Não façam mal ao meu pai

os rádios dos estrangeiros antenas igualmente e a minha mãe a calcular o sentido das nuvens, quase estradas, não trilhos, os trilhos depois, onde camionetas sem motor, jipes queimados, um automóvel, com a tal bandeira do galo, a quem arrancaram os pneus, um general e um coronel a fitarem-nos do interior do automóvel na paz estagnada, de quando não lhes fecham as pálpebras e as formigas os mastigam, tudo se mastiga em Angola a começar pelas pessoas, em Quibala os presos levantavam os mortos e ratavam-nos, o cafuzo, no degrau do escritório, a concordar

— Têm fome

e de imediato as avencas em torno do meu pai

— Pecaste

pegadas no mato, pegadas na areia, se encontrarmos o rio primeiro que eles distribuímos armas pela outra margem também, os soldados cuspiam nos retratos e pisavam o galo, o general e o coronel principiavam a inchar, nenhumas veias nas mãos, pai, como as suas, a minha mulher encantada com o lustre, tilintando pingentes

— Já viste?

e a luz decomposta em mil cores como a claridade nas copas, o senhor Figueiredo lustre algum, uma lâmpada numa trança do tecto, que diferença me faz morrer em África ou em Lisboa embora tenha saudades das mangueiras de Marimba, uma fiada delas, quinze ou vinte, mais de vinte, contei-as, vinte e três entre a Administração e o posto médico que era uma moradiazinha com o alpendre assente em pilares de tijolo, não tenho tempo de escrever sobre isso a não ser que a porta aberta, uma marquesa de metal e um balde, talvez um armário, não estou certa, estou certa, um armário e nas prateleiras do armário tesouras, que rápidas as vozes, esperem por mim, tesouras e pinças, morcegos a piarem com dentes de criança

— Os dentes que vocês têm que inveja

acordados nas árvores, o preto da Administração a escrever isto comigo

— O que estás a escrever?

e ele a assinalar a linha com o aparo

— O inventário senhor antes de me ir embora

distribuímos armas pela outra margem sob o canto dos cucos e o comerciante idoso feliz, não foi preciso dar a vida inteira, amigo, aí tem os seus pássaros, um dos estrangeiros na outra margem com a tropa, calculando o sítio das metralhadoras frente a uma balsa pequena, nunca achei galos negros em África, só amarelos e sujos, afastando as galinhas para bicarem o chão, a gente desta banda numa espécie de pi, gostava de me despedir das mangueiras, estar ali um bocadinho e pronto, numa espécie de picada, demos com um fio de tropeçar numa abertura do capim, demos com o engenho, uma cobra dobrou-se-me na bota e ao esmagá-la com a coronha desistiu, o reitor do seminário

— Aprende coisa que se veja o preto?

a minha mãe visitou-me uma vez, não descalça, vá lá, com sapatos, de lenço na cabeça, claro, mas com uma espécie de saia, ou o que passava por saia, ou o que, apesar de tudo, os padres tomaram por saia, vá lá, vá lá, não esperava isso da preta, quem a ensinou a respeitar, quem a ensinou a ser gente, no fundo não têm culpa, nasceram assim, com uma gota de sorte Deus, sempre tão esquisito, acorda bem disposto e recebe-os, deve ter vindo a pé mais de um dia e dormido na mata ou num quimbo de acaso, sem esteira nem cabaça, só o pau a pique e a erva, comendo de um cestinho no interior da saia, não a receberam, chamaram-me ao portão e ali estava ela sem me olhar, olhava-me um padre atrás de mim, a minha mãe levantou o braço no que não chegou a um gesto, uma tremura como o mindinho e o anelar do meu avô, baixou o braço e foi-se embora, torta nos sapatos, enquanto eu não pensava nela, pensava onde arranjou os sapatos, imaginando que o chefe de posto os esquecera ao fugir, mal ficou longe de nós descalçou-os de certeza ou então não descalçou, não sei, em homenagem ao seminário seguiu com eles

até casa, que tal os sapatos, senhora, que tal se sente tão chique, o padre atrás de mim
— Quem é?
trazendo consigo a gordura do refeitório e as manhãs de avencas
— Pecaste
eu sem me virar para o padre
— Uma preta
a vê-la de joelhos no chão da cozinha, e continuando a vê-la, de joelhos, perto do rio, conforme colocava o tripé, o estrangeiro
— Mais para a esquerda tu
eu mais para a esquerda sob o som dos cuquinhos que o vento dispersava, não
— Seis horas seis horas
duas da tarde, onze da manhã, não interessa, encostámos o ouvido à terra e escutámos passos afastados, vinte pessoas, trinta, cinquenta talvez, não vozes, não
— Quem é?
passos e eu com o lustre na ideia, apesar de apagado iluminando-me inteiro, camas verdadeiras, mobílias, fronhas caras e pó, uniformes engomados numa cómoda, fotografias do homem a apertar a mão a brancos, a designar um helicóptero, a acariciar um canhão, no palácio do Governo, em Luanda, ou com muita gente de gravata à volta de uma mesa, o homem, com o nosso Presidente, a sorrirem, não o sorriso dos brancos, o sorriso de muitos
— Os dentes que vocês têm que inveja
dos pretos, que diferença me faz morrer em África ou em Lisboa, para quê
— A Comissão das Lágrimas acabou
para quê
— Vão-se embora depressa
conforme uma nevoazinha subia do rio e os troncos menos nítidos, um bicho rente a mim sem que eu o percebesse, ao procurar vê-lo um restinho de arbustos cada vez mais distante tal como Luanda distante e a minha mulher distante, nós na orla do rio ou na margem da picada, cheia de cascos, garras e sinais de botas também, segura o meu dedo só por um instante, filha,

tem paciência, e o dedo sozinho, apoiado no gatilho e sozinho, não houve um dedo tão sozinho como o meu nesse dia, um torrão a magoar-me o umbigo, um insecto verde poisado no cano a coçar a cabeça com as patas de trás, a atenção que a gente dá às coisas quando tem medo, ao próprio corpo e às coisas em volta, ao torrão, ao gafanhoto e a um risco de sangue da máquina da barba na bochecha do director da Clínica, ao sabão líquido do lavatório, uma esfera de vidro onde um pingo viscoso baloiça, um primeiro guarda do homem que apertava a mão ao nosso Presidente, ambos satisfeitos na moldura, um segundo guarda mais lento, não me lembro de a minha mãe dizer o meu nome, limitava-se a esperar a fim de que eu a seguisse e já agora pergunto-me se terei dito
— Cristina
sem acreditar que tenha dito
— Cristina
ou tenha dito
— Simone
a minha filha que não é minha filha e a minha mulher que nunca foi minha mulher, uma branca não pode ser mulher de um preto mesmo que jure que sim e esta nunca jurou que sim, uma branca mulher de um branco e esta mulher do branco que a mandava dançar e a vendia aos outros brancos da fábrica, da modista, do escritório, dormia ao meu lado e era tudo, enjoada com o meu cheiro, na bordinha da cama, não mexia na minha almofada, não mexia na minha roupa, não mexia em nada que me pertencesse ou se calhava mexer o nariz dela diferente, dois buraquinhos minúsculos
— Porque tem nojo de mim madame?
um terceiro guarda com uma automática alemã não sob o braço, ao ombro, de cano para trás e a minha mulher
— Não tenho nojo de ti
desviando o corpo ao passar, mais três guardas e o homem no meio deles, emagrecido em relação aos retratos, não de uniforme engomado, de camisa aberta a que faltavam botões, há quanto tempo comiam mel rapando-o com a faca, há quanto tempo bichos, caules, folhas, procurar uma aldeia para a noite, não encontrar a aldeia, agruparem-se contra o frio como abelhas, tentar o rádio e silêncio, quer dizer estalos e zumbidos e a certeza

que procuravam localizá-los porque uma batida de relógio ao fundo, a minha mãe tão ridícula nos sapatos e eu para o padre, com vergonha dela

— Uma preta

a compreender que a minha mulher não me mexesse na almofada e na roupa, se desviasse ao passar por mim e eu comesse na outra ponta da mesa usando dedos que ninguém apertava, colocar o indicador na outra mão e apertá-lo eu, a única lembrança que não me abandonou são as mangueiras, para além do horror das

— Seis horas seis horas

começar a disparar quando escutasse o apito e não escutava o apito, escutava cada raiz, cada moita, a água sob a forma de rãs construídas de lama, pega-se num pedaço de lama gelatinosa, de repente com olhos, mais guardas, um deles coxo, com um trapo amarrado na tíbia, quantos dias para chegar a casa, mãe, se é que chegou a casa e ao chegar a casa a panela de funje e a santinha de barro, com os guardas uma mulata acompanhada de um furão que principiou a inquietar-se assinalando presenças, o homem voltou-se e no instante em que se voltou uma das metralhadoras do outro lado do rio a trabalhar antes do apito, o estrangeiro que falava português

— Nenhum tiro na cara nenhum tiro na cara

a minha espingarda libertou-se de mim e disparou por sua conta, se pudesse oferecia-lhe o lustre, madame, e não pude, suponho que caiu aos bocados com o tempo, os ganchinhos de arame, os pingentes, os reflexos doirados, o preto da Administração sumiu a caneta no bolso e fechou o livro

— Acabei

os guardas rodopiavam aos sacões para os fazendeiros do café, com o senhor Figueiredo a comandá-los

— Alegria alegria

o estrangeiro que falava português

— Nenhum tiro no gramofone nenhum tiro no gramofone

a minha mulher e a mulata, abraçadas pela cintura, de tornozelo erguido, acenando lantejoulas e plumas, um tiro na garupa do furão, um tiro na cabeça e o animal, dançando também, a experimentar um passo sem lograr o passo, retratos do homem, de galo preto no peito, em Lusaca, no Huambo, na Eu-

ropa com brancos solenes e os duplos deles, distorcidos como as imagens nos charcos, em tampos envernizados de mesa, a mulata largou a minha mulher
— Nenhum tiro na cara
e ajoelhou numa atitude de reza, um ombro dela desapareceu, a barriga sacudiu-se, o padre atrás de mim
— Quem é?
à medida que o furão a mirava e deixou de mirar continuando a fitá-la, ou seja as pupilas ausentaram-se permanecendo ali, o preto da Administração
— Com licença
descendo as escadas sem cumprimentar a gente, o director da Clínica a consultar uma ficha
— Óptimo óptimo
com a sombra dos plátanos a viajar-lhe na
— Nenhum tiro na cara
há pouco enganei-me, não o preto da Administração, a enfermeira a entrar
— Com licença
para remexer nos ficheiros e a sombra dos plátanos na
— Nenhum tiro na cara
dela também, ao fechar a porta, à saída, sem cumprimentar a gente, a da mulata nos caniços e o senhor Figueiredo a ralhar-lhe, o homem começou a trotar na minha direcção ao mesmo tempo que os rádios guinchavam e as vozes da minha filha ralhando umas com as outras, como dizer isto e tenho de dizer isto
— Se for mulher metes-lhe Cristina
vou dizer isto, o homem na minha direcção, não a correr, incapaz de correr, na minha direcção somente, a estacar pedindo fosse o que fosse que se não entendia, com tanta voz na
— Ai Cristina
a ralhar, trazia cintos coloridos de pano, tinta vermelha na
— Nenhum tiro na cara
mel embrulhado em folhas, um cantil que se desprendeu, não oiço bem, por que motivo se foram, regressem, da anca, um cantil que se desprendeu da anca, o homem não de bruços

nem de costas, de lado, metade na água e metade na erva, de cotovelo atravessado na testa, a meditar, a mulata de bruços, o furão de bruços
(apontei que a mulata de bruços?)
quis travar a espingarda e não dei com o fecho, deu o estrangeiro por mim
— Estes pretos
enquanto os soldados empurravam os guardas procurando amuletos, medalhas, dinheiro, em pequeno ataram-me uma pata de falcão ao pescoço, lembro-me do soba com um repuxo de plumas e das mulheres abrirem as raparigas, numa cubata afastada, com uma espiga de milho, lembro-me de manchinhas de sangue entre os quimbos, de me cortarem a pele do, de me cortarem com uma lâmina e aplicarem uma pasta por cima, colocaram o homem num estrado, com um fio de olhar turvo, coagulado numa das pálpebras, na desistência das folhas se o vento termina e neste momento as camionetas da Câmara a passarem na rua porque as janelas vibram, a minha mulher a esfregar pomada na perna curvando-se no sofá, nas campas do cemitério judeu, com pombos nas redondezas e cruzado por gaivotas quando a maré muda, as labaredas tranquilas que se desprendem dos finados, nas campas do seminário labaredas nenhumas, jarritas de água castanha a que faltavam as flores, por vezes iniciais, por vezes um nome, quase nunca uma data, cruzes de madeira a que partiram as hastes, ao visitá-lo, anos mais tarde, em busca do prefeito que me bateu, a capela e o dormitório estropiados, nem uma tábua no soalho, nem uma avenca para amostra, na única coluna do portão a minha mãe aguardando e eu a perceber, finalmente, o que na altura não me disse, consoante não digo à minha filha na esperança que um dia, as palmeiras, não esquecer as palmeiras, ela me perceba também, as palmeiras, não esqueço, principiaram a estalar à entrada do claustro, ao menos essas continuavam presentes, não descobri a sineta, descobri um bando de gatos selvagens a morderem-se uns aos outros no que foi o recreio, uma ocasião, no Quando-Qubango, perseguiram uma gazela lacerando-lhe os tendões, têm as crias em covas, semelhantes àquela em que me acho agora, a uivar para dentro enquanto o fio de olhar turvo me procura, andou a escapar durante meses com aquela mulata e aqueles guardas, sou

um gato selvagem, filha, a protestar em silêncio para este rio que não conheço, a protestar com a tua mãe, a protestar contigo, não apanhei o prefeito, apanhei-me a mim
— Mostra
quando os ruídos se alteram antes da manhã e uma espécie de frio nas tripas do calor, um helicóptero recolheu os estrangeiros que avançaram para ele segurando os chapéus, nunca estiveram ali, nunca mandaram na gente, nunca perseguiram o homem, conversavam na sua língua pelo rádio, o que traduzia os colegas
— Não nos conhecem pois não nos viram pois não?
e não conhecemos vocês nem os, e as palmeiras mais fortes, nem os vimos, senhor, como as palmeiras me emudeceram, a mulata colares de cobre, pulseiras, carezas de branca rica que se tornaram farrapos, eu sozinho com ela entre o capim e o rio e, pela primeira vez com uma mulher, um desejo de
— Mostra
eu a despi-la dos farrapos, a passear-lhe no peito, nas ancas, nas pernas, a deitá-la para mim como o da cama ao lado apesar do sangue, das costelas trocadas, da bala que saiu pela frente do pescoço e a garganta um sebo cinzento e as primeiras formigas, os pés com argolas também porque lhe descalcei as botas e beijei os tornozelos, os calcanhares, os dedos, porque a minha mão nas suas coxas não encontrando, encontrando, um galo, idêntico ao das bandeiras, tatuado no umbigo, de bico aberto, a cantar, e eu cantando com ele, eu nas suas coxas a perdê-la e a encontrá-la de novo, eu a assinalar com a faca o sítio onde começava porque a minha farda não abria, porque me sentia o que deve ser comovido, não tenho tempo de pensar nisso mas julgo que o que deve ser comovido, a impressão de ser expulso para a luz ou a escuridão total e surgir, de súbito, a revelação de Deus porque eu capaz de chorar, porque as palmeiras tão fortes, porque te amo, ai Cristina, eu a seguir o traço da faca e o bico aberto do galo a receber-me inteiro e a aferrolhar-se sobre mim, não ventre, terra molhada e mole e gorgulhos e pedras, não são as avencas que respiram, sou eu, a cara dela intacta, apenas cuspo seco e algumas crostas de terra, um dos braços dobrava, o outro decepado, não senti os ossos do peito, senti músculos tenros, não senti aflição nem repulsa, não me senti um mabeco, senti o som

de cartolina dos abutres nas árvores, os corpos gordos, pacientes, o gorgolejo dos pulmões sob o gorgolejo das penas, o soldado à espera que me levantasse para me tomar o lugar e não o proibi, calei-me, não passei por ele com o vime do prefeito

— Seis horas seis horas

caminhei até ao rio para que a água na pele, ramitos à deriva e sobras de cascas, sepultámos o homem e os guardas à entrada da mata depois de os queimarmos, não inteiros, em pedaços, no intuito de lhes impedir o regresso, limpámos os sulcos da terra e os vestígios das armas tal como a minha mulher e a minha filha hão-de limpar este apartamento sem mim e a minha mulher há-de ir-se embora apesar do joelho, puxando-se com a bengala na mira que o senhor Figueiredo a descubra em qualquer esquina

— Queriducha

ou o avô a chame do quintal

— Rapariga

e atravessem ambos a horta, o avô

— Demoraste a chegar rapariga

sem dar conta da idade dela hoje em dia, não apenas o joelho, a dificuldade em enxergar os frutos nas árvores, a família

— Alice

e nenhum gramofone, nenhumas plumas, nenhumas lantejoulas, um avental com molas de roupa nos bolsos, sobras de guita, ninharias, a minha mulher

— Foi o tempo

e os da família, mais gastos ainda, escolhendo os dentes em que as palavras passam, zangados com ela por consentir que o tempo, tenazes ferrugentas, camilhas inseguras, o tapete esfiado, as cruzetas vazias tilintando no armário, a família não pessoas, molduras na parede, uma senhora de bandós, um sargento, tudo acanhado, triste, ficam os penedos, uma bicicleta à entrada, a espingarda do tio, ninguém se visitasse a casa, uma cafeteira tombada que a senhora de bandós e o sargento ergueram do chão, a minha mulher

— Onde estão vocês todos?

a esconder-se na cara enquanto o director da Clínica para ela e para o meu pai, a coçar a palma com uma unha sem pressa

— Não sei o que lhe deu que parece mais viva

isto é a minha mulher na cadeira do gabinete e a minha filha, mais viva, a regressar a Luanda, juntamente comigo, nas camionetas da tropa, se estendesse o dedo talvez mo apertasse mas não lhe estendo o dedo, continuo debruçado para a mulata perto do rio, a comover-me e espantado que comovido, a impressão de ser expulso para a luz ou a escuridão total, de me surgir, de súbito, a revelação de Deus, através dos pés com pulseiras, porque lhe descalcei as botas, beijei os tornozelos, os calcanhares, os dedos, de mistura com as primeiras formigas, não encontrando, encontrando

— Mostra

um galo idêntico ao das bandeiras, tatuado no umbigo, a cantar e eu cantando com ele, o director da Clínica para mim

— Não é só a sua filha você animou-se também

e tem razão, senhor doutor, animei-me também apesar do sangue e das crostas de terra na cara, apesar do braço decepado e da cartolina dos abutres nas árvores, do gorgolejo dos pulmões sob o gorgolejo das penas, eu no rio e água na pele, ramitos à deriva, cascas, eu para a mulata

— Mostra

mais alto para a mulata

— Mostra

tão animado, senhor doutor, que mal os soldados se viraram para mim repeti

— Mostra

não em segredo, não baixinho, com força como um bicho, um javali, um búfalo, uma palavra, um vitelo, numa alegria triunfal.

Décimo quinto capítulo

Nas poucas vezes em que saíam às compras, na lojinha da senhora gorda, séria derivado ao problema nas costas e de luto em homenagem a desgostos antigos, ao longo do passeio onde ninguém corria, ninguém fugia a gritar nem havia disparos, a mãe tirava a argola das chaves da bolsa, procurava no amontoado tilintante a pequenina da caixa do correio, metia-a na fechadura da porta amolgada, de lata, entre as portas amolgadas, de lata, dos vizinhos, cv dta, cv esq, rc dto, rc esq, 1º dto, 1º esq, 2º dto, 2º esq e 3º, sem direito nem esquerdo, o sótão, logo abaixo da clarabóia dos pombos, onde morava um pintor de cabelo comprido de artista, que expunha os quadros ao domingo encostando-os ao tapume do jardim da Parada, quase sempre vistas de Lisboa com gatos, rodava a portinha amolgada e nenhuma carta nunca, folhetos de propaganda de soalhos flutuantes e de viagens ao estrangeiro, com fotografias de mosteiros e praias, o cartão de um instalador de marquises, outro de consertos de electrodomésticos vinte e quatro horas por dia incluindo fins de semana contacte-nos, mas nenhuma carta nunca, nenhum postal, quem se interessava por nós, a minha mãe retirava a publicidade e ficava com ela na mão, parada sobre o joelho doente, com o que me parecia o nome do avô ou do senhor Figueiredo desenhados na boca, mirando-me num desamparo em que se adivinhavam plumas e perdizes, os restos de que a sua vida era feita, pó de memórias em que achava consolo para tanta noite mal dormida e tanto gramofone a desafinar-lhe as cãibras, a minha mãe sem acreditar
— Nada
trocando as catedrais e as praias pela rua onde os prédios fronteiros envelheciam sem queixas, com a retrosaria e o café, de chapéu de sol desbotado, sobre a única mesa da esplanada, em torno da qual uma criança pedalava o triciclo, os penedos não lhe escreviam, a horta não lhe escrevia, as colegas da fábrica, da

modista, do escritório caladas, ela sobrevivente de um mundo caduco, abandonado na margem mais distante de um lago que secara e do qual lhe chegavam vestígios que o tempo atenuou, o encorajamento do doutor do joelho
— Isto vai
ou a senhora do 1º dto, de quem poderia ser amiga, trocando-a pelo terço no rádio, fosse o que fosse a ajudá-la a manter-se na crista dos dias, sem Angola a persegui-la com as suas povoações a que chegava de noite, desembarcando do vapor do comboio, numa lentidão de fantasma, ao encontro de capatazes que obrigavam os pretos a emendar as estradas e dois ou três amanuenses do Estado copiando minutas numa repartição perdida e mandando-as para a secretaria da província onde ganhavam traça na cave, de tinta a arroxear-se que é a cor do desinteresse, capatazes e amanuenses assistindo às danças de olho à altura da espuma nos copos, jacarés à deriva, numa corrente de cerveja, que a acariciavam ausentes e se iam embora mudos, pagando não com uma nota, com trocos, puxados de diversas algibeiras, no meio de canivetes e facturas, contados na pressa de chegar ao fim dos alunos da escola, isto já vestidos, subitamente mais novos ou mais velhos consoante a percentagem de resignação que vai gastando a gente e anula o futuro, aqueles que escaparam aos soldados e devem estar por aí, em Lisboa, num mirante sem caravelas no Tejo, a redigirem minutas com o indicador nos joelhos mas sem uma cerveja a aguentar os ossos, moravam em quartos de aluguer, pedinchavam reformas lutando com impressos complicados sem que as funcionárias
— Assine neste xis a lápis
os vissem, respondendo ao telefone
— Não me apareças mais
recusando as justificações do aparelho de que nos chegava aos ouvidos um crochet de mentiras cujas agulhas se contradiziam enovelando a malha, e os impressos abandonados no balcão com as suas respostas de cruzinhas, a mãe diante da caixa do correio
— Nada?
e o que quer você, senhora, deixámos de ser se é que fomos, percebe, está claro que nada, nem das fragas ou dos passarinhos estou certa, quanto mais de Moçâmedes e das lantejoulas,

inventaram tudo para nos enganarem, quem sabe mesmo se um preto lá em cima a quem chama meu marido e a quem chamo pai, talvez que ao voltarmos o apartamento deserto e nem aquele cheiro de África em que se agitam palmeiras, talvez, ao chegarem com as compras, a hostilidade dos compartimentos que nos censuram a ausência, uma torneira, mal ajustada, a pingar amuos, não gotas, uma gaveta, até então fácil, que recusa abrir, porque a manga de uma blusa se entalou na calha, meu Deus a facilidade com que as casas se ofendem, arcas resistindo-nos, o sobrolho das cortinas franzido, a ampliação dos ecos e os vizinhos tão presentes, no tecto e no soalho, sob a forma de passos, martelos, discussões, a mãe e ela, sem poisarem os sacos, aturdidas pela vingança dos objectos, o rádio da senhora do 1º dto que vociferava o terço, o padre de pronúncia do norte e uma multidão de vozes de mulher a seguir, qual o motivo de apenas mulheres a responderem num vagar devoto, o apartamento a acalmar-se aos poucos, ainda hostil visto que um canto do tapete dobrado, pronto a fazê-las tropeçar, que endireitei num pontapé
— Não nos maces
e as franjas misturadas que desesperavam a mãe, exigia-as paralelas, direitas, a jarra ao meio de um tampo onde faltava o verniz, colocar os sacos no lava-loiças e arrumar as compras, as conservas e o arroz de um lado, os frascos de limpeza do outro, um dos dedos das luvas de borracha metido para dentro, corrigia-se apoiando a base da luva na boca e soprando com força até o dedo saltar, apontando um azulejo rachado onde nasciam formigas que se cumprimentavam em rituais japoneses, toques de antenas, vénias, reflexões, pausas, os sacos de plástico vazios dentro de outro saco de plástico, ao lado do balde dos sobejos forrado por um saco também, rodando um quarto de círculo quando se puxava a porta debaixo do fogão, exacto como um planeta na sua órbita oleada, no fundo do saco cascas e ossos pré-históricos e nenhuma carta nunca, apenas os envelopes da luz e do gás e o recibo da renda com uma assinatura floreada de príncipe antigo embora o senhorio se exprimisse em grunhidos que se tornava necessário ajustar uns aos outros, havia momentos em que me dava ideia de a minha mãe contente de receber as facturas porque o nome nos envelopes lhe fornecia a certeza de continuar viva, não bem a certeza, a suspeita, se a carta escrita à mão acreditava

mais, estive em Angola tantos anos que me perderam aqui e não me refiro a Lisboa, quem sabe de mim em Lisboa, num lugar entre pinheiros e hortas, o que foi uma capela, agora ovelhas lá dentro e um guizo de quando em quando a sublinhar uma insónia, um animal vindo por momentos à superfície de um sonho e mergulhando logo numa inércia de afogado, a lareira que não aquecia, fritava e o tio a cabecear no banquito que era o único baloiço que tivera na vida, a tia que o marido entrega ao avô, no dia seguinte ao casamento, por não estar completa

— A sua fruta tem bicho

e não comia com eles, estendiam-lhe o prato e acocorava-se no arco do forno, de chapéu na cabeça a tapar-lhe a cara, o avô e o pai andaram de caçadeira atrás do padre que desapareceu nas fragas, não sei se o encontraram, sei que a pá demorou a voltar ao seu gancho, iguais aos pretos, afinal, só que nem cantorias nem fugas e a avó da minha mãe com botins de sacristia, a Guarda não disse nada, o regedor também não, limitou-se a aconselhá-los, numa frase casual, a taparem de mato o pedaço de terra mexida, no caminho da vila, que a Guarda reforçou, sem diálogos inúteis, com meia dúzia de calhaus, antes de emigrar para França o marido veio cumprimentar o avô, de boné contra o peito, e foi a única altura em que apertou a mão de outro homem sem que nenhum deles visse a fruta bichosa no arco do forno, uma manhã demorou mais tempo a urinar nas traseiras embora a soubessem por perto caminhando nos melões, repararam que o prego de pendurar a caçadeira vazio, deram pelo alvoroço das galinhas que se tornou mais forte depois do tiro e ninguém se moveu, quando as galinhas se aquietaram o avô para o pai

— Esconde-me aquela fruta onde sepultam os cães

ou seja no ulmeiro pegado à cerca porque as raízes bebem os ossos depressa, passada uma semana, com os temporais de novembro, não se conhecia o lugar, o pai durante o almoço, de batata espetada na faca

— Não se conhece o lugar

e o avô nem se deu ao trabalho de afastar a frase com a manga, catando desiludido as nabiças da panela

— Encolheram

a puxar um talo que se demorou na boca

— Estou a ficar cego eu

na mesma mansidão com que falava à mula e sombras no lugar dos móveis, quando os móveis se evaporam a sombra deles continua, a anunciar com humildade
— Fui uma camilha fui um louceiro
e as pessoas adivinhadas por contornos que se deslocavam, nunca nenhuma carta, o que sucedeu à família, achou que ninguém nos penedos e a capoeira vazia, achou que uma noite eterna logo adiante de Lisboa, o avô
— Tão escuro
sem acertar na panela, o enfado da voz
— Como andam as macieiras?
cujos frutos se costumavam iluminar um a um e agora apagados, adivinhava a neta por uma guinada de consolo no interior do corpo
— Rapariga
o pai para o avô, sem um soslaio ao pomar
— Vão crescendo
ou foi a minha mãe que o supôs a responder
— Vão crescendo
o pai que o tempo alterava numa crueldade sem pressa e nisto olha este dente que falta, olha esta prega nova, uma sensibilidade ao frio, uma preguiça no estômago, cujos parafusos sem rosca não conseguiam moer, os gestos que desobedeciam com pena
— Desculpe
envergonhados de si mesmos
— Faço o que posso garanto
e não podiam, o pai a desculpá-los
— Deixem lá
a trocar e a destrocar os polegares, como eles mudam de mão os malandros, desesperavam-se por si poupando-lhe a necessidade de se indignar por ser tão pouco agora, o avô tentava o oculista da feira e as sombras espessavam-se, metiam-lhe um pêssego na mão sem que reconhecesse a cor, a vida um punho que se fechava reduzindo-o a um espeto de passarinhos sobre dois paus a arderem, a neta uma voz impossível de localizar
— Senhor
ou o braço que lhe guiava o braço e as bochechas molhadas sem que os outros notassem, dois riscos paralelos no interior da pele, desejo de saber

— Como é a Alice agora?

e para quê saber se não havia Alice, substituída por plumas num estrado inseguro, quando o cunhado chegou do Brasil, na época em que o tempo não o comera ainda, foi esperá-lo à cidade, automóveis, estátuas, o castelo onde encalhavam as nuvens, braços fora das janelas entre exclamações e lenços, um sujeito de boquilha a repetir

— Irene

de caixilho em caixilho e a ir-se embora com um último

— Irene

selando-lhe a boca num lacre de desilusão, o cunhado com os mesmos riscos paralelos no interior das bochechas

— Não trouxe nada Hernâni

excepto uma sola que batia no passeio à medida que a outra caminhava e a expressão torcida, enquanto a locomotiva sacudidelas e vapor e a Irene ausente, o sujeito da boquilha a deitar no caixote as flores da jarra, a hesitar antes de deitar a jarra também, a acocorar-se num tamborete da sala, não no sofá do costume, inclinado para diante em atitudes de visita

— E agora?

e agora acabou-se, amigo, desista da Irene, tire a segunda almofada da cama, enfie as pantufas dela no armário e porque não a viúva da farmácia ou a senhora dos Correios a pesar cartas na balança, ainda parente da Irene, recordações em comum, burricadas, piqueniques e a Irene de volta, não uma pessoa, um nome, o que dói na memória são os nomes, não as criaturas lá dentro, o meu irmão, que faleceu em garoto da febre tifóide, Quinzinho, e o Quinzinho arrepia, Joaquim Manuel Pereira dos Santos, Quinzinho, o Quinzinho

— Está a chover lá fora?

num murmúrio insuportável que nos transtornava a todos

— Está a chover lá fora?

que frase mais horrível, está a chover lá fora, até hoje o sujeito da boquilha emocionado com a chuva dado que a chuva falanges esqueléticas numa dobra de lençol e na cara do pai a máscara das palmas, o sujeito da boquilha dois anos mais novo que o Quinzinho e além disso o Quinzinho de março e ele de setembro, dois anos e cinco meses, uma eternidade em crianças, cuidando alegrá-lo a chegar-se à janela

— Já não chove mano

e o Quinzinho sem ouvir, abandonado no interior de si mesmo, os defuntos diminuem mas o nariz aumenta, há-de haver uma explicação para isso na enciclopédia da estante, as palmas do pai dois furos para a vista e atrás dos furos uma impressão molhada, a mãe a poisar a colher do caldo na tijela e depois de poisada tremendo mais ainda, contar à senhora dos Correios, tão minuciosa nos pesos, que a morte uma colher de volta à tijela do caldo, apenas isso dona Pátria, uma colher não em repouso, a agitar-se sem fim, a senhora dos Correios a poisar uma encomenda

— Asneira

e podia ser asneira conforme podia ser que a viúva da farmácia, de peito de pombo inchado, mais sensível ao Quinzinho, em regra as senhoras amplas uma alma de algodão, pronta a absorver com paciência todas as febres tifóides, todas as máscaras de palmas e todas as lágrimas do mundo ao passo que a Irene, de costelas lisas, sem paciência para desgraças, em matéria de problemas, já me basta o presente, o teu irmão faleceu há cinquenta anos pelo menos, tem juízo, e depois Quinzinho que ridículo, um velho da tua idade a comover-se

— Quinzinho

no caso de meia dúzia de pingos no telhado, felizmente a viúva da farmácia distribuía as glândulas no balcão

— Todos temos as nossas dores é assim

com um soslaio à estampa do finado, entre as prateleiras dos remédios, que o murchou um pouco, o finado, também vasto, a medir a gente num fatalismo sério, que alternativa tinha ele, pronto a repetir com a esposa

— Todos temos as nossas dores é assim

não de bata e sem blusa por baixo como ela, que permitia adivinhar cordilheiras e abismos, esbatendo-se numa oval até se confundir com o branco da película, o cunhado do avô não trouxe nada do Brasil

— Não trouxe nada Hernâni

salvo a sola que batia e a expressão torcida, durou uns tempos a encorajar os espargos da horta até a sola que andava bater também e se despenhar ao comprido da calha da rega impedindo a digestão das plantas, perceberam pela desordem da água no degrau do alpendre, um vaso que baloiça, ameaça cair, cai e o tapete de arame submerso, o que significará o sorriso da viúva do farmacêutico para o empregado a despejar ácido bórico numa garrafa, lá atrás, que não sorri em resposta, um aviso de sobrancelhas apenas, daqui a uma semana ou duas uma carta da Irene, uma despedida sem justificações nem desculpas e a voz embaciada do Quinzinho na minha voz

— Está a chover lá fora?

eu, sem a máscara das palmas do meu pai na cara, a percorrer o apartamento numa estranheza difícil, a sala, o corredorzito, o quarto, além da varanda do quarto o Centro Médico Salutar com o anúncio luminoso que palpita, a data, as horas e mais dez segundos de cada vez, mais dez segundos, mais dez segundos, entre as datas, os minutos e os segundos a proposta Meça Aqui O Seu Colesterol, uma constelação de candeeiros nas casas próximas que desistiam um a um e ele a assistir ao avançar da noite sem a Irene, a colocar um copo de água, coberto por um pires, na outra mesa de cabeceira, num dever de rotina, quantas vezes a Irene o acordava, estendendo o copo vazio, indecisa entre duas realidades, ambas improváveis, a do sonho e ele, a do sonho promessas de felicidade, ele promessa alguma, para que enchesse o copo na cozinha, encontrava um chinelo com o anzol do pé, o bico do segundo escapava-se debaixo da cama, onde um sapato distante e um resto de vassoura, o sujeito da boquilha ganas de

— Porque não pões isto em ordem?

e em lugar de

— Porque não pões isto em ordem?

o terror de perdê-la, coxear aos apalpões nas trevas, ora chinelo ora pele e quando pele a certeza de uma coisa agarrada ao calcanhar, um gancho de cabelo, um pedaço de adesivo, um insecto morto, que não tinha coragem de ver nem de tirar, regressava de copo cheio, tentando manter a água horizontal, guiado por um abajur ténue, neste caso cor de rosa com folhos, cujo interruptor faiscava, ao acendê-lo, uma ameaça assassina, até uma criatura despenteada, com o caroço da garganta para baixo e para o alto, entregar o copo de volta numa direcção qualquer, não a sua, e a abater-se no colchão com pressa de regressar ao sonho de que o sujeito da boquilha não fazia parte, estupefacto, como em pequeno frente ao mar, na orla de um mistério que

não compreendia, o sujeito da boquilha abandonado no quarto, somando-se aos trapos de imagens que as ondas da mulher iam deixando na areia, apagar o abajur cor de rosa que lhe lançou uma chispa feroz, hei-de consertar estes fios, que por milagre o poupou, voltar à cama, ajudado pelas frestas de claridade nos intervalos da persiana, consertar a persiana igualmente, onde um fragmento das horas da farmácia mantinha, imperturbável, o seu pulsar cardíaco, mesmo sem a Irene continua a haver horas e pergunto-me se depois de mim horas ainda, o tempo dos outros que não me diz respeito, primos afastados, só vistos nos funerais de tias afastadas, a herdarem-lhe o contador, os talheres, a aguarela dos barcos, com manchas de humidade, que pertenceu ao meu pai e o orgulho dele
— É francesa
francesa e com esquadria de talha que aumenta o valor, o que não chega de França, meu Deus, perfumes, roupa íntima, batons, os cremes das senhoras, de calcanhar no lavatório para esfregar as pernas, até as escovas com que se penteiam, dobradas para a frente, apanhando depois os cabelos do chão, a informarem, num agudo de pânico
— Uma prima da minha avó era careca sabias?
pesquisando calvícies no espelho, os primos de nariz na aguarela
— Tem manchas
o exame panorâmico do recheio do andar
— Assim assim
e os empregados de um homem que comprava assim assins a amontoarem aquilo, mesmo a minha argola de guardanapo de prata, mesmo a caixita de tartaruga da madrinha com majores na família, numa camioneta em que as gavetas chocalhavam os seus protestos ocos, o sujeito da boquilha a contemplar o recheio com o olho indignado
— Assim assins eu?
enquanto os segundos da farmácia prosseguiam sem descanso, a senhora dos Correios, a pará-lo na porta
— Não tem mais nada que fazer você?
numa aspereza de lixa que lhe magoou a alma, riscos paralelos no interior das bochechas, o Quinzinho
— Está a chover lá fora?

e estava a chover lá fora, o sujeito da boquilha dois anos mais novo, além disso o Quinzinho de março e ele de setembro, dois anos e cinco meses, uma eternidade em crianças, uma eternidade hoje de que nem a viúva do peito inchado o conseguia salvar, apesar do peito trazer consigo uma tolerância de algodão pronta a absorver com paciência todas as febres tifóides, todas as máscaras de palmas e todas as lágrimas do mundo, o sujeito da boquilha até de manhã nos caixilhos, a observar a farmácia sem atentar nas horas, cego como o avô
— Tão escuro
não acertando na panela nem na porta
— Como andam as macieiras?
cujos frutos se costumavam iluminar um a um e agora apagados, sentia a presença da minha mãe por uma guinada de consolo inútil no interior do corpo, um
— Rapariga
que lhe saía da boca sem dar conta
— Disse rapariga eu?
o pai para o avô, não ligando ao pomar
— Vão crescendo
ou foi a minha mãe que o imaginou a responder
— Vão crescendo
o pai que o tempo alterava e nisto olha este dente que falta, o que sucedeu ao dente que ainda ontem o tinha, seguro, de pedra, a sensibilidade ao frio ele que se ria do frio, o estômago, que se fosse preciso digeria ferraduras, demorando a desembaraçar-se do jantar, de parafusos gastos a moerem em vão, eu para a minha mãe
— Tinha mesmo que ir para África mãe?
a memória que desobedecia com pena
— Desculpa
envergonhada
— Faço o que posso amigo
e não podia, a pobre, experimentava com mais força, de veias duras no pescoço, o pai a
— Tinha mesmo que ir para África a sério?
o pai a perdoar-lhe
— Não te inquietes
trocando e destrocando os polegares, a rapidez com que mudam de mão, desesperavam por ele poupando-lhe a necessi-

dade de se enervar por ser tão pouco, tinha mesmo que ir para África e de os deixar ao desamparo entre penedos e tojo, olha os pinheiros e as suas vozes de censura
— Não achas que foste ingrata Alice?
ninguém a proibiu, ninguém protestou, o paquete para Angola sem um lenço a fungar, não fungam, é por dentro das bochechas que os riscos descem, não fora, se ao menos conseguisse recomeçar do princípio e o senhor Figueiredo não
— Queriducha
um fulano que se o encontrasse na rua nem atentava nele, o que não falta são chéchés a acenderem o olhinho, quanto mais decrépitos mais descarados, onde é que vamos parar, se o senhor Figueiredo não
— Queriducha
e a minha mãe, com tanta infância nos olhos, a aceitar o
— Queriducha
nenhuma fábrica, nenhuma modista, nenhum escritório a empregá-la, uma cave de focos poeirentos e um estrado difícil, o senhor Figueiredo autoritário, de olhinho menos aceso que essas coisas não duram a vida inteira, desmaiam com os anos
— O tornozelo para cima vamos lá vamos lá
enquanto o avô regressava da horta sozinho a esmagar hortaliças que se escutava o protesto dos caules, porquê tantas pessoas a correrem, mãe, tanto grito, o meu pai nas traseiras, abotoado, humilde
— Madame
ela que nunca vira pretos na aldeia e não se habituava a eles, todos idênticos, submissos e afinal não submissos, maldosos, para além da dança um sorriso custoso de combinar com os tornozelos erguidos, demasiadas coisas sem que a cabeça se dispersasse e a cabeça da minha mãe dispersou-se toda a vida, ora isto ora aquilo, ora a capoeira e a espingarda, ora o tio das perdizes e nenhuma carta, senhora, qual a surpresa, à uma não sabem escrever e às duas deslembraram-se de você, ocupados com o sacho, o ancinho e o único vitelo que possuíam, a quem a moléstia atacou, a falhar das patas e de chifres pendentes, desprezando a comida, o pintor no sótão com o seu cabelo de artista visto que para os artistas, ocupados com uma aflição interior que os aparta do mundo

— Concentra-te em mim

o resto uma maçada nevoenta, expunha os quadros ao domingo encostando-os no jardim da Parada, quase sempre vistas de Lisboa com gatos, ele que detestava gatos e os perseguia com os pés do cavalete, o pintor nenhuma carta também, foi a ausência de cartas que a aproximou dele, ambos a observarem as catedrais e as praias das agências de viagens para não falar dos instaladores de marquises e dos especialistas em electrodomésticos vinte e quatro horas por dia incluindo fins de semana, ambos sem acreditarem

— Nada

a minha mãe para o pintor

— Uma carta ajudava

porque as cartas ajudam, pensa-se que não e ajudam, notícias do vitelo, da vizinha que partiu a clavícula, de um parasita encarniçado na nespereira, ocupado a roer não os frutos, o tronco, de modo que este ano nem flores quanto mais, pequenas desgraças que espevitam no que trazem de vida com elas, o pintor sobrinhos na periferia de Lisboa, não, mais longe, numa cidade com fábricas, negócios a desoras, muito trabalho, maçadas quando vencem as letras e portanto era natural que o esquecessem a vender manchas de cor ao domingo, por alturas do jantar voltava a casa para comer o quê, pincéis enfiados em boiões de geleia sem geleia ou copos vazios a que as tintas aderiam, acrescentando-lhes crostas de doenças de pele, uma cama cheirando a terebentina e a óleo, qualquer coisa do avô da minha mãe nele, um

— Rapariga

sem

— Rapariga

que a minha mãe inventava porque necessitamos de inventar seja o que for, a fim de nos aguentarmos, num simulacro do tem-tem, no fio instável dos dias, a minha mãe

— Tem família senhor?

o pintor, reduzido à orfandade das mãos, a subir as escadas no sentido da clarabóia, um ou dois pombos no vidro, de patas nítidas e corpos desfocados, arrulhos dispersos, penas feitas de filamentos que se colavam ao óxido, ainda dia no alto e já escuro cá em baixo, as noites de Lisboa piores que as de Angola, mais capazes de se enfiarem nos interstícios da alma perguntando

— Tu é que és a Alice tu é que és a Simone?

e a insistirem na pergunta como a língua teima num dente que sofre, aí está ela a percorrê-lo, a verificá-lo, a medi--lo, não outros dentes, esse, a minha mãe a abandonar-me no apartamento

— Espera aí que já volto

a assegurar-se da porta

— Não vais fazer asneiras pois não?

o corpo no patamar, só a cabeça dentro

— Pois não?

a escutar-me do capacho, a tranquilizar-se a si mesma

— Um minuto se tanto

içando-se com a bengala até ao 3º sem dto nem esq, a tocar a campainha, a olhar os pombos na clarabóia, tão próximos, esperando que o pintor a recebesse, no meio de vistas de Lisboa e bisnagas de tinta, até as perdizes regressarem ao crepúsculo, piando em uníssono a chamarem por ela.

Décimo sexto capítulo

O jipe deixou de estar no portão, os tiros diminuíram, nada ardia na praia, uma ou duas rajadas de metralhadora mas sem corridas nem gritos, a mãe a dobrar e a estender a perna
— Há qualquer coisa aqui
e embora caminhasse da mesma maneira
— Tenho uma pedrinha no joelho
a atravessar a filha numa careta que se estilhaçava ao alcançar a parede
— Mesmo sentada continua a doer
avaliando-a com a mão
— Não consigo agarrar a pedra que estranho
se calhar derivado ao tempo ou a um jeito ao dormir, há alturas em que sonho que voo, dou um pulinho e pronto, vejo o pó no alto dos armários, qualquer dia acordo bem disposta, pego no escadote e limpo-os, malas de viagem, chapéus, a cafeteira velha que ia jurar ter dado e afinal não dei, pego no escadote, que mais não seja pela cafeteira dos sonhos, e se a descubro tenho uma pataleta mas nunca pegou no escadote, nunca limpou os armários, ficava cá em baixo a engomar ou demorando-se no quintal pensando em quê, volta não volta a mão no joelho, volta não volta um sorriso porque saltava à corda no pinhal e as copas enternecidas
— O que a miúda consegue
a miúda em Angola com a filha e o marido, uma sombra entre sombras a cruzar o portão e a ir-se embora com os outros, atrás de faróis que iluminavam cabanas, no sentido da estrada em baixo sem que ninguém se despedisse dele, ao chegarem de África trancaram-se num prediozito frente ao cemitério judeu, quase a cavalo no Tejo, andares que se empurravam antes de descerem a pique para a água na qual os gansos de plástico das traineiras sopravam fumo dos bicos e pássaros desenhados por crianças evitavam guindastes, a mãe a experimentar a rótula

— Volta e meia a pedrinha do joelho arde
da mesma maneira que volta e meia o pai numa camioneta da tropa, perseguido, durante uns metros, pela zanga dos cães, que regressavam a dobrarem-se contra um monte de tijolos mordendo as pulgas do lombo, antes da madrugada um deles esgalgava-se a arranhar o silêncio com as unhas de um uivo e um galo respondia-lhe ofendido, a cafeteira velha, comprovei-o depois, no topo do armário e de então para cá tenho medo dos sonhos mas graças a Deus não voo, pertenço ao tipo de fugir de um bicho enorme sem conseguir escapar-lhe porque os pés se me afundam, a minha família passa por mim e não me estende o braço, tudo desaparece e eu sozinha, recordo-lhes a voz ao sacudirem-me
— Pára de gritar
o ombro que me apertam é o bicho a comê-lo
— Não me comam o ombro
e a surpresa de verificar que o ombro intacto, o tecido do pijama sem marca de dentes, a minha roupa, como sempre, metade no banco e metade no chão, a metade no banco uma atitude de enforcado, a metade no chão fuzilada por espingardas antigas, um dos sapatos de banda e o segundo direito, amuados um com o outro, cheiros domésticos sublinhados por um arrastar de chinelos e eu não pessoa, uma voz na cabeça dela ou uma das criaturas que se amontoavam na praia aguardando que as levassem, pouca gente na Cadeia de São Paulo, uns militares, uns pretos, o pai e os colegas a queimarem papéis e o que fazer aos traidores que restavam, as cafeteiras velhas em cima dos armários que ao contrário do que pensava não existem só nos sonhos, estão ali afinal, tinha a certeza de tê-la oferecido e continua ali, de resistência queimada e bico torto mas ali, presente na nossa vida cheia de presenças em que não reparamos, uma fivela numa tacinha e o apara-lápis da infância na gaveta, com um resto de madeira pegado à lâmina, que não nos atrevemos a soprar em homenagem ao que fomos um dia
— Não te lembras de mim
julgamos que não e contudo lembramo-nos, tínhamos sete, oito anos, havia um pisa-papéis que se virava ao contrário e ao pô-lo direito uma espiral de palhetas de neve em torno de um esquimó maior que a sua barraca de gelo, tanta tosse autoritária à nossa roda, tanta perna cruzada debaixo do jornal, com um

espaço de pele entre a meia e a calça, mergulhadores desiludidos subindo das notícias

— Assim não vamos lá

e não vamos lá onde, a puxarem os óculos para a testa e os olhos deles desprotegidos, nus, necessitando de uma rodinha que os foque para conseguirem ver-nos, se girar a minha rodinha deixo de ver o apara-lápis, por sinal verde, e eis a Cadeia de São Paulo, salas onde os traidores esperavam a sua ocasião de aldrabarem e as últimas granadas na ideia de impedir testemunhas, a Comissão das Lágrimas uma criação de canalhas, qual ambulância a arder, quais fossas em Quibala, o pai em casa, atento aos ruídos no quintal e não passos nem gente a chamarem-no dos canteiros de que ninguém se ocupava, uma mudança de tom no silêncio dado que o silêncio muda, já viram, que inquietante a serenidade das coisas, Cristina, costumavas quebrá-las porque te davam medo, logo que pedaços no chão, apanhados pela tua mãe com a vassoura e a pá, queixando-se da pedrinha no joelho, acalmavas, o teu pai com o major que lhe aconselhava Moçâmedes até que os gritos se extinguissem porque se extinguem sempre, a tua mãe

— Por favor Cristina

a defender o louceiro e a neve do pisa-papéis dentro de ti sem fim, tanta palheta a rodar, tanto insulto, o director da Clínica, embora no outro lado da secretária de modo que não conseguias escutá-lo, escutavas a crepitação dos dias na agenda de argolas, quantos faltam para que tudo acabe

— Sinceramente não esperava que na idade dela os sintomas voltassem

ninguém vos procura em Moçâmedes, descansa, quem se lembra de Moçâmedes aqui, barcos vazios no porto, meia dúzia de pretos acocorados no molhe a pescarem, o cu do mundo, quem sabe da Comissão das Lágrimas ou do que se passou em África neste deserto, amigo, quem se interessa por ti, um avião quando calha, um hospital sem doentes, uma perna cruzada debaixo do jornal que não se lerá nunca, a canela coçada com a outra biqueira

— Assim não vamos lá

e os cotovelos que não se apoiam na mesa nem são asas, encolhe-as, o garfo seguro pela ponta, o guardanapo no colo,

não no pescoço, porta-te como um homenzinho e eu, ofendido com o homenzinho, puta que pariu em silêncio embora alguma sílaba deva ter escapado porque a pergunta desconfiada
— O quê?
as casas dos brancos intactas em Moçâmedes, não muitos brancos aliás, uns negociantes, uns funcionários, o enfermeiro de zaragatoa no bolso a derrotar anginas
— Abre a boca menina
e a labareda da tintura a fritar-me, o jipe deixou de estar no portão, o joelho da mãe uma mancha a crescer
— A pedrinha aumentou
meditando cada passo, ruínas de articulações por enquanto invisíveis, demasiada música, demasiada alegria que um estalar de ossos assusta, quase não chove em Moçâmedes e os pretos a pescarem no molhe sobre o protesto das tábuas, não notavam a gente que eu bem te disse, amigo, ainda há sítios em Angola onde a polícia não chega, não me admirava se caravelas a dez metros da praia e homens barbudos de veludo às riscas, o director da Clínica
— Não é frequente que o delírio volte nesta idade
sem coragem de mexer no agrafador novo, o pai com o relevo da pistola na camisa e a mãe a envelhecer de repente, não cabelos brancos nem rugas, um desalento no corpo e o pescoço que tardava em estender-se no sentido dos sons, mesmo quando perdizes numa moita não rodava a cabeça, se o tio a mandasse ela quieta, os búzios de Moçâmedes já não somavam as ondas, o dono do único café um papagaio num poleiro, comigo a meditar na fivela da tacinha, enterrem-me debaixo de uma acácia, como o gato, que o cemitério apavora-me, defuntos que me prendem
— Anda cá
e não me largam mais, quando dois mestiços começaram a fazer perguntas aos pretos mudaram para o Leste onde um primo do pai mantinha lavras tristes, um lugar de aleijados da guerra e de cicatrizes de minas com metade de um unimogue a achatar-se num tronco, ninguém parecia vê-los ou interessar-se por eles até à manhã em que o pai deu com o primo a falar com um estranho sob os eucaliptos, mais três ou quatro estranhos à espera e uma semana depois o Lucusse, uma semana depois o Luanguinga, botes de borracha dos fuzileiros portugueses numa

margem de limos sob as primeiras chuvas e duas semanas depois o Catete, o pai a olear a pistola e o joelho da mãe sem parar de crescer, encontraram cabanas de zinco num musseque, noutro musseque, num bairro perto da estrada onde as colunas militares iam e vinham com o pai a espreitar entre as chapas, durante a noite ficava de guarda lá fora tropeçando em pedras, roubava um frango, caricocos, peixe seco, não falava com a minha mãe nem comigo e no entanto, para quê dizer pieguices, e no entanto a ideia de um dedo na ideia da minha mão, se tivesse o apara-lápis a jeito afiava-lhe o indicador prevenindo não se atreva ou então ponha-o aí um instante sem que eu dê por isso e pronto, quer dizer que eu dê por isso um bocadinho, espreitar se manchas da sua pele na minha e a palma limpa, embora se calhar não me importasse que, embora se calhar, ao que eu cheguei, desejasse que, meu Deus o cheiro horrível que vocês têm todos, o director da Clínica

— Ia jurar que ela gosta do pai

e que mania sem sentido, não gosto, havia ocasiões em que acordava de repente com a certeza dele junto a mim, estendia o braço, nada e não sei se desilusão ou alívio, sei, alívio, a possibilidade de encontrar-lhe a manga ou a cara agoniava-me, mil vezes o senhor Figueiredo, mãe, ou um fazendeiro qualquer, felizmente nenhum estalo de palmeira em lugar daquele espantalho respeitoso e tímido, a minha mãe

— Madame

e um nó em qualquer ponto seu que se não desatava, uma opressão, um caroço

— Se for mulher metes-lhe Cristina

a minha mãe para o meu pai

— Vou meter-lhe Cristina

e o meu pai calado, sempre aceitou calado, nunca adivinhei o que pensava, nunca soube quem era, como se chamaria a mãe dele

— Como se chamava a sua mãe senhor?

e o nó, a opressão, o caroço a aumentarem, em nenhuma outra altura encontrei tanto silêncio, juro, um miúdo de polegar na boca ao lado da mãe de joelhos, há-de haver pretos sem nome, qual a utilidade de um nome, não têm necessidade de chamarem porque estão ali, apenas se afastam quando se sentem doentes, como fazem os bichos, e é tudo, às vezes na Clínica, a ilusão que, embora de braços cruzados, o polegar na boca, o indicador na minha palma e o polegar na boca, não havia retratos dele em criança ou esses pedaços de brinquedo que descobrimos numa arca, aberta por acaso, entre revistas velhas e postais enodoados, assinaturas incompletas, Clementina, Jorge, quem foi a Clementina, quem foi o Jorge, o problema não é morrer, é não termos vivido, nada estremece em nós com aqueles nomes, somente lágrimas fora do prazo que não pertencem a desgosto nenhum, Clementina ainda num livro antigo, o Jorge sumido, uma dessas existências de que o próprio não dá conta, espantado de ser

— Não sabia que eu era

e um espaço em claro, sem cicatrizes nem pena, na memória dos outros, nem sequer uma bochecha que se franze um momento

— Jorge?

e alisa de novo, não havia retratos do pai em criança nem pedaços de brinquedo num caixote aberto por acaso, a família a vasculhar o passado

— Jorge Jorge

com uma prega de esforço, a desistência

— Não sei

ou então

— Clementina diz-me qualquer coisa agora Jorge não me cheira

e sou eu, que não passo de uma voz na cabeça da Cristina, o Jorge, veio-me uma bicicleta à ideia, veio-me um cestinho de ameixas e não consigo conjugar a bicicleta com o cestinho, se me dessem mais elementos, sugestões, palpites, uma velhota com um saquito de caramelos ou um cavalheiro diante de um problema de palavras cruzadas, a pedir ajuda de caneta no ar

— Batráquio sem ser rã nem sapo conhecem?

cobra não é batráquio, lagartixa tão pouco, sete quadradinhos que o desesperavam, na eventualidade de terem presente o meu falecimento talvez se apiedassem de mim, não febres, uma coisa no pescoço, um alto acho eu, que se estendeu ao corpo, desciam-me as persianas para dormir porque dormir remedeia, o coração descansa, os pulmões não se esforçam, o cavalheiro das palavras cruzadas

— Passa-me aí o dicionário para ver os batráquios
não são mamíferos, não são peixes, põem ovos na lama
— Salamandra um batráquio?
e o Jorge sem dormir, empurrando a bicicleta numa vereda de jardim, o cavalheiro
— Batráquio não te acende uma lâmpada Cristina?
a Cristina a mudar de casa sem sair do Catete, pretos do norte, pretos do Congo, criaturas de Cabinda a trabalharem nas estradas, receosos de Luanda
— Filha de branco tu
um branco que não viram nunca ou de quem guardavam a silhueta de um fulano a consertar um gramofone, a terra não vermelha, castanha, o pai em Luanda a consultar amigos e o capitão
— Vão-se embora depressa
jipes procurando vultos, uma porta que batia, um mendigo, a porta despedaçada à bala e no interior uma cadela com crias a ladrar-lhes, a tombar sobre os joelhos e as crias, cegas, chorando o bicho morto, o cavalheiro empurrou o jornal
— Que estupidez batráquio
de biqueira a insistir contra o soalho na cadência da derrota, Clementina, Jorge e a impossibilidade de unir estes nomes sem rosto, não temos cara para a Cristina, aparecemos, desaparecemos, reaparecemos de súbito, o director da Clínica a pegar no agrafador novo e a largá-lo logo, sem se atrever a apertá-lo, ciente dos dentinhos de arame
— Tecem um mundo lá deles
à medida que o joelho da mãe ia ocupando esse mundo, as árvores do Catete fluidas, praticamente nenhum pássaro porque os armadilhavam e o ventinho da tarde enxotava penas na direcção do mar, ondas de penas brancas na praia, palmeiras brancas na ilha, no gabinete da Comissão das Lágrimas a moldura do Presidente apenas e o chão e as paredes lavados, a Cadeia de São Paulo apagando-se na cidade sem parentes à volta a torcerem as mãos, qualquer coisa no nome Clementina, não me interrompas, que me traz um piano e cachos de buganvília no pátio, me traz um pedido baço
— Jorge
e eu a aproximar-me de uma poltrona onde dedos com anéis se erguiam de uma manta e me despenteavam devagar,

uma tossezinha de celofane, um suspiro cansado, vindo de mais atrás do que o peito

— Era melhor matarem-me

e tudo isto sem relação com o nome Clementina, o desejo de que fosse ela era tanto que me enganei, troquei-a pela dona Antónia, que os parentes que me criaram me obrigavam a visitar, a mim que não passo de uma voz entre tantas numa cabeça doente, na mira de uma pontinha de herança, se lhes confessasse

— Não passo de uma voz que a Cristina mal ouve

mandavam-me apertar o atacador

— Chega de asneiras por hoje

e caminhar à frente deles

— Não te amarreques menino

proibido de um único pontapé numa lata, a dona Antónia desiludia-os com boas cores, gorducha, a fazer croche sem óculos e a apanhar linhas, que eles não viam, do chão, tentavam a meio de um acidente de comboios na Ucrânia ou da subida dos preços

— Como vão os diabetes tia Antónia?

a dona Antónia ascendia do croche numa inocência contente

— Posso comer de tudo filhos

os parentes a mirarem-se numa rapidez furtiva, com uma colher de sopa do remédio dos ratos, no seu pacote da despensa, a dilatar-se, se calhar as crias continuam a chorar o bicho morto e as luzes de Luanda apagadas excepto as lanternas dos polícias remexendo desvãos onde um sujeito não embrulhado em trapos, feito de trapos, pisca os trapinhos roxos das pálpebras e quase de seguida o som de uma arma em que se não repara, para quê contar os mortos, somos todos, a dona Antónia a inclinar para mim um sorriso redondo

— És o Jorge ou o Miguel?

nos parentes que me criaram um paviozito de optimismo

— Não há Miguéis na família tia Antónia

aguardando mais enganos, tolices, um aneurisma que não vinha, não vinha, os trapos do desvão num montito em que parecia que um olho, em que parecia que um dente e nem olho nem dente, outros trapos, uma das lanternas a rir-se e o peso das botas a aleijar o passeio, não havia a Comissão das Lágrimas mas os gatilhos não cessam e um dia destes, fatal como o destino

— Ora até que enfim que a gente se encontra senhor comissário

eles diante dos meus trapos e é sobre mim que disparam, uma garrafa vazia e uma pistola sem balas soltam-se-me do corpo e rolam, pelo menos a minha mãe deixa de estar de joelhos na cozinha do chefe de posto, pelo menos as avencas caladas, se conseguisse dizer

— Cristina

só isso, dizer

— Cristina

não pedia mais, a dona Antónia a derrotar os parentes

— Então e o filho da Teresita?

o filho da Teresita, de facto, esquecemo-nos do filho da Teresita que saiu armado aos cágados, o idiota, a oferecer à roda, cheio de nove horas, o chupa-chupa encetado, já de lacinho, já de casaco, um reformado em miniatura a mudar os dentes de leite

— São servidos vocês?

e uma colher de sopa do veneno dos ratos para ele igualmente, que cretino, o filho da Teresita apontado às pratas que deviam ser deles a partir do momento em que a dona Antónia, admirativa, a suspender a agulha do croche

— Está ali uma inteligência e peras

e os parentes a entenderem-se na sua rapidez furtiva, desmoronados, não só as pratas, o que se achava no banco e ninguém conhecia quanto era, provavelmente fortunas, sei lá, a dona Antónia não gastava um tostão, era um pisco a almoçar e o dinheiro da reforma ia-se amontoando em silêncio, no sigilo das doenças antes da primeira dor, não passo de uma voz, eu, no tormento das vozes que se acotovelam, vociferando ou lamuriando-se, na cabeça da Cristina, uma voz mansa que ela descobre por acaso

— Jorge

e atende um momento antes que as outras me calem, os trapos do pai sobrepostos no chão, isto os pés, aquilo um pedaço do tronco ou então farrapos que a gente supõe que pés e um pedaço do tronco

— Não te parecem pés não te parece o tronco?

menos cubanos, menos russos mas tanto aleijado a coxear, tanto membro que falta, a pedrinha do joelho da minha mãe dilatada

— Repara nesta miséria

não falar com os vizinhos do Catete, não beber cerveja na cantina que aumenta a língua, lhe põem palavras em cima e de imediato a lanterna a descobri-lo, a seguir à lanterna

— Ora até que enfim que a gente se encontra senhor comissário

via metade de um caixote, um rato que se escapava, dois ratos, não se via a si mesmo e o que podia fazer sentado no chão e com sede, com fome, o que podia fazer quando tudo nele se arrastava, não uma pessoa, um peso, a dona Antónia biscoitos, licores, o filho da Teresita

— Vai longe

um requinte de educação e um alho na escola, os parentes que me criaram a compararem-no com o amarrecado sem graça que lhes saiu na rifa, entretido a apanhar moscas entre o vidro e a cortina e a arrancar-lhes as asas, os parentes, vencidos

— Vai longe

despedindo-se das pratas, sobretudo do bule de pega de mogno, com cerejas ou isso cinzeladas na tampa, a odiarem-me, que parvoíce termos pegado no órfão, o oportunista do pai evaporou-se na Venezuela, a mãe deitada a um canto, só órbitas, devastada pela doença do sangue, um xarope, explicou o médico, para não se dizer que não fazemos nada, trato pessoas há mais de vinte anos e não há modo de entender as escolhas da morte, porquê aquele na paragem do autocarro, que nunca arrancou asas a moscas entre o vidro e a cortina, porquê a senhora da capelista

— Viemos pagar uma dívida senhor comissário

que me vendia cigarros

— Olhe que fumar é perigoso

e ao contar isto a Cristina a ouvir-me dado que ao passar a mão na orelha me roçou a camisa, a senhora da capelista uma tarde não

— Olhe que fumar é perigoso

a colar o indicador ao umbigo

— Tenho uma estranheza aí

e o pâncreas, o internamento, a operação inútil, três meses, a sobrinha na capelista agora
— Quem podia adivinhar
com mais admiração que dor e reflectindo bem dor nenhuma, a vida não vale um traque, amigo
— Na última visita só a conheci pelo sorriso
uma tentativa de sorriso
— Boa tarde
na ruína das feições, volta ao teu pai e a África, Cristina, multiplica as lanternas, multiplica as pistolas, mata-nos a todos depressa, a reprodução da senhora da capelista numa moldura preta ao lado do relógio hexagonal, com ponteiros trabalhados e números romanos e no entanto barato, manda-me calar, não me ligues, na última visita só a conheci pelo sorriso, lembra-se do sorriso dela, você, em criança deixava de ter medo se pegasse no indicador do meu pai e não chores, Cristina, faz-me um favor, não chores, o director da Clínica
— Já não tem sentimentos descansem
acredita nele, já não tens sentimentos e por conseguinte não chores, o teu pai vivo, a tua mãe viva, nenhum esboço de sorriso
— Boa tarde
o melhor, quando nos vimos embora do hospital, é tirar tudo da cachimónia e caminhar, caminhar, acotovelam-te e caminha, esbarras nos outros e caminha, desequilibras-te e caminha, surge-te o Tejo e caminha sobre ele, toda gaivotas e óleo, livra-te de mim, tens o seminário, as fossas, uma ambulância a arder, menos difíceis que um
— Boa tarde
numa cova de almofada, tens a Comissão das Lágrimas, por exemplo, e a rapariga a cantar, mais fácil que uma moldura preta e um relógio hexagonal, de ponteiros trabalhados e números romanos, à primeira vista pretensioso e na realidade modesto, olha o dos minutos uma guinada aselha, olha menos tempo para nós, trato pessoas há mais de vinte anos e não há modo de entender a morte, a última respiração, o peito que se aquieta, a dona Antónia a regressar à agulha, não para os meus primos, para si mesma
— Pois é

e conte-me o que tem por dentro do
— Pois é
senhora, não é a ausência dos diabetes, não é o filho da Teresita, não somos nós, é um incómodo não no umbigo, não na alma, impossível de contar, o director da Clínica a designar-te aos teus pais
— Foi uma lágrima aquilo?
a avançar no tampo da secretária, incrédulo
— Foi uma lágrima aquilo?
e qual lágrima, um reflexo de folha de plátano que lhe deu na bochecha, a gente engana-se, percebe, cria fantasmas, perde o sentido do mundo e depois ficamos normais e passa-nos, se morrer enterra-se, nem merece a pena pensar, todos os dias morre gente, que tem isso de estranho, vêem as caras no jornal, duas páginas, três páginas e embora de olhos abertos já se afiguram defuntos, ainda bem que inventaste Angola, Cristina, o senhor Figueiredo, a Cadeia de São Paulo, o teu pai às seis da manhã
— Mostra
e explosões e massacres, a dona Antónia
— Pois é
e o
— Pois é
mais terrível que uma lanterna nas pupilas, a dona Antónia sozinha com as pratas e o bule, a minha parente ao marido
— Quanto valerá o bule?
como se alguma coisa prestasse para alguma coisa e não presta, ei-la sem ninguém e é noite, vai longe e de que serve ir longe, continua a caminhar, não te detenhas nunca, hás-de chegar a casa e o teu pai com o xadrez, a tua mãe com o joelho, fecha-te no quarto, senta-te na cama, espreita para o sítio onde estou
— Jorge
ao mesmo tempo no interior de ti e encostado ao peitoril, inclinando-me para diante
— Não te amarreques menino
obrigavam-me a andar com o livro de cozinha no cocoruto, não me lembro da minha mãe só órbitas, devastada pela doença do sangue, o teu pai entre o Catete e Luanda, a falar com

os donos dos navios em escritórios sobre o porto e os pássaros da baía quase rente à janela, mapas colados a adesivo nas paredes, miniaturas de barcos, instrumentos de navegação com aspecto cirúrgico, alguns enferrujados, alguns a que faltavam peças, não me lembro da minha mãe devastada pela doença do sangue, um xarope, para não se dizer que não fazemos nada, à cabeceira, isto não no hospital, em casa e a dona Clementina, aí está ela por fim, que estranhos os caminhos do miolo, da dona Clementina lembro-me, tudo começa a compor-se, levantando a nuca da minha mãe a arranjar a almofada, a dona Clementina para mim

— Ai rapaz

e as órbitas da minha mãe fixas no tecto, não, fixas em nada, sem me procurarem, eu a bater com um martelo de plástico numa, acho que numa caixa de costura vazia, o relevo dos ossos da minha mãe no fim do lençol ou o que deviam ser os ossos, eram de certeza os ossos, o relevo dos ossos da minha mãe no fim do lençol, o martelo de plástico quase rachado, rachado e eu persistindo em bater, assaltaram a loja do meu pai na Venezuela e em lugar de ficar lá dentro veio agachar-se na rua, de mãos no pescoço onde a faca o abriu, uma carta do consulado um ou dois meses mais tarde, os parentes não quiseram o corpo para quê, o custo da viagem, o custo do enterro, quem necessita dele, ficou lá, só o cabo do martelo agora, a dona Clementina

— O que se passa contigo?

e eu continuando a bater, um dos donos dos navios para o pai

— Quanto é que você disse que paga?

e eu continuando a bater, continuando a bater, continuando a bater, eu continuando a bater até que a Cristina baixinho

— Deixa a minha cabeça em paz

e parei.

Décimo sétimo capítulo

O pai cada vez menos tempo no Catete, não sabia se em Luanda ou outro lugar qualquer, com o fato de esperar a minha mãe nas traseiras da fábrica, da modista, do escritório e imensa gente com eles, novas casas de zinco, novas ruas que não terminavam nunca ou terminavam numa árvore, numa ruína, num vazadouro de lixo, como se sai daqui, pessoas que a fitavam paradas, velhos sentados no chão, à espera não se entendia de quê
— Que espera você mãe?
e ela deitada na esteira, a culpar o joelho, não se ralando com as moscas, poisavam-lhe na cara e não as afastava nem olhava para elas, olhava o senhor Figueiredo, de lápis apontado ao ar antes do regresso à soma
— Leva-ma daqui é tão feia
a colocar uma cruz sobre os números e a recomeçar a conta, por vontade dele um desenho mas como se faz um automóvel, como se faz uma vaca, uma mulher diferente de um homem e para o lápis igual, umas bolas, uns traços, uma espiral a cobrir tudo que representava o chapéu, a tia do senhor Figueiredo aceitando o desenho
— Sou eu esta?
sem sobrancelhas, ou cabelo, ou nariz, os ovais dos pés um pequeno e um grande, o retrato da tia na cozinha, onde o senhor Figueiredo se esquecera do fogão e da loiça mas não de uma nuvem a um canto e uma espécie de novelo significando um pardal, a tia um relance à praceta sem novelos e a voltar ao desenho
— Um pardal?
da mesma forma que se fizesse o Catete rabiscos sobrepostos a que chamaria gente, talvez pardais também, talvez nuvens, dois mestiços de fatos tão gastos quanto o do pai a interrogarem os pretos no extremo oposto do bairro e aproximando-se do sítio onde moravam, quem sabe se terão passado noite

após noite entre caixotes, apagados, pacientes, humildes, o que pretendem de nós, ondas de frases que a assaltavam e deixavam abandonando conchas de palavras no ângulo da memória, nem palavras sequer, imagens sem nexo, por exemplo um fulano de costas a estender os braços
— Não
e que fulano e onde, atrás do fulano outras criaturas e no meio delas o pai com uma peça de xadrez no ar, a impressão que o pai em África, não em Lisboa, a justificar-se ignorava a quem, a negociar, a pedir ou sem chegar a pedir dado que antes de pedir a mãe
— Não
e a pele dele a tombar anulando as pálpebras, o meu pai, no desenho do senhor Figueiredo, um emaranhado de ovais, triângulos e círculos, ao acordar no Catete parecia-lhe ouvir as ondas que se transformavam em folhas e canas, não respirações, não passos, provavelmente os mestiços a rondarem a casa, provavelmente ninguém, deslocava-se uma chapa de zinco para entrar e sair, tomando atenção às galinhas ansiosas de fugirem, uma dúzia de galinhas de início, quatro ou cinco hoje em dia, se a comida faltava a mãe a agarrar uma delas, sem escolher, ao acaso, percebia a faca pelo movimento, conforme percebia o fulano a levantar os braços
— Não
um repuxo de asas e uma pata que se encolhe e estaca, qual o motivo das pupilas dos bichos mortos se embaciarem sempre, as do fulano de braços levantados embaciadas também, o que fez você, pai, nunca lhe dei conta de uma faca e a Cadeia de São Paulo a rodeá-la de ecos, a certeza que estive lá e não estive lá, compartimentos, corredores, um janelico com uma nuvem do senhor Figueiredo a atravessar as grades, portas a seguir a portas que não cessavam de estalar, onde fui buscar isto se vim de África aos seis anos, como posso recordar-me e no entanto recordo ou são as vozes
— Ai Cristina
que recordam por mim, quem me chama, quem me repreende, quem me persegue, meu Deus, há alturas em que distingo feições, uma criança com um martelo de plástico a bater numa caixa de costura vazia

— Queres enlouquecer-nos a todos?

o martelo a quebrar-se pedaço a pedaço e a criança continuando a bater, o pai

— Daqui a uma semana um barco para o Senegal

e a mãe uma interrogação sem perdizes nem moitas, a mãe e ela escondidas em casa se é que um destroço de pranchas, com uma dúzia de telhas e pedaços de cartão, merece o nome de casa, ouve-se passar o jipe da patrulha em cima, numa estrada de terra que os pneus vão esmagando, quatro martelos de plástico a baterem com força, os plátanos da Clínica afilavam-se à chuva, as lâmpadas dos gabinetes, mais tubos do que lâmpadas, acesas, uma empregada a lavar com uma esfregona e um balde

— Mais de um doente partiu aí uma perna

os azulejos do chão, isto ao fim da tarde porque nenhuma visita, um enfermeiro no telefone do corredor, com um pé em cima do outro, protegendo o bocal com a palma

— E qual foi a reacção dela?

o sapato de cima a torturar o de baixo, o enfermeiro à procura do lenço para esfregar a nuca e o bolso das calças com um pedaço de forro à mostra no qual chaves em equilíbrio sem caírem ainda, eu a pensar na galinha e em como deve ser difícil comer com o bico, depois da patrulha ondas de novo, isto é canas e folhas, na baía não sei, confesse, não minta, acha-me feia, mãe, daqui a uma semana o barco para o Senegal, ninguém a levantar os braços

— Não

o apartamento de Lisboa onde os mestiços por fim, tranquilos, educados

— Temos de ir andando senhor

um deles a admirar os móveis, o outro a cumprimentar-nos

— Muito prazer

sem correrias, tiros, gritos, um trabalho apenas que a época da violência acabou, gostamos de resolver os problemas de uma maneira serena, se há um preço a pagar paga-se e pronto, para quê partes gagas, amigo, e não hoje, não temos pressa, dentro de uma semana, dois meses, mais tempo talvez, o senhorio aceitou o dinheiro do pai a contragosto, o cemitério judeu, fechado em muros, entaipando os defuntos, e o senhorio a examinar a bagagem como se descobrisse entre as malas a cafeteira velha que ficou em Luanda, o que vejo no espelho não sou eu, pois não, este pescoço, estas rugas

— A doença estraga-os num ai

e portanto uma dúzia de páginas da agenda de argolas, não uma infinidade de dias, felizmente os cemitérios não judeus de muros mais baixos, quase podiam ver-se os passantes cá fora, o pai mastigava a galinha crua e o que me irrita nos pretos é a saúde, onde arranjaram tanta, recebi-o para não, fingi que o recebi, não o recebi nunca, o meu avô sem dar por ele junto a mim

— Sentes o cheiro rapariga?

o enfermeiro poisou o telefone devagarinho, porventura no receio que o auscultador se quebrasse, e ficou diante do aparelho a torcer o lenço, não era ele que se mexia, era a roupa a amarrotá-lo, os sapatos que se calcavam, a camisa a inchar, os enchumaços dos ombros a mexerem-se, tudo vivo de repente, camisola, gravata, as joelheiras das calças, tudo a existir, independente de si, e o enfermeiro no meio de um temporal de pano, recebi o preto porque o senhor Figueiredo, como confessar ao meu avô, não me recebeu a mim, ao caminhar a bengala que se esmagava no chão, de que maneira erguer, se a mandassem, o tornozelo que não tinha, a minha mãe aliviada que nenhum gramofone tocasse e as colegas sem lhe agarrarem a cintura, acabaram-se as pensões, acabaram-se os comboios, as bocas dos fazendeiros que não falavam com ela, a engoliam

— Boneca

de olhos a babarem saliva, tão inesperadas as caras, o telefone da Clínica, solitário no corredor, com o aspecto de um remorso indignado, o que os objectos exprimem se reparamos neles, perdem a sua inércia, recriminam-nos, exaltam-se, um minuto depois de direitos entortam-se de novo, tiros no Catete por uma cabra ou uma ovelha, uma constelação de crianças, não eu, a chorarem no escuro, eu não choro

— Não têm emoções não choram

o barco para o Senegal de madrugada, com as luzes da ilha a desmaiarem, começam a apagar-se antes do dia e o mar fabrica a custo os seus próprios reflexos, a primeira traineira de pesca, a segunda, ambas invisíveis, lentas, com o gasóleo dos motores a limpar a bronquite, tanta biela ensonada, tanta válvula preguiçosa, mudaram para Luanda quando os mestiços a

três becos somente, um musseque com mais telhas, mais cartão, mais tábuas, algumas mulheres brancas que pretos de automóvel visitavam, nos intervalos dos pretos de automóvel pretos das redondezas com um pano do Congo ou uma garrafa, brancas numa pedra, à tarde, a sonharem com perdizes, de mês a mês calçavam-se para ir ao correio e subiam a ladeira sem cartas, a remoerem Portugal sob a forma de um sino, o altifalante da festa da Senhora dos Remédios um pássaro esquecido a oxidar-se num galho, incapaz de cantar, a quem os rapazes jogavam pedras e ele um eco de lata, esmagou-se num canteiro a cuspir ferrugem, se eu tivesse uma corda e um baraço, se tivesse coragem, o comandante dos bombeiros a olhar-lhe o vestido
— Dezasseis anos já?
não dezasseis, quinze, mas concordar por vaidade que dezasseis, dezassete, no mês que vem sou maior, tirar a boneca da almofada e escondê-la, sob a roupa, apesar de tanto tempo de amizade e segredos, se conseguisse voltar atrás pedia-lhe desculpa e daí não sei, anos à beira de uma quietude que me não respondia e provavelmente não escutava, pensava em si mesma apenas, se me viesse à cabeça
— Não pareço mais idade?
acho que inveja de mim, a minha mãe
— A boneca?
e eu afundada no prato, toda dentro da sopa
— Zangámo-nos
a filha do comandante dos bombeiros casada, com pó cor de rosa nas bochechas e a boca aumentada por giz vermelho, o nariz dos homens crescia a palpar-lhe o perfume, o marido um bigode que entusiasmava as senhoras do coro fazendo-as espalmar o missal contra o peito e o comandante dos bombeiros, rodeado de beleza, a interessar-se por mim erguendo-me o queixo com o polegar
— Dezasseis anos já?
felizmente a boneca não o desmentiu
— Quinze
e mesmo que desmentisse a arca fechada afogava-lhe a voz, oxalá o comandante dos bombeiros não a encontre na rua nem lhe passe pela cabeça visitar o quartel, por que razão não me compram brincos grandes em lugar destas bolinhas em que mal

se repara, se me penteassem de maneira diferente, se usasse meias compridas, o comandante dos bombeiros amigo do cunhado do meu avô mas mais importante, mais gordo, ao tirar o capacete a calvície, de capacete perfeito e depois o quartel um carro com uma escada e uma ambulância ver, nenhum correio para mim, que é do sino, que é das amoreiras no largo, uma ambulância vermelha, a boneca não egoísta, ciumenta, a espreitar-me,
— Vais meter-te em problemas?
não por amizade, é lógico, quando é que foi minha amiga, por despeito somente, se não fosse cá por coisas, entre as coisas a minha mãe
— A boneca?
e um chinfrim de ralhetes deitava-a no lixo, fui-me aproximando do quartel, a meio caminho do tribunal e do matadouro, não pelo comandante dos bombeiros, o que me interessava que me erguessem o queixo e se espantassem com os dezasseis anos, pelo carro da escada, nenhuma carta, acabou-se, habitua-te à ideia, vais morrer, estás sozinha, de quando em quando um automóvel ou um preto da vizinhança e um pano ou metade de uma garrafa com um mosquito a flutuar no líquido, não me despia toda, não os beijava, ia assistindo à queda do altifalante da árvore, parecia-me que o sino sem ter a certeza que o sino, de qualquer forma não domingo nem meio-dia, umas ocasiões à tarde, umas ocasiões à noite, eu a dormir e chamavam-me
— Senhora
ajeitava-me na esteira não acordando por completo, a conversar com a boneca
— Se não estou a ser justa desculpa
pensando que a arca, não a distância, a impedia de ouvir, ouvia eu a porta, ouvia os passos longe e adeus, ocupava o centro da esteira depois de guardar o pano num buraco do chão e a garrafa, tirado o mosquito com uma palhinha, me dar esperanças que uma carta amanhã, a empregada dos Correios
— Palpita-me que teve sorte
desordenando cacifos, remexendo encomendas, verificando envelopes e como eu admirava os caixas dos bancos a dedilharem notas, a empregada dos Correios parente da boneca, o mesmo falso dó, a mesma falsa candura
— Enganei-me

de modo que se houvesse uma arca junto ao balcão a empregada sob um monte de roupa, apertada com força contra a garganta dela, o comandante dos bombeiros ausente do quartel, três criaturas de fato-macaco a comerem de marmitas, só bochechas, numa tábua sobre dois bidões, que raio de beleza tinha a minha terra, porque me lembro dela, o meu pai trabalhava na Cooperativa, a minha mãe fazia limpezas na escola, quando o meu pai com a gente ouvia-a sem voz

— O que me terá dado para casar contigo?

começa-se a conversar sem maldade visto que os dias compridos, jantamos sem companhia e arrumar o prato e o copo de uma única pessoa no lava-loiças custa, depois de raspar o prato para o balde com o garfo e passar tudo por água, visto que não sei quê melancólico nas luvas de borracha dobradas no apoio da torneira, visto que depois de apagar a luz o corpo indefeso nos lençóis e não achar uma posição para as pernas, a gente uma lágrima que nasce na pálpebra da fronha e vem descendo, descendo, começa-se a conversar sem maldade, consente-se um beijo numa esquina na esperança que a lágrima seque e não seca, lá vai estar ela logo, mais os automóveis na rua e cada motor a aleijar, alguém que chama alguém em baixo a aleijar-me também, um táxi que buzina o seu pedido de socorro no interior da cabeça e o esquecimento a cobri-lo, umas conversas, uns beijos e de súbito

— O que me terá dado para casar contigo?

o padre diante deles a sorrir, o que ficava do padre eram os óculos tortos e o defeito na fala, o bolo com um casal de amêndoa no topo, prendas que se repetiam, vários baldes de gelo, por exemplo, e nisto um estranho a descalçar-se tornando-me a respiração difícil dado que ocupava tudo, ceder-lhe metade do armário e ao abri-lo casacos de que não gostava, vai achatar-me o peito com o peito, vai enganar-se no caminho

— Espera

e ao descobrir o caminho um incómodo suado, encontrar-lhe pêlos nas costas e uma careta de crucificado a crescer, um pingo elástico de saliva que se me deposita na testa não se desprendendo da boca, os automóveis na rua, alguém que chama alguém e o táxi buzinando com pena de mim, em lugar de ternura o terror dela

— Estou feita

o altifalante das festas da Senhora dos Remédios desprendia-se da árvore a bater neste ramo, naquele, um pássaro amolgado que tomba, a cuspir ferrugem, num abandono idêntico ao meu, só quero o meu prato e o meu copo, não quero limpar com o garfo outros pratos para o balde, outra argola de guardanapo diante da minha, um sorriso que se me pega aos olhos e apetece esfregar, a máquina da barba que desliga de estalo o contador da luz e qual é o botão, entre tantos botões, que o põe a funcionar, restaurantes em silêncio, aliás sempre o mesmo, em que a dona

— O que vai ser hoje jovens?

domingos de jornal, o problema de damas da penúltima página, as brancas jogam e ganham, com a solução ao contrário, mais pequena que o problema, cá em baixo a um canto, ao querer ajudar na cozinha tirou o avental do gancho, notava-se a barriga que eu supunha não ter e tornou-se ridículo, pôs as luvas de borracha e furou-lhes o polegar, a jarra mudada de sítio, o boneco mexicano mudado de estante, o abajur do lado dele eternamente oblíquo, graças às caretas de crucificado eu enjoos, cansaço, o meu ventre um aquário com um peixinho, eu que detesto as pestanas transparentes e a boca a abrir e a fechar como detesto as pedras cretinas do fundo e o coral postiço, os ciscos nauseabundos que eles comem, verter o peixe numa jarra para mudar a água e uma criança com um martelo de plástico a bater, a bater, o martelo quebrando-se pedaço a pedaço e a criança a bater, o meu pai

— Daqui a uma semana um barco para o Senegal

e a minha mãe um silêncio sem perdizes nem moitas, a minha mãe e eu escondidas em casa, se é que um destroço de pranchas, com telhas e pedaços de cartão, merece o nome de casa, ouvia-se passar o jipe da patrulha em cima, numa estrada de terra que os pneus vão esmagando, quatro martelos de plástico a baterem com força, batam o riso dos soldados também, os plátanos da Clínica enegrecem à chuva, as lâmpadas dos gabinetes, mais tubos que lâmpadas, a empregada a lavar com uma esfregona e um balde

— Atenção que escorrega

os azulejos do chão, um barco para o Senegal e nenhum mestiço connosco, a Cadeia de São Paulo nos antípodas, África

nos antípodas, a sua mãe de joelhos na cozinha do chefe de posto que não houve nunca, enganámo-nos, o seminário uma ilusão, você
— Mostra
mentira, foram outros que moraram em Angola, não a gente, mas então como entender esta saudade de mangueiras, em Marimba, da Administração ao posto, aclare-me a cabeça, poise--me o indicador na mão, conte-me quem diz
— Queriducha
a quem e por que motivo os pardais novelos de riscos, num jardinzito com um arbusto e um banco, um único arbusto, um único banco e uma senhora de camisa de dormir a regar o seu vaso de plantas numa varanda da qual se não alcança o Tejo, alcança-se a barbearia e o talho, um resto de horta no meio da cidade com o proprietário a regar a sua meia dúzia de alfaces, a minha mãe, desgostada com o joelho
— Dezasseis anos já?
a minha mãe, desgostada com o joelho
— Que mal fiz eu a Dèus?
o comandante dos bombeiros
— Dezasseis anos já?
e não dezasseis nem quinze, catorze ou treze e meio, que importa, comecei a ser mulher nessa época, surpreendida comigo a cada mês
— Que significa isto?
não muito, gotinhas e o corpo a arredondar-se, vontades esquisitas, enervamentos, caprichos
— Quem sou eu agora?
continuando a mesma, vontade de, desejo de, não confesso, interrogava-me se eu outra ou os homens outros de súbito, demorados, atentos, cotoveladas a apontarem-me como à minha mãe dantes e a minha mãe, numa voz de chicote
— Puxa a saia para baixo depressa
zangada comigo por ser eu e com ela por ter deixado de ser ela, observava-se de perfil em casa, esticava as bochechas com a ponta dos dedos, fitava-me, azeda
— E era isto um peixinho
regressava ao perfil
— A maldade do tempo

e se esticar as bochechas com a ponta dos dedos nós a mesma idade quase, o meu marido, de chinelos, alargando-se no sofá, acordava em sobressalto
— O quê?
que é da careta de crucificado, dos pêlos nas costas, dos enganos
— Espera
a pensar
— Mais acima ou mais abaixo?
até achar o caminho cuja estreiteza e cuja resistência o espantavam sempre que, até achar o caminho num incómodo suado, não mais acima, mais abaixo afinal, é uma questão de joelhos e jeito, vens atrás ainda que percas um bocado a energia, a que lá está há-de chegar, e guias com a mão que elas, mesmo quietas à espera, mudam de cada vez que a gente, uma trabalheira para uns segundos de pouca coisa e logo a seguir ganas de não lhes tocar mais e se me tocarem faz-me cócegas, vontade de me levantar, beber água, limpar-me no bidé, o ar delas na cama tão sério, apetece-me dormir e não durmo no receio que aqueles polvos me sufoquem, a quantidade de braços que ganham, de pernas, de pele, menos braços e menos pele antes, o que lhes sucede que aumentam, não há um centímetro de lençol que não fique pegajoso e o abajur do quarto a iluminar ruínas, o meu casaco uma ruína, os meus sapatos ruínas, a minha camisa e as minhas meias ruínas, a minha vida uma ruína indefesa, mãe, mãe, desaparecer do quarto, estender-me no sofá, acordar em sobressalto
— O quê?
julgando-se no seu divã de criança, com um friso de florinhas azuis, visto que não sou uma menina, na cabeceira de pau, ao abandonar o quartel dos bombeiros o peso do mundo em forma de uma palma na nuca
— Adivinha quem é?
transformada num polegar a erguer-lhe o queixo, pensou em esticar as bochechas com a ponta dos dedos, colocar-se em bicos de pés para esgalgar a silhueta, observar-se de perfil
— Terei gordura aqui?
o comandante dos bombeiros, desfardado, carne a sobrar dos intervalos dos botões e um andar de gondoleiro remando uma das coxas, ela a gritar para ela
— Some-te

com saudades da boneca e dos pais, sobretudo saudades da boneca

— Perdoa

não te acho invejosa, sou tua amiga, perdoa a arca, ela a apressar-se para casa tentando não correr e não correu, quantos quarteirões me faltam, cinco, quatro, três, distinguia a sapataria ao longe, em que o sapateiro consertava solas acompanhado por dois cegos de acordeão ao ombro de onde subia, por descuido, um lá bemol perdido, e a seguir ao sapateiro nós, o prédio finalmente à vista, a necessitar de pintura e neste momento tão lindo, o primeiro andar, o segundo e os degraus a ajudarem empurrando-a para o alto, a mãe lenta nas escadas, o pai lento e para ela facílimo, aos treze, quer dizer, aos catorze anos canja, aos treze e meio canja, a mãe na escola, o pai na Cooperativa, o apartamento inteiro

— Olá capacho

para mim, a maçaneta, como de costume, a bater na cómoda e no sítio em que batia acabava o verniz, quase um buraco na madeira por baixo, não uma fenda, um buraco, a poltrona em que o pai despertava em sobressalto

— O quê?

observando-nos de um país longínquo que se calhar nem a ele pertencia, a mesa de comer com uma cadeira, a minha, desemparelhada das outras, eu desemparelhada dos outros, o quadro do hidroavião, o quadro da menina, o corredor interminável da infância afinal diminuto, pedia à mãe que não parasse de lhe falar da cozinha até alcançar o quarto e a luz, o dos meus pais à esquerda, com vista para a rua, o meu à direita, com vista para nada porque a parede de tijolos da fábrica a cinco metros se tanto, de minuto a minuto escutava-se uma rola sobre dúzias de máquinas surdas, um silvo para o almoço, um silvo à tarde e a seguir ao silvo da tarde a parede de tijolo desvanecia-se devagar, em certas noites gatos, um bêbedo e, sem gatos nem bêbedo, eu sentada na cama num isolamento infeliz, perguntavas

— O que será de mim?

e agora conheces a resposta, é isto, o que adianta queixar-me, onde é que eu ia, ia que o apartamento para mim e nenhum receio do escuro, se o comandante dos bombeiros tocar a campainha não abro, três toques compridos e um curto como o meu pai antigamente, sem um sorriso, sem um beijo, mas teria havido sorrisos e beijos, desaferrolhou a arca para trazer a boneca do monte de roupa

— Perdoa

e colocá-la no seu lugar na almofada e não achou a boneca, começou a puxar blusas, camisolas, calças, umas sandálias antigas, novamente camisolas, saias, o bibe da escola com uma nódoa de tinta, bolinhas de naftalina

— Encho um copo e engulo-as

a caixa com a medalha da primeira comunhão a perder o banho de oiro e oxidada por baixo, alfazema a desfazer-se nas mãos, outro bibe, mais roupa, um nariz de carnaval com o elástico solto de um dos lados

— Quando encontrar a boneca faço um furo no cartão que se rasgou e ponho-o

o soalho cheio de peças moles, desbotadas, com o nariz no meio daquilo

— O que este nariz cheira a bolor meu Deus

ela de início intrigada e a seguir aflita

— A minha boneca onde pára?

o meu pai

— Daqui a uma semana o barco para o Senegal

e a minha mãe e eu escondidas em casa se é que um destroço de pranchas, com telhas e pedaços de cartão, merece o nome de casa, ouvia-se o jipe da patrulha em cima, numa estrada de terra que os pneus iam esmagando, quatro martelos de plástico a baterem com força, batam o riso dos soldados também, um barco para o Senegal e nenhum mestiço connosco, a Cadeia de São Paulo nos antípodas, África nos antípodas, a sua mãe de joelhos na cozinha do chefe de posto, a minha boneca onde pára, as nossas vidas mudaram, estamos em paz aqui, ninguém bate à porta, ninguém nos procura

— Ora até que enfim que nos encontramos senhor comissário

educados, serenos

— Temos de ir andando senhor comissário

um deles a olhar a mobília, o outro a cumprimentar a mãe

— Muito prazer

um trabalho apenas que toda a gente, a começar por nós, condena mas respeita, os tempos da violência acabaram e de que serve a violência de resto, sujar tudo para limpar a seguir, preferimos resolver os problemas de maneira tranquila, conversa-se até concluir que é a melhor solução, se há um preço a pagar paga-se e risca-se do quadro, para quê espalhafato, tragédias, exageros, a primeira onda na praia cobre tudo num instante, para quê discussões, a rapariga que cantava minha prima mas isso são histórias passadas, não lhe guardo rancor, o director da Clínica, abismado com a agenda

— Pelo aspecto dela deve estar cheia de vozes

enquanto eu com dezasseis anos, quinze, catorze, treze e meio, catorze a vinte e dois de janeiro, abrindo a janela para espreitar a azinhaga entre o quarto e a fábrica, a debruçar-me do peitoril, a chamar a boneca e apenas dois gatos que continuaram deitados, um pedaço de revista numa cambalhota lenta e em cima, estreitinha, uma fresta de céu incapaz de proteger-me, onde pára a boneca, tentar no outro quarto, na despensa, na sala, ao contrário do que pensava tantos armários e tantas cómodas para um apartamento minúsculo, se calhava lobrigar à distância o comandante dos bombeiros, mesmo fardado e de capacete, irresistível de autoridade, pisgava-me na primeira esquina, o meu pai levou as duas malas para o barco do Senegal, a almofada a censurar-me, que estranha a cama sem boneca, se ainda ia aos Correios era na esperança, nunca se sabe, de uma carta dela, abrir o envelope e a folha de papel igual a um lenço molhado, mudou de ideias, gosta de mim, quer ver-me, um dia destes, quando menos espere, agora que o barulho acabou e meia dúzia de tiros apenas, meia dúzia de assaltos, entra-me na cabana em Luanda, depois de horas a perguntar no musseque e a tropeçar no lixo, com a blusa cor de rosa e o chapéu de pano que a minha mãe lhe fez, de maneira a segurar os caracóis que restavam, a tinta de um dos pulsos, quebrada, mostrando a pasta cinzenta, os mestiços próximos porque uma primeira avenca a estalar, tinha esquecido o seminário e as avencas mas as avencas não se esqueciam de si, mesmo em Lisboa aí estão elas e a sineta no dormitório

— Seis horas seis horas

tem razão, senhor doutor, estou cheiinha de vozes, tanto grito, tanta tortura, tanta argumentação indignada, até um gramofone e raparigas de plumas

— Não quero ninguém triste

com os tornozelos ao alto, os tacões dos sapatos nas tábuas do estrado que pensava em ceder, vai ceder, não cede, a minha mãe

— Garantam-me que não se quebram vocês

e em lugar de resposta um suspiro profundo, encostar-me mais à esquerda onde com sorte uma viga, voltar a encher a arca antes que os meus pais chegassem, o apartamento quase em ordem, as cómodas fechadas, o comandante dos bombeiros a erguer-me o queixo

— Dezasseis anos já?

sem acreditar conforme não acredito que esteja ainda em Angola, com meia garrafa e umas sobras de peixe seco que não irei comer, olho para as sobras e resisto tal como resisto ao gargalo e Deus sabe quanto necessito do gargalo, varri o chão e ajeitei o saco que serve de almofada porque quando a boneca chegar, exausta da viagem e de buscar-me no musseque, há-de querer ficar ali, cerrando a única pálpebra que desce, enquanto o olho bom me recrimina, a fingir que adormeceu.

Décimo oitavo capítulo

As folhas das árvores quietas, as vozes caladas, a memória um relógio de molas empenadas marcando horas impossíveis, trinta e nove e meia, sessenta e uma e um quarto, quatrocentas e quarenta e oito e cinquenta, palavras sem nexo, anaeróbico, oxímoro, a marginal de Luanda distorcida numa espécie de bruma, o apartamento de Lisboa onde a minha mãe
— Cristina
preocupada comigo e para quê preocupar-se se o relógio funciona, vinte e sete em ponto, setenta e dois menos onze, apesar de tudo as molas continuam e eu viva ao seu lado, não morri por enquanto como o seu avô, como África e todavia pedaços de Angola
— Não te deixamos nunca
colados a mim, um posto de polícia dos brancos com os prisioneiros pretos, quase nus, a cavarem, eu no quintal com medo da chuva e incapaz de voltar para casa, o meu pai pegava em mim a correr e a seguir à chuva salamandras no tecto, mosquitos, existências minúsculas apoderando-se da nossa, olha a cadência dos pingos a abrandar nas telhas, sou a Cristina e tenho duas mãos que se mexem sozinhas, o meu pai largava o garfo para comer com os dedos, mil e não sei quantas horas e a minha mãe a apontá-lo em busca de uma cúmplice
— Já viste?
eu que não via fosse o que fosse, quer dizer vi-o espreitar-me a dormir, o indicador a aproximar-se do lençol e recuando de imediato, era você a pensar em Angola, não eu que não sei pensar, uma das molas imobilizou-se, as restantes prosseguem, dói-me um canino sem que descubra qual, o dentista da Clínica com um ferrinho
— Este?
tirou o ferrinho para que respondesse e eu muda, as coisas passam-se dentro de mim, não fora, e se calhar a dor de outra

pessoa que se me instalou na gengiva, às vezes as doenças trocam de lugar, fica-se no hospital, saudável, a assistir à morte nas camas vizinhas, misturando-se com a família e a família
— Quem é?
a minha mãe para si mesma, não para o doutor do joelho
— Quanto tempo me falta?
convencida que o tempo se mede e não mede, engana-se, senhora, falta-lhe o tempo inteiro, não falta tempo algum e o seu tio a matar perdizes uma a uma e a arrancar as moitas puxando--lhes as raízes, o seu tio não como o lembra, velho
— Não falta tempo algum
embora o boné lhe esconda a cara e a largueza do fato lhe disfarce os movimentos, velho, o seu tio a pegar na caçadeira
— Não falta tempo algum
encontrando o percutor com os dedos, o gatilho com os dedos, as próprias feições com os dedos também porque se esqueceu da arquitectura do corpo, você não com a idade de então, com a idade de agora e os penedos imensos, a mula nervosa e a sombra de uma voz, até que enfim, na cabeça, o cafuzo de Quibala a desculpar-se a um tenente, com os soldados à espera atrás dele
— Foi o que me mandaram fazer senhor tenente
no momento em que a mola se libertava de um espigão invisível e recomeçava a distender-se tal como este capítulo, até aqui resistindo-me, principia a distender-se, uma segunda vez, uma terceira, todas as vozes comigo, o cafuzo
— Senhor tenente
sem uniforme, um paisano, você deitou fogo ao seminário não deitou, pai, não suportava recordar-se mas Deus há-de saber, é uma questão de dias, ao passar a vista por África
— Aquele meu seminário?
todas as vozes comigo, o director da Clínica
— Segurem-na
tiras de lençol nos pulsos, na cintura, nos ombros
— Não vá ela morder
o seu tio não
— Rapariga
como o seu avô, o seu tio
— Alice

a desistir da caçadeira
— Alice
tão antiga que se desarticulou peça a peça no chão, a verificar a casa, a horta, o pomar e a rir do nosso pouco de pobres, quem escreve isto por mim, peço a uma pessoa ao acaso, tanto faz, que me ajude, diga
— Cristina
e me ajude, a minha mãe um passo amparada a uma cadeira, outra cadeira, a estender o braço para a camilha sem encontrar a camilha porque os móveis nos fogem, nada fica connosco, comovido e atento, a minha mãe uma expressão de quem vai afogar-se, se afoga, quantas horas no relógio neste instante, o cafuzo
— Não faça isso senhor tenente
à medida que a erva cresce sobre as fossas e os mortos debaixo do capim não acusam ninguém, ao contrário dos restantes defuntos de África sentam-se com a gente a olhar os milhafres que ninguém sabe onde se abrigam durante a zanga da chuva, dúzias de vozes combatendo-se, a do pai da minha mãe que não foi capaz de matar o cachorro doente, levou-o para um pinhal longe, baralhando os caminhos, e apesar disso o bicho à roda da casa, o cafuzo com uma clavícula quebrada
— Como é que eu podia desobedecer senhor tenente?
o meu pai deitou fogo ao que sobrava do seminário, paredes, campas de gesso, os ferros de uma cama, talvez a sua, no chão, o tenente sulcava a terra com uma varinha, a reflectir, o cachorro de volta a casa mais doente ainda, a avó da minha mãe, quando o animal se arrastou para lhe lamber a perna
— Não tens a caridade de acabar com ele?
e o pai da minha mãe os mesmos gestos lentos que o cachorro e os mesmos olhos sem força, a demorar-se no degrau, de palma no pescoço do bicho, sem que nenhum dos dois tivesse a caridade de acabar com o outro, a mesma desistência no mesmo corpo sem força, o vizinho que trabalhara de maqueiro na tropa
— Devem ser os açúcares a embaciarem-no por dentro
a minha mãe não se despediu dele antes de viajar para Lisboa, o afilhado do farmacêutico
— Tomas a camioneta na vila

juntou a roupa num pacote, tirou dinheiro da caixa da cozinha onde mais papéis que dinheiro, quase dinheiro algum e fechou-o no lenço, deu com a mãe lá fora a lavar e não chamou por ela, deu com o avô no banquito vasculhando uma ponta de cigarro no colete, deu com o pai na horta mais o cachorro, que não tinha a caridade de acabar, estendendo junto dele a agonia sem fim

— Lembra-se do cachorro mãe?

e não precisei de mencionar qual cachorro, lembrava-se porque a cadeira que lhe servia de apoio de repente insegura, o cafuzo

— Tenho filhos senhor tenente

isto às noventa e sete horas e vinte cinco, portanto antes da noite, numa das cubatas de Quibala a primeira luzinha, um soldado ergueu a espingarda e o tenente a verificar as próprias botas

— Espera

deu com mais coisas mas para quê nomeá-las, para quê emocionar-se, senhora, a idade altera a gente, não é, assuntos sem importância de repente enormes, desgostos diminutos um remorso tenaz, se perguntasse

— O que pensa da Comissão das Lágrimas pai?

o bispo que fazia tenções de mudar no tabuleiro abanicando, o infeliz, a cair sobre os cavalos, a desarrumar o jogo, teve de substituir não sei quantas peças por rodelinhas de loto, tampas de cerveja, botões, a minha mãe assistiu à partida da camioneta da vila numa fumarada distante conforme assistiu à poeira nas árvores e aos pardais a voltarem da igreja terminado o seu susto, sentou-se num banco, esperando a camioneta seguinte, a adormecer e a acordar, um sino distante e próximo ia balizando o tempo, distante se despertava e quase na sua cabeça ao resvalar até onde um cafuzo sob as nuvens por enquanto não de chuva

— Tenho filhos senhor tenente

e o meu pai incapaz de recomeçar o xadrez, esquecido dos mecanismos do jogo, o comandante do barco para o Senegal

— A tua mulher fica comigo

e pelo menos uma cama, não um banco na vila, pelo menos comida, um sujeito com uma mala de caixeiro viajante diante dela

— Vais ficar aí até quando?

e a minha mãe a erguer-se dos cachorros doentes, decidida e com medo, a camioneta da manhã em que quase ninguém chegava ou partia, uma camponesa com uma criança, não, duas crianças, a primeira de laço no cabelo e a segunda sem laço, de olhos cheios de vacas, passagens de nível e aldeias ganhas e perdidas, um senhor com um tubo na garganta, um músico ambulante de violino no estojo, a camponesa limpava a cara de uma das crianças, ia jurar que a do laço, na barra do vestido

— Quietinha

e a criança a devorar-se a si mesma para impedir as lágrimas, de bochecha a mudar de forma à medida que a esfregavam, comigo o pesadelo era assoarem-me, tapavam-me as narinas com um pano, ordenavam

— Faz força

e eu amordaçada naquilo, com a noite o frio, candeeiros irregulares, um ventinho que descobria os intervalos da roupa consoante descobria as frinchas da casa, quando ia à Comissão das Lágrimas pensava vingar a mãe na cozinha do chefe de posto, o tenente continuava a verificar as botas e lembro-me do som das árvores e do mapa na parede com marcas coloridas, o caixeiro viajante uma hospedaria de vasos com plantas, convalescendo de não sei que moléstia, em cada lado da porta, uma escada na qual a minha mãe se enganava nos degraus desiguais

— Não faças barulho

e moitas de perdizes no patamar, no corredor, no quarto, se alguém se aproximasse um reboliço de penas, uma lâmpada suja no tecto porque as nossas sombras sujas, não só os lençóis, um único lençol, aliás, e eu tão suja, tenha a caridade de o levar para trás de um penedo e acabar com o cachorro, senhor, que o meu pai não protesta, não protestou com o meu tio, não protestou com os outros, observava-os por cima do sacho, dava ideia de ir dizer uma frase e não dizia, continuava a cavar, recordo-me da mala do caixeiro viajante à porta, de o meu avô julgando dar por mim e enganava-se, eram as guinadas do milho, era a poeira da camioneta da vila na direcção de Lisboa, e o caixeiro viajante cada vez mais pequeno até sumir-se e adeus, se por acaso o encontrasse não o reconhecia, reconhecia a lâmpada suja e uma

queimadura de cigarro na colcha, o cachorro e o meu pai à espera que a caridade de alguém acabasse com eles e não acabava, durariam para sempre na horta, não me obriguem a fazer força com o nariz num pedaço de pano
— Não há maneira de aprenderes a assoar-te
e não há maneira de aprender a assoar-me, têm razão vocês, vou-me secando na manga, o senhor Figueiredo
— Não cresces tu?
e não cresço, senhor Figueiredo, continuo a espantar-me com as nuvens, uma rola brava, no outro dia um mocho que se estrelou no limoeiro e ficou por ali, não com plumas, com pêlos, arrastando em círculo a asa quebrada, a certeza que se chegar à marquise, aqui em Lisboa, o descubro na rua até o meu tio o atravessar com o ancinho, o cafuzo embrulhado no argumento dos filhos, trinta e uma e onze, mãe, não começa o almoço, o tenente a sulcar o chão com a varinha enquanto o meu pai se chegava ao barco para o Senegal no vagar de quem passeia, entreguei a carta do filho do farmacêutico num rés do chão em Lisboa, onde um senhor prestável
— Lê-me tu que ao tentar apanhá-los pisei ontem os óculos
e uma mulher mais velha que ele numa cama a um canto, de bochechas substituídas por covas e membros torcidos, provavelmente já morta, o senhor prestável interrompeu a leitura designando-a com o queixo
— A minha irmã
só nariz e goela, a minha mãe a tropeçar nas letras, ela e eu no navio do Senegal a espreitarmos o meu pai que caminhava para nós ao longo do cais, afastando-se das luzes e evitando os polícias, o senhor prestável puxou do bolso uma única lente, aliás rachada
— Dá cá isso
ainda com a haste de prender na orelha que duas voltas de adesivo reforçavam, pouca coisa, Lisboa, ruas metidas umas nas outras, museus, chafarizes, ia apostar que a minha família numa esquina
— Alice
pronta a assoar-me com um trapo
— Nem fungar sabes tu

enquanto a mulher mais velha furava as palmas com as unhas escuras e todas as costelas ao léu, porque não lhe crava o ancinho, tio, e não a mostra à gente

— Olhem-me isto

não sei fungar, não sei ler, isto é sei ler as letras dos livros no caso de me darem tempo, não sei ler as letras da mão, o senhor prestável aproximava e afastava a lente movendo as rugas a compasso, uma segunda cama, um balde, a minha mãe para a lente

— Não está morta senhor?

a lente a aproximar-se e a afastar-se

— Em tendo tempo vejo

sem abandonar o papel, na janela uma mecha de trepadeira que o caixilho não tinha intenção de prender com um pente e empurrar para trás e Moçâmedes agora, quando não me convinha, não os coqueiros ou a praia ou o mar, o início do deserto atrás das últimas casas, uma estrada que não se sabia onde conduz, um polícia chamou o meu pai e o meu pai mostrou-lhe um cartão, não a medo, autoritário, recebeu uma continência e recomeçou a andar, numa desenvoltura majestosa, dói-me um canino e não me rala que doa, direitinho ao barco, porque não jogar o cachorro no poço e escutá-lo no fundo ao mergulhar na água, quando se trazia um afogado cá cima vinha chorando trapos, não apenas os trapos da roupa, o trapo do corpo, o da cara trancado por chaves que eu ignorava haver e os pés e as mãos baralhados, o dentista para os dois enfermeiros

— Pela radiografia parece-me este se vocês a agarrarem eu tiro

o meu pai quase no portaló, o primeiro degrau, o segundo, o senhor prestável guardou a carta na algibeira, observando a doente à distância

— Até é capaz de estar morta há semanas em setenta e oito anos nunca a entendi

à procura de uma garrafa na confusão de uma caixa

— Sentes algum cheiro de finado pequena?

um dos enfermeiros o joelho no meu peito, o colega a barriga e as coxas, o oitavo degrau, o nono, a minha mãe a falar com o comandante, distraída do meu pai, duas mil cento e onze horas se os ponteiros não mentem e o senhor prestável a pedir

— Não apague a luz mãe
para uma criatura nova, de cabelo apanhado numa trança, cujos passos diminuíam ao longo do que devia ser um corredor porque apagando-se a luz tudo muda no mundo, cheio de corredores que se desconhece onde levam, caminham-se quilómetros e mais corredores, quatro mil e duzentas horas e dezassete minutos a deslocarmo-nos ignora-se em que direcção, a gente
— Este sou eu ainda?
e a criatura da trança alheada do senhor prestável, quem o ajuda a vestir, quem apanha os pratos no armário a que não consegue chegar, quem lhe deslaça as botas
— É capaz de estar morta há que tempos
o senhor prestável sem achar o candeeiro e se o achasse incapaz de carregar no botão
— Os meninos bonitos não carregam no botão
a tentar proteger-se dos bichos que o escuro fabrica ou dos ciganos que entravam pela outra porta, não a do quintal, a do pátio do tanque, que não fechava bem, e o pai dele, sem a consertar nunca
— Qualquer dia há uma surpresa desagradável ao entrarmos em casa
como se fosse à criatura da trança que competia o arranjo, ciganos que o obrigavam a ter fome e a tocar pandeireta, ocultava-se nas mangas e não resultava, roía a unha do médio e não resultava, dizia à cautela
— Acredito em Deus
e o
— Acredito em Deus
resultava ainda menos, felizmente a claridade evaporava os ciganos e em lugar dos bichos nódoas de sol a pintalgarem o mundo, julgávamos escapar-nos e elas
— Apanhei-te maroto
café com leite, bolachas, a criatura da trança
— Não faças barulho ao mastigar que coisa
a criatura da trança
— Lá estás tu a encher a toalha de migalhas
o dentista, a verificar melhor
— Tenho a impressão que me enganei era o malandro ao lado

os bichos reapareciam à noite quando o canalizador, tão simpático

— Catraia

a sair da taberna e a transformar-se na navalha que guardava nas calças, percorrendo a travessa às guinadas

— Mato-vos a todos cabrões

até dar por si no vidro de uma montra e começar a chorar

— Fizeram-me infeliz

visto que a esposa o deixou, os ciganos passavam na praça fingindo não o ver e o senhor prestável a espreitar a doente

— Se calhar morreu de propósito para me dar trabalho

incapaz de perdoar o candeeiro e o escuro, os enfermeiros tornaram a agarrar-me e um paralelepípedo despegou-se da gengiva, notava-se um sofrimento no gabinete mas a quem pertencia, as dores nunca foram minhas, eram da Cristina apenas, o tenente cessou de fazer riscos, a guinar para o cafuzo

— Ora vamos lá ver

e as árvores de Quibala cinzentas como o céu, tudo cinzento dos mortos, as ervas, o capim, o início do mato, o senhor prestável a medir-me

— Já apareceu melhor

e horas depois outro senhor prestável parecido com este, provavelmente com a irmã numa cama também, de bochechas substituídas por covas e pode ser que defunta, se a dor pertence à Cristina, e não a mim, eu em paz, se perguntassem o que sinto, e não perguntam o que sinto, se perguntassem o que sinto não respondia, mas se respondesse o que sinto ao perguntarem o que sinto eu, sem lhes afirmar que desconheço o que paz significa, a eles que também desconhecem, julgando não desconhecer o que paz significa, respondia que paz, se o meu pai me acariciasse a cabeça não consentia, consentia, não consentia, escapava-me sem me mexer, acaricie a Cristina e desampare-me a loja, o outro senhor prestável, se calhar da família do primeiro e por consequência uma doente só para os dois, ambos com medo do escuro, ambos levados pelos ciganos para tocar pandeireta

— Já apareceu melhor e já apareceu pior para África serve

eles no corredor até à Ressurreição da Carne, e na Ressurreição da Carne, quando menos se espera, o tenente a acenar

que sim ao soldado, ninguém achou plantas e árvores tão cinzentas como em Quibala, não sirvo para Lisboa mas para África sirvo, eu em Quibala, eu cafuza, na esperança de abrandar o tenente
— Tenho uma filha senhor tenente
não
— Tenho filhos senhor tenente
eu
— Tenho uma filha senhor
não de um preto, de um branco
— Alegria alegria
para quem dançava numa fábrica, numa modista, num escritório, andava-se com a manivela do gramofone e a agulha a saltar nas espiras desarrumando a música, éramos vinte quando comecei, depois oito, depois cinco, se a Bety no meu lugar
— Tenho dois filhos mulatos senhor tenente
de um guineense que trabalhava na fábrica de cervejas e roubava grades para o senhor Figueiredo que não lhe agradecia a ele, agradecia à Bety, acenando-lhe do esconso a que chamava escritório, onde a mesa das somas e o sofá em que me ofereceu a Cristina, se for mulher metes-lhes Cristina, o senhor Figueiredo para a Bety
— Chega-te aqui queriducha para levares um obrigado ao teu marido
e a porta fechada, silêncio, a Bety no silêncio
— Deixe que eu faço antes que me arranque o colchete
uma mola a soltar-se e o senhor Figueiredo em lugar de
— Não admito tristezas
um silêncio em que se escutavam passos descalços e se notava o cheiro do álcool das feridas
— A porcaria de um espigão arranhou-me
o tenente acenou que sim ao soldado sem se importar com o arranhão, um ameaço de chuva e a mata em torno negra, nenhum pássaro a acompanhar-nos quando o motor do barco começou a funcionar dando-lhe a ideia que volantes descentrados a atrapalharem-se uns aos outros, tenho alturas em que acredito em Deus e tenho alturas em que não acredito, o barco não avançava de frente, avançava de banda e a minha mãe para o comandante

— Isto trabalha mesmo?

a minha mãe que servia para Angola a entreter os fazendeiros, não servia para os senhores veneráveis em Lisboa, se eu olhasse o mundo com uma única lente o que veria, digam-me, o dentista a cheirar o paralelepípedo

— Também parece em condições e se lhos tirássemos todos?

ou seja o dentista a colocar-me um penso no buraco

— Podem levá-la

a arrumar pinças e espelhinhos, um dos enfermeiros, o que falava ao telefone, com tanto desamparo à roda dele quanto eu, não me custa lembrar-me de Quibala e do tenente e do cafuzo, custam-me as árvores e a chuva, a Bety saía do esconso a ajeitar-se na roupa, já não se notava a baía, notava-se uma ponta da ilha, palmeiras, a chaminé de um hotel, o cafuzo à espera e o soldado sem mexer na espingarda, vi bois no colonato da Cela a puxarem arados e uma coruja a acompanhá-los, põem os ovos, fundem-se no eucaliptal como as perdizes e os tordos, reparem no meu avô a insultar a mula numa paixão demorada

— Sua puta

enquanto a ia escovando em gestos que não terminavam na garupa, continuavam campo fora para além do estábulo, afagando penedos, telhados, eucaliptos e prolongando-se até não sei onde entre pinheiros e mato, o soldado tirou finalmente a espingarda mas sem mexer no gatilho, examinando-a apenas, a minha mãe ainda agarrada à segunda cadeira, desejosa de apanhar a cómoda

— Estás melhor Cristina?

melhor de quê, que patetice, o meu pai num fardo entre as dúzias de fardos do barco e não connosco, na Huíla, no Cassanje, no Huambo ou a passar o rio para o Congo, furtando-se aos portugueses e aos pretos que obedeciam à polícia dos brancos, o meu pai na Comissão das Lágrimas, depois da guerra, a ler o que não existia, a perguntar o que não aconteceu, a esconder-se nos arbustos quando os aviões chegavam, ele ou o senhor prestável, mais ele do que o senhor prestável a pedir

— Não apaguem a luz

para uma criatura de cabelo apanhado numa trança cujos passos diminuíam ao longo do corredor porque apagando-se a luz tudo muda no mundo, cheio de corredores que ninguém sabe onde levam, caminham-se quilómetros e mais corredores, deslocamo-nos porque nos obrigam a deslocar sem sabermos quem nos obriga a deslocar, o meu pai na casa de Lisboa

— Este sou eu?

surpreendido porque se julga em África, a descer do jipe e a pisar as plantas do quintal até ao degrau onde o espero, quer dizer não espero seja quem for na vida, quantas vezes vou ter de suportar isto, estava no degrau por acaso, porque demasiado calor na sala ou porque me agradam os crepúsculos quando o cacimbo termina, tanto faz, estava ali e é tudo, eis-nos quase no fim, que alívio, quase os mestiços, quase a praia do outro lado do Tejo e na Cadeia de São Paulo outra Comissão, outras Lágrimas, por favor não batam com um martelo de plástico numa caixa de costura, o doutor do joelho para a minha mãe

— Estas coisas são assim mesmo dantes morria-se cedo o que nos deu para durar tanto tempo?

ela com a dor dela, eu com as minhas dores por aí sem me maçarem, a do estômago, a da vesícula, o zumbido na orelha que me perturba as vozes, o cafuzo recuou um passo sem recuar passo algum quando a espingarda do soldado uma bala na câmara, sempre me intrigou o facto de nos mexermos quietos, nos cobrirmos com os braços sem nos cobrirmos com os braços, ajoelharmos de pé, há espaço, no interior de nós, para mil gestos, caramba, neste momento não acredito em Deus nem me sobra tempo para pensar n'Ele, talvez depois, não sei, logo à tarde ou de repente a meio do jantar, mexe-se o garfo no prato e uma evidência que nos surpreende

— Por pouco não magoava Deus

a criatura da trança nunca se aproximava do senhor prestável, via-a sempre ir-se embora sem se despedir, sorrindo a um homem com um sinal na testa que a esperava no vestíbulo

— Tininha

não

— Mãe

como ele

— Tininha

e a mãe para o marido, a verificar se as chaves na carteira

— Aguenta-me o crianço

não vestida como em casa, arrebicada, conforme não de trança, o cabelo solto e a cheirar a mel, o homem do sinal na testa a sorrir ao pai do senhor prestável

— Até logo

sem que o pai do senhor prestável lhe sorrisse de volta, escutava-se, degraus abaixo, o riso da Tininha e a voz do homem pela janela aberta, nítida embora dois andares e eléctricos e música no café

— Há alturas em que o teu marido me dá pena palavra

o pai que trabalhava numa companhia de navegação, poisava a pasta na arca ao entrar, dizia

— Boa noite a todos

e nem a criatura da trança, nem o senhor prestável respondiam, a criatura da trança, ocupada a engomar uma blusa, um soslaio que o pulverizava e o senhor prestável entretido a compor seis cubos, com pedaços de bichos diferentes em cada face, que formavam um urso de casaca, ou uma coruja de estetoscópio, ou uma girafa a dançar, por mais que se esforçasse não recordava os três animais que faltavam, um elefante ou um rinoceronte felizes, não estava certo, uma corça com suspensórios a saltar por cima de um avestruz e dos suspensórios estava certo, do resto dúvidas apenas, a dúvida de quem saltava de facto por cima de quem e o senhor de idade quase a perguntar à irmã

— O que te parece?

e a reter-se a tempo, o último animal sumiu-se-lhe da ideia, uma jibóia, uma zebra, um búfalo, não pediu à doente de bochechas substituídas por covas e todas as costelas ao léu, provavelmente defunta na cama, que escolhesse entre a jibóia, a zebra e o búfalo

— Qual deles era mana?

no receio que um suspiro sumido lhe respondesse, a minha mãe, ansiosa de ajudar, dividida entre a zebra e o búfalo, imaginando o que acharia o avô que se guiava pelos legumes da horta, pressentiu que o avô

— O búfalo

de modo que a minha mãe para o senhor prestável

— O búfalo

no momento em que o cafuzo a recuar mais um passo sem recuar passo algum, o tenente a sugerir

— A zebra

a minha mãe disposta a concordar

— A zebra

no momento em que a espingarda disparou e o senhor prestável, com um buraquinho no peito, caiu sobre a cama, desinteressado do jogo.

Décimo nono capítulo

O meu pai fechou o livro de xadrez, sem marcar a página virando-lhe um cantinho, arrumou as peças na caixa, dobrou o tabuleiro, poisou o livro, a caixa e o tabuleiro ao lado da cadeira, disse
— Estão a bater à porta
e ninguém batia à porta, disse
— Estão a chamar-me
e ninguém o chamava, disse, à procura do casaco
— Querem que vá com eles
e ninguém queria que fosse com eles, quem eram eles, ao aproximar-se da maçaneta reparou que chinelos em vez de sapatos e voltou com passos duros e lentos, por um momento pensei que ia despedir-se da gente e não se despediu da gente, rodou a fechadura e saiu sem que escutássemos uma voz no patamar, pombos na clarabóia, sonzinhos miúdos, arrulhos, quantos pombos haverá, assim por alto, em Lisboa, a minha mãe e eu vimo-lo, da marquise, na rua, sem mulatos a acompanharem-no e sem um carro à espera, apenas pessoas com análises e radiografias aguardando que o posto médico abrisse, quantos doentes haverá, assim por alto, em Lisboa, e o meu pai a descer no sentido do rio, perdemo-lo onde o eléctrico faz a curva e continuou a descer, meteu pela azinhaga de comércios pobres que termina no edifício dos comboios, cruzou a avenida para o lado do Tejo escondido pelos contentores, não me sinto bem nem mal, sinto-me mais ou menos, uma moinha em baixo que não incomoda, era o que faltava que as moinhas maçassem, a menstruação vem uns meses, nos outros meses não vem, a partir dos quarenta, já se sabe, há zonas que renunciam e se fossem unicamente os ovários andava feliz da vida, o meu pai dirigiu-se à estação dos barcos para a margem de lá, agora que os contentores acabaram a água não azul como nas fotografias,

parda, quase negra contra a muralha baloiçando lixo, um relógio numa fachada com um andaime em frente, de janelas substituídas por tábuas, um navio turco ou italiano e ora aí temos os problemas da vista, não distingo as bandeiras e mesmo que distinguisse que conheço eu de bandeiras, um navio turco ou inglês ou esquimó com um sujeito a martelar rebites, no caso de usar óculos descrevia isto por miúdos, mais pessoas na estação dos barcos do que aguardando a consulta e até certo ponto consola verificar que os viajantes ultrapassam os doentes, sinal que a raça branca não se extinguirá tão depressa ou pelo menos uma porção dela se mexe, à entrada da estação a balança em que nem um só curioso se pesava, com a ranhura para a moeda no topo e mendigos e ecos, comprava-se o bilhete a uma empregada atrás de um vidro, de telefone preso
— E ele aceitou a tua posição?
entre a orelha e o ombro, que lhe entregou num único gesto o papelito e o troco
— Não caias na asneira de ceder na casa
e a argola do brinco que tirara para a conversa girando nos dedos, horários, uma máquina de cigarros, adoro o barulho dos trocos plim plim, um aparelho com um par de escovas circulares, peludas, a primeira com o letreiro Castanho e a segunda com o letreiro Preto, não sou preta, que engraxavam, a menear-se e a tremer, as biqueiras que lhes estendessem, o meu pai procurou em volta os mestiços e mestiço algum, ou o esperavam no barco ou o esperavam à chegada, por prudência, discretos, limitaram-se a bater à porta, seguros que o meu pai entenderia
— É necessário cautela
e entendeu de facto, sentado num dos bancos do piso superior do barco, riscado a canivete, amo-te bruno, sob uma cobertura de lona às riscas que estalava ao vento, enquanto a colher do motor, jogando um prolongamento para a sua barriga, lhe ia mexendo o caldo das tripas, o meu pai convencido de serem os intestinos dele, cozidos a lume brando, entre fumo e estalos, que moviam a proa, arrastando uma cauda de gaivotas, por vezes uma delas atravessava-se a um palmo, desesperada de fome, em guinchos sufocados, por vezes uma traineira com problemas nos ossos, por vezes um rebocador aflito da hérnia, a voz da empregada dos bilhetes a acompanhá-lo

— És mesmo parva sabias? e a argola do brinco amolgada com fúria, o cemitério judeu perdido, nós perdidas, a moinha a crescer, porque é que as zonas que renunciam nos informam da sua desistência aos gritos e a pouco e pouco um cais menor que o de Lisboa, prédios que o rio descoloria, cordas atiradas do barco e homens de fato-macaco prendendo-as a cilindros de ferro, a colher na barriga do meu pai diminuiu e parou, as tripas tripas de novo, sem fumo nem estalos, e já agora espero que sem moinhas também, quantas zonas suas foram para o maneta, pai, o que lhe sobeja aos setenta e seis anos, antes de descer do barco, ainda tonto das ondas, passou o dedo no amo-te bruno para sentir os sulcos a canivete das letras e por pouco uma falha de madeira não se lhe espetou no polegar, que traiçoeira a paixão, procurou em torno os dois mestiços que deviam esperá-lo, procurou o terceiro num automóvel discreto, abrigado numa árvore, e nada, só uma mulher inteira a empurrar uma mulher sem pernas numa cadeira de rodas e um polícia, parecido com ambas, a beijá-las, percebeu que os mestiços deviam estar na praia mas qual praia se apenas casas e ruas, uma esplanada de cervejaria com um aquário de santolas, de pinças atadas por laços de borracha, cavalgando-se nos movimentos dos sonhos enquanto um tubo ia soltando revoadas de bolhas, atrás das casas mais casas, um recreio de escola, um mercado, tudo isto em vez da praia, qual praia, os mestiços, quem garante o contrário, a vigiarem-no à distância, amigáveis, atentos, entre criaturas civilizadas estas coisas fazem-se com elegância, terminaram há séculos as metralhadoras e as correrias, pensou na minha mãe, pensou em mim e sumiu-nos como sumiu tanta lembrança além de nós, tardes inteiras a preparar emboscadas a colunas que afinal não vinham, a sineta de chamar os leprosos no Ninda, o professor de Teologia a falar e não palavras, bolhas de aquário que subiam na água esverdeada, a primeira missa com o peso imenso de Deus esmagando-o de ameaças

— Se pecares nem que seja um milímetro estás feito coMigo

de olho nele sem descanso, desconfiado, severo, a suspeita, durante a Elevação, ao mostrar a hóstia aos fiéis

— E se Deus lérias do catecismo?

no meio de círios que vibravam e de gente ajoelhada, a hóstia não de pão, de cartolina e ele a mentir aos crentes, ganas de pedir não acreditem em mim, morre-se e pronto, o Paraíso um embuste, a alma eterna uma treta, a moinha desaparecida ou seja os ovários recuando para voltarem com mais força, se alguma coisa aprendi nestes anos foi que a desgraça não se esquece da gente, olha as bocas das folhas, olha as vozes baixinho, não

— Ai Cristina

tirânicas

— Não te largamos sabias?

o meu pai à deriva nas ruas sem coragem de perguntar onde a praia ficava, há-de existir uma praia e em lugar de praia um vazadouro, bétulas, um armazém de letreiro sobre a porta, Cooperativa Vinícola, e a seguir paredes caídas, ervas, um gato numa trave com pupilas babilónicas, ao desparamentar-se a ideia que Deus uma probabilidade, pode ser, reflectes nisso depois mas há-de existir uma praia, não lhe batiam à porta

— Temos um encontro marcado

se não existisse uma praia, mesmo insignificante, a seguir a uns arbustos e os mestiços a apertarem-lhe a mão

— Ora cá estamos nós senhor comissário

não os conhecia de Angola, não os encontrara antes, o automóvel arrimado a uma duna onde um pinheiro, imagine-se, como fez o pinheiro para crescer aqui, um dos mestiços de boina, o outro a censurá-lo, não zangado, cortês

— O trabalhão que nos deu

e nenhuma arma à vista, catana, pistola, chave inglesa que fosse, dois sujeitos somente e o do automóvel indistinto nos vidros subidos, percebia-se a silhueta e a mãozinha a acenar, um sorriso ou então foi o meu pai que imaginou a mãozinha e o sorriso, conforme imaginou Deus se bem que Deus, pode ser, enfim, quem se atreve a jurar, é melhor deixar o assunto em banho-maria uma semana ou duas e então, a pouco e pouco, ir regressando ao tema, como se compagina Deus com as

— Seis horas seis horas

o refeitório gorduroso e a agitação das avencas, as casas iam rareando e transformando-se em campos, quer dizer primeiro um vazadouro e a seguir os campos, nem hortas nem quintas,

mato à balda, um sujeito sentado numa pedra com meia dúzia de ovelhas em torno, mudando de lugar sobre as patas nervosas, deu-lhe ideia que um comboio à direita porém nem carruagens nem calhas, o ruído compassado apenas, as ovelhas mastigavam o que tinham dentro de si e puxavam à boca numa contracção do pescoço, perguntou ao sujeito
— E ele aceitou a tua posição?
perguntou ao sujeito, depois de afastar o brinco em argola da empregada dos bilhetes
— Onde é a praia senhor?
de telefone apertado entre a orelha e o ombro, com um sinal no limite do lábio e era o sinal quem falava
— És mesmo parva sabias?
a saltitar indignado, a atenção do sujeito das ovelhas subiu-lhe pelos vincos das calças até à camisa e à cara, demorou-se a raciocinar puxando a resposta numa contracção do pescoço, conservava-a desde há anos, à espera do meu pai, e demorou-se-lhe nas feições, desiludido
— És preto
porque uma resposta guardada desde há anos, quase uma jóia de família, merecia melhor sorte que um preto, tanto tempo a aperfeiçoar a minha frase, a boleá-la, a poli-la, não mencionando o receio de não a ir usar nunca, os focinhos e as órbitas das ovelhas, vistos de perto, tocam-nos, o sujeito que mantinha a frase, na esperança, em que não apostava por aí além, de a utilizar um dia, apontou o que pelos ramos e pela forma das copas dava a impressão que freixos, anunciou
— Ali
desceu da camisa do meu pai para o vinco das calças e do vinco das calças para um formigueiro, onde os insectos experimentavam introduzir um pedaço de folha demasiado grande, apeteceu-lhe vingar-se do destino raspando-os com o salto e o meu pai
— Não caias na asneira de ceder na casa
de brinco pegado à memória, sem conseguir expulsá-lo, conforme não conseguia expulsar as pessoas que corriam em Luanda, uma mulher a arrastar-se porque a espinha ou a perna, uma miúda no meio da rua sem chorar, pensei embelezar a miúda enfiando-lhe um brinquedo ou um pedaço de pão nos braços, há

quem aprecie pormenores deste género mas para quê mariquices, uma miúda no meio da rua e basta, à procura da mãe e a mãe, esquece a mãe, continua, ou então miúda alguma, as pessoas que corriam chegam como chegam os disparos da polícia e a moinha de regresso, eu não disse, com a tal energia nova, se calhar os ovários, coitados, ansiosos de renascer, renascer ou renascerem, ansiosos de renascerem, o meu pai na direcção dos freixos que afinal eram olmos, depois dos olmos um pântano, e quanto a Deus, neste momento, ou antes um charco do inverno recente, com parte de uma máquina de costura submersa no lodo, depois do charco um cabeço onde se juntavam piteiras, uma tira pálida, horizontal, longínqua e o meu pai feliz

— Não me enganou é o mar

tão reconhecido que por pouco não veio atrás agradecer às ovelhas, ele que não se emocionava com focinhos e pupilas, emocionava-se, ou agrada-me pensar que se emocionava, e inclino-me para a última hipótese, com um dedo seu na minha mão fechada, pensando melhor é a mim, não a ele, que emociona o dedo na minha mão fechada, a tira pálida ia ganhando cor, viu pássaros de que não sabia o nome, corvos numa oliveira, a empregada dos bilhetes, mais magra do que ele supunha, e com um defeito na marcha, a sair da estação, morará com um marido, uma tia, sozinha, um filho adolescente que lhe dá cabo do juízo ou uma filha camarada com quem troca opiniões e roupa, as argolas, por exemplo, a qual das duas pertencem, a empregada dos bilhetes a parar de repente, a tocar no lóbulo e a voltar atrás pela argola que esqueceu no balcão, derivado ao telefone, e descobriu não no balcão, no soalho, torcida por uma sola indiferente ou perversa, para a empregada perversa, a convicção que a Sissi de propósito e juras de vingança, ligar-lhe para o namorado a sugerir que outro homem ou despejar-lhe um frasco de cola na carteira, os pássaros, de que o meu pai não sabia o nome, abundantes agora, no género de gaivotas e não gaivotas, perfil de andorinhas sem chegarem a andorinhas, algures a meio caminho entre a gaivota e a andorinha e a tira estreita, para além de ganhar cor, a crescer, quase verde com pontos brancos, onde os mestiços o esperavam, não junto à água, lógico, num relevo de areia, provavelmente de cova já pronta e a pá com que o cobririam a seguir, ou então na parte em que a areia se transforma

em terra e à qual as ondas não chegam, diminuindo a possibilidade de
— E ele aceitou a tua posição?
descobrirem o corpo, pelo menos o tempo suficiente até voltarem a África, os mestiços seguros que o meu pai não faltaria e não faltava, quantas noites aguentou a chuva, entre caixotes, nas traseiras da fábrica, da modista, do escritório, ao passarem por ele a Marilin para a minha mãe, sem se ralar que a ouvissem
— O que quer aquele preto?
respeitoso, composto, incapaz de falar, afligido pela hipótese de Deus e uma sinusite tenaz, com o lenço no qual tinha a impressão de se verter inteiro, bastava que o chamassem
— Pedem que vá com eles
para não falhar o encontro como não falhou com o senhor Figueiredo, o ministro e o empregado da maternidade, a minha mãe distraída do joelho
— Achas que o teu pai
e não acho seja o que for, senhora, não me interrompa, já me chegam as vozes que se intrometem na que pretendo escutar e me desviam dela, se sonhasse como é difícil perseguir um fiozito que se extingue e recomeça, preencher-lhe os vazios, não permitir que se cale, se sonhasse o que me custa consentir que o matem, o que acha Deus da gente, o que pensa de nós, Cooperativa Vinícola que nome para uma ruína e o gato babilónico presente há quantos milénios, a cadeira de rodas, a mulher sem pernas, o polícia, e eu, baralhada com tantos dados, a procurar ordená-los, este agora, este mais tarde, as ovelhas acolá, os freixos transformados em olmos que o meu pai ultrapassou há horas, estamos nos pássaros, em plantas mais duras a fim de resistirem ao vento, no que se começa a verificar serem ondas pela cadência uniforme e pela franja de espuma, não o resto de uma máquina de costura meio submersa num charco, quando a minha mãe cosia à máquina, ou fazia crochet, as pálpebras dela desciam como nas pinturas antigas e o cesto da roupa por passajar serenava-me dando-me a ilusão de fazer parte de um lugar útil e simples, se nesses momentos a minha mãe
— Como estás Cristina?
no caso de conseguir sentar-me sentava-me ao pé dela, desejando tornar-me bicho a fim de adormecer em sossego, de

quando em quando uma tremura da cauda mas são sonhos pacíficos, não se alarme, senhora, passe-me a palma no lombo para acreditar na comunicação dos santos e no voo dos anjos, guardar sem sobressaltos o livro de xadrez, as peças e o tabuleiro na gaveta, pode ficar com o dedo, pai, já não preciso dele, o que terá acontecido ao meu berço em Luanda, ao gorila de pano cujo guizo deixou de tinir, uma esfera de latão com uma bolinha dentro sem que nenhum de nós compreendesse o que aconteceu à bolinha, quem consegue decifrar o mistério das coisas, ora estão ora não estão como a tesoura no estojo e onde estão quando não estão, entre as almofadas do sofá, por exemplo, tampas de canetas, moedas e pinças que não tínhamos, o que as almofadas segregam sem que a gente dê fé, logo que meto o braço trago uma surpresa comigo, há uma semana um anel com uma pedrinha e tudo e a minha mãe

— Onde roubaste isso?

a minha mãe aterrada

— Põe lá dentro outra vez

porque alguém que não calculamos quem seja há-de passar por força, se estivermos desatentas, e recuperá-lo a espantar-se

— Afinal estava aqui

e portanto habita a casa connosco, criaturas que nos espiam ou discutem em segredo que lhes oiço os cochichos, o marido, zangado

— Ele aceitou a tua posição?

e a mulher a repetir os argumentos, ensaiados ao telefone, com a empregada dos bilhetes, e vai daí, esclareçam-me, como não temer o escuro, esbarrar em estranhos cuja presença ignorávamos, gabardines que não nos pertencem nos cabides do armário, os copos e os pratos em sítios inesperados, a mulher, com os brincos de argola na lembrança, ajudando-o a ganhar coragem

— Podes ter a certeza que não caio na asneira de ceder

na casa

o brinco da amiga ou da filha da amiga que usavam coisas uma da outra e volta e meia

— Espera aí que isto fica-te bem

se emprestavam blusas ou pulseiras, a filha uma tatuagem no braço, amo-te bruno

— Não achas giro?

e ela não achava giro mas concordava logo, como talhada a canivete num banco, o que custa concordar se as pessoas contentes, a minha mãe, distraída, a coser uma saia e eu afinal não paz, eu à espera, quase desejando que se picasse na agulha, eu uma trabalheira para arrumar tudo segundo a nossa ordem e enfiar o que não nos pertencia na despensa antes da incredulidade da minha mãe diante de um cinzeiro com recordação de tavira no fundo

— Olha o que está aqui Cristina

desviando-me da voz que falava do meu pai e do aparador com uma taça de loiça em que retratos, cartas e um prego, de origem misteriosa, que nenhuma de nós, por motivos que me escapam, jogava no balde, quantas tardes, na Clínica, meditei no prego, indiferente ao que me repetiam ao ouvido, não sei se é normal ter saudades de pregos, eu tinha, quando o director me passava a licença logo ao entrar no apartamento procurava, sob as facturas, se permanecia na taça e felizmente lá estava, nem o marido nem a mulher

— És mesmo parva sabias?

lhe mexiam, os pássaros, a meio caminho entre a gaivota e a andorinha, imensos de súbito, a vegetação resumida a piteiras e cactos, a terra a tornar-se areia, mais areia que terra e só areia por fim, uma última colina a separá-lo da praia, árvorezitas ásperas com espinhos em lugar de frutos, a filha da empregada da estação

— Um preto tocou-me na tatuagem esta tarde

e a empregada da estação, que não conseguia arredondar a argola

— Um preto?

esquecida do que lhe comprou um bilhete, quase no fim do turno, nem sequer via os fregueses, via o encarregado que não a via a ela e a esposa do encarregado doía-lhe, o cabelo ruivo e um fio com três corações em que cada coração representava um filho, a empregada ralhando-se a si mesma

— Não é a tua amiga és tu que és parva sabias?

tratando-se por Sarita como a madrinha a tratava, por morte da madrinha, e embora sem aliança, dona Sara, a depilar as sobrancelhas no espelho, de boca em funil, dando conta que a

boca em funil e a mudar a boca, sentia o gosto das bolachas com geleia da madrinha
— Sarita
e se ainda existissem os comprimidos para dormir de quando teve a depressão era capaz de engolir o frasco inteiro, quer dizer não era, quer dizer talvez fosse, há alturas em que a vida, a pinça a trazer dois pêlos com ela, alisou a sobrancelha com uma escovinha e parecendo que não o pêlo, minúsculo, fazia falta na testa, não sei se é normal ter saudades de um pêlo, eu tenho, conforme tenho saudades de bolachas com geleia e da ansiedade da tia
— Não engordas Sarita?
apesar de encher o sutiã de algodão, o pai da filha, logo ao segundo encontro, a passear-lhe no corpo à entrada do café
— Falta-te chicha não te ofendas comigo
e ela mangas compridas e saias que disfarçavam, mesmo ao cruzar as pernas não se notavam os joelhos onde não rótulas apenas, dúzias de ossos pontudos dos quais, desde a época da escola, fora perdendo os nomes, clavículas, tíbias, astrágalos, uma palavra que nunca mais a largou, possuo astrágalos eu e a circunstância de possuir astrágalos fazia-a pensar
— Devo ser rica
embora o problema fosse que os astrágalos, as clavículas e as tíbias tudo a aguçar-se sob a pele, relevos duros, com arestas, que desgostavam os homens, a suspeita que se os informasse
— Deram-me astrágalos grandes
o nariz franzido aumentava, os homens
— O que será um astrágalo?
a procurarem na memória onde uma ideia chocalhava, embora não bastante forte para se tornar uma noção, durante a torrada no café parecia-lhes encontrar e no instante de encontrar perdiam-no, ela a entender o desenho da palavra astrágalo a deformar-lhes os lábios como entendia a pressa de voltarem para casa, a consultar a enciclopédia em que a mãe escondia notas do apetite de cálices de aguardente do pai, que bebeu a herançazita do tio solteiro em dois meses e entrava na sala de chapéu atravessado na cabeça e gravata a pingar
— Sou um corsário Mariana
e devia ser porque o convés do sobrado desequilibrava o mundo, lá íamos todos para a esquerda, lá íamos todos para a

direita, o pai, encostado à parede, defendia-se das cadeiras que deslizavam contra ele

— O que a maré subiu

as sobrancelhas no espelho semicírculos de admiração

— Quarenta e nove em agosto

que impiedoso o tempo, vai-nos distraindo e zuca, a mesma táctica que os homens, vão-nos distraindo e zuca, é o quarto de um amigo meu, não te assustes, precisamos de falar a sério, há assuntos que não discuto se descobrir que nos ouvem, o quarto de um amigo com Pensão Califórnia, a vermelho, numa placa junto à porta, era necessário pagar a uma senhora discreta, de avental e pantufas

— A mãe do meu amigo

um pouco mal vestida, é verdade, mas que arruma logo a nota na enciclopédia do bolso

— Há quase um mês que não te via Armando

e o Armando gestos nas suas costas de que percebia a sombra na parede riscada, a Pensão Califórnia o astrágalo dele e o chocalhar de uma ideia que o Armando

— O onze no primeiro andar

que o Armando desfez guiando-lhe o cotovelo

— Para a esquerda Princesa

na direcção das escadas, riscos na parede, desenhos com legendas que não teve tempo de observar dado que o Armando, apressado

— O meu amigo é pintor de arte

um casal que descia, com o homem a esconder-se no cotovelo, e ela num soluço que não se transformava em voz

— É a casa do teu amigo Armando sê sincero comigo?

e se é a casa do teu amigo qual a razão de o homem se esconder embora demasiado tarde como quase tudo na vida, só se repara depois, seja um iogurte fora do prazo, que se comeu por engano, seja a experiência da desilusão, o quarto uma garrafa de permanganato e uma cama desfeita, nenhum móvel, nenhuma estampa, uma janela para outra janela a que faltava um dos vidros, restos de maquilhagem na almofada, uma nódoa ainda húmida que, pássaros a meio caminho entre a gaivota e a andorinha, que a Sarita, sem bolachas nem geleia, preferiu não olhar, de pé junto à janela e o Armando a convidá-la a sentar-se no colchão

— Só sei falar sentado

com argumentos e beijos, ele até aí correctíssimo, um afago lento no astrágalo que a empregada dos bilhetes na estação dos barcos impediu que subisse torcendo-se, vontade de partir, vontade de chorar, o Armando

— Ele aceitou a tua posição?

sem lhe aceitar a posição prendendo-lhe a cintura a repetir

— És tão linda pequena

numa preguiça sonâmbula, os olhos dele esquisitos, a expressão de desmaio, o corpo atirado para o lençol, que cheirava a perfume e a azedo, numa violência de fardo, os botões um a um quase soltando-se da linha, quase rasgando o tecido, a minha magreza ao léu, as coxas, as vértebras em que se podia ensinar a somar, mais geleia, madrinha, mais bolachas depressa, tenho vergonha, tenho medo, nenhum amigo teu mora aqui, mentiroso, no vidro que faltava da janela em frente um sujeito de pijama e barba por fazer e a propósito de barba por fazer o teu queixo incomoda-me, que é da tua simpatia, que é da tua atenção, levantavas-te se eu vinha, açucaravas-me o chá, entrelaçavas o mindinho no meu e se outra rapariga por perto o mindinho no colo, andas com mais alguém, o que não queres que vejam, o casaco do Armando no chão, os sapatos descalçados com o outro pé, o elástico de uma das meias lasso, a cama a sacudir-se em estalos de catástrofe, a mão na boca

— Calada

o peito contra o meu, que sem as dilatações do sutiã uma inexistência triste, uma espécie de lâmina a procurá-la em baixo

— Quietinha

a rompê-la, pediu

— Não me faças mal

no interior da palma, os pássaros a meio caminho entre a gaivota e a andorinha escureciam o céu e no topo da colina o mar, um pontão deserto, um esgoto de detritos lentos, a praia realmente mas tão insignificante, deserta, sem rochedos nem caranguejos, o meu pai decepcionado, ele que imaginava a extensão de Moçâmedes, coqueiros, búzios e pessoas lá em baixo, sob as nuvens do sul, a apanharem seixinhos, ele que se imaginava de olhos fechados a viver de outro modo, talvez com Deus, e Deus um homem como ele, sentado à sua beira, um compincha da mesma idade, um preto que sobrevivera ao Cassanje, às correrias nos musseques, à Comissão das Lágrimas, a empregada dos bilhetes na estação dos barcos sozinha no colchão à medida que o homem se vestia, a moinha nos ovários abrandou de novo, vai regressar não tarda e a propósito de moinha a coluna a estalar quando me inclino para trás e o que virá a seguir para além de um desejo de bolachas com geleia e que o sujeito de pijama, a espiar-me a nudez, abandone a janela, felizmente o Armando não acendeu a lâmpada, tirou o pente do casaco para se aperfeiçoar às cegas

— És mesmo parva sabias?

refez o nó da gravata por cima do nó anterior, a disfarçar, ocupou a ponta da cama, cujas tábuas lhe responderam logo, para se calçar a custo porque os sapatos dificultosos de entrarem, bateu os pés no chão até que se ajustassem, esfregou uma das biqueiras na ponta do lençol, a voz da madrinha da empregada dos bilhetes

— Que é da minha menina?

e a menina a vestir-se, por seu turno, numa lentidão de vertigem, sem se preocupar com o algodão do sutiã nem as saliências dos joelhos

— Vou ser assim toda a vida

a garrafa de permanganato de rolha torta, o corpo igual e mudado, toda a gente vai reparar em mim, a madrinha

— Sentes febre?

e não sentia febre, nem indignação, nem raiva, sentia-me oca, até o astrágalo perdi, outro osso no lugar dele com a sua aresta bicuda, o Armando, da porta

— Se não sais em cinco minutos tens de pagar outra hora

e lá estava o mindinho, que se entrelaçava no seu, distantíssimo, apeteceu-lhe perguntar

— Ainda me achas linda?

mas o Armando no corredor, a porta escancarada, a senhora discreta, de avental e pantufas, a subir as escadas suspirando com força, os desenhos da parede, com as suas notas elucidativas, que recusou ver conforme recusou ver a placa a vermelho da Pensão Califórnia, principiou a caminhar no sentido do nada

— Não conheço esta praça não conheço esta avenida

conforme não conhecia o preto tímido, respeitoso, vestido como os brancos, à espera no seu pedaço de areia, seguro que um automóvel a aproximar-se, o motor desligado, os dois mestiços a surgirem na duna

— Ora cá estamos nós senhor comissário

um grande e um pequeno, amigáveis, risonhos, conversas sobre Angola, notícias de Luanda, cumprimentos do capitão

— Vão-se embora depressa

e do cafuzo de Quibala na mesma fossa que os presos, alusões à Comissão das Lágrimas, que a Sarita não entendia, e à necessidade de esquecer

— A única solução é apagar o passado

o meu pai seguro que um automóvel e automóvel algum a derrapar na terra que se transformava em areia, apenas os pássaros mais raros derivado ao fim da tarde, a Sarita

— Não tenho febre madrinha

as árvores com espinhos no sítio das flores enegreciam devagar, os candeeiros de uma aldeia remota, quase no horizonte, acenderam-se, a madrinha levou-lhe uma tisana à poltrona

— Amanhã ficas fina

e se tivesse os comprimidos de dormir da depressão que chegaria anos depois comia o frasco inteiro, a minha mãe e eu entre os móveis que partilhávamos com os outros a escutarmos o incitamento de que não se sabia a origem

— Alegria alegria

e plumas e lantejoulas para dançarmos na cozinha enquanto o meu pai, no escuro, frente às línguas da água, calculava

— Daqui a quanto tempo chegará o automóvel?

desejoso que chegasse, desejoso que a pistola ou a catana ou a faca, desejoso que a rapariga cessasse de cantar e o deixasse em paz, aproximou-se da água até que frio nos tornozelos, nas calças, nos astrágalos dos joelhos, um cesto embateu-lhe no umbigo, um cesto ou o gato babilónico que não desistia de estudá-lo e os mestiços a seguirem-no a coberto da duna, impecáveis, risonhos, os mestiços

— Adeus

a entrarem no automóvel que não ouviu partir consoante não ouviu chamar

— Pai

porque o sudário da água o não deixava escutar-me.

Este livro foi impresso
pela Lis Gráfica para a
Editora Objetiva em
fevereiro de 2013.